エミリー・バー　三辺律子 訳

フローラ

The One Memory of Flora Banks

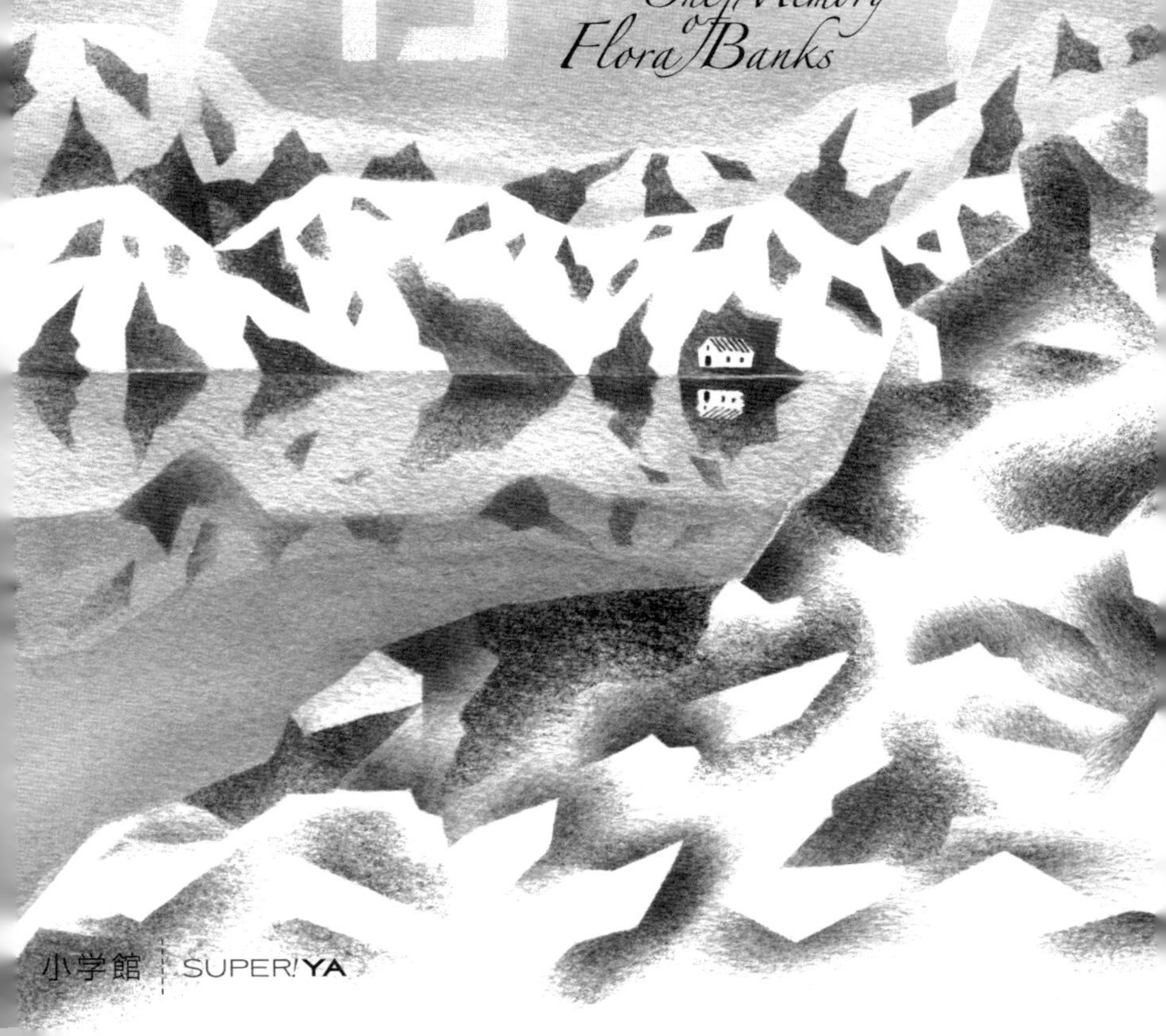

小学館 | SUPER! YA

The One Memory of Flora Banks
by Emily Barr
Original English language edition first published by Penguin Books Ltd., London

Japanese translation rights arranged with PENGUIN BOOKS LTD
through Japan UNI Agency, Inc., Tokyo

装画／平澤朋子
装丁・デザイン／城所潤・岡本三恵（ジュン・キドコロ・デザイン）

もくじ

プロローグ

五月

わたしは山のてっぺんにいた。自分がなにかひどいことをしてしまったのはわかっていたけど、それがなにかは覚えていなかった。

一分前か、一時間前までは、わかってたのに、今では記憶《きおく》から消え去って、書きとめる時間もなかったから完全に失われてしまった。なにかに近づかないようにしなければならないのはわかってるけど、なにから逃《に》げようとしてるのかはわからない。

わたしがいるのは、信じられないほど美しい氷の世界の山の上だ。はるか下には海が広がっていて、岸に二艘《そう》の手こぎボートが引きあげられているのが見える。反対側にはなにもない。見わたすかぎり、山が連なっている。空は濃《こ》いブルーで、太陽は目がくらむような輝《かがや》きを放っている。地面には薄《うす》く雪が積もっているけど、わたしは暑い。なぜなら、大きな毛皮のコートを着ているからだ。ここは明るい雪の世界だ。現実のはずがない。わたしは、きっとまた頭の中の場所に隠《かく》れてるんだ。

ふりかえると、はるか下の、ボートの近くに山小屋が見える。わたしはあそこから逃《に》げて、ここまでのぼってきたんだ、あの中にあるものから離《はな》れたくて。本当はひとりでここにいてはいけないはずだ。ここには、なにか危険なものがいるから。でも、あの山小屋の中にいるものに向き合うくらいなら、思い切って大自然の中へ向かったほうがいい。

木が生えていないので、隠《かく》れるにはまず尾根を渡らなければならない。そこを越《こ》えれば、すぐに大自然だ。そうしたら、もうわたしと山と岩と雪しかなくなる。尾根に立って、コートのポケットからすべすべした小石をふたつ、取り出す。なぜそんなことをしているかわからないけど、大切なことだというのはわかる。石は黒くて、ちょうどふたついっしょに手に収まる大きさだ。わたしは小石をひとつずつ、思い切り遠くまで投げる。小石は雪でおおわれた岩の中に落ちて見えなくなった。わたしはほっとする。

もうすぐ、わたしはだれの目からも見えなくなる。隠《かく》れられる場所を見つけて、なにをしてしまったか思い出すまでそこでじっとしていればいい。どのくらいかかったってかまわない。この寒い場所に、これからずっといることになったとしても、かまわない。

第一部

第一章

音楽がものすごく大きい。部屋には大勢の人がいる。この家は人でいっぱい。ひとりの人間が知り合えるとは思えないくらい、たくさんの人であふれかえってる。低音がからだの奥まで響《ひび》く。しばらくすみっこに立っていたけど、深く息を吸いこんで、知らない人たちの中をおし分けながら歩きはじめる。

手を見る。〈パーティ〉太くて黒い文字で、そう書いてある。

「それくらい、見ればわかる」

わたしは手に向かって言う。そう、それはわかるけど、どうしてここにいるのかは、わからない。

汗《あせ》とアルコールと香水の濃厚《のうこう》なにおいが混ざり合って、吐き気《はけ》がする。ここから出なくちゃ、外の空気が吸いたい。手すりに寄りかかって、海をながめたい。海は、この家を出たところにある。

「やあ、フローラ」

男の子が声をかけてきた。だれだか、わからない。背が高くてやせていて、髪の毛がない。

「こんにちは」

わたしはせいいっぱい堂々と答える。男の子はジーンズをはいている。ここにいる男の子は全員、女の子もほとんど、ジーンズをはいてる。でも、わたしは、まわりから浮《う》きあがるようなきらきらした白のすそが広がったドレスを着ている。靴は黄色で、ちっともすてきじゃないし、足に合ってない。

たぶん、パーティって聞いて浮《う》かんだ服を選んだんだ。でも、悪目立ちしてる。

手を見る。〈わたしは十七歳〉って書いてある。もう一度、自分の姿を見おろす。確かに背格好はティーンエイジャーだけど、十七歳という実感はない。

小さいころ、パーティにいくのにドレスアップするのが好きだった。今日みたいなパーティドレスを着ていくと、みんながハグして、プリンセスみたいよと言ってくれた。だけど、今のわたしはもうそんな年齢《ねんれい》じゃない。もし今、ペンを持っていたら、忘れないように〈わたしは自分で思っているより年上〉って書くのに。もうパーティドレスを着るような年齢《ねんれい》じゃない。ジーンズをはかなきゃいけないんだ。

「なにか飲む？」

男の子が、プラスチックのコップやボトルの置いてあるテーブルのほうへあごをしゃくった。

手首を見る。〈お酒を飲まないこと〉ほかの人たちはみんな、ボトルの中に入っているものを飲んでいる。たぶんお酒。

「うん、ありがとう」

どうなるか、ためしてみよう。手には、ほかにも情報が書かれている。〈ドレイクがいなくなる。Pの彼氏〉このパーティは、だれかがいなくなるから開かれてるんだ。Pっていうのはペイジのこと。つまり、いなくなるのはペイジの彼氏だ。かわいそうなペイジ。

「その、赤いのを」

指をなめて、〈お酒を飲まないこと〉の文字をこすって消す。

背の高い男の子が、縁《ふち》までワインの入ったプラスチックのコップを差し出す。一口飲んで思わず顔をしかめるけど、お酒の入ったコップを持っていると、少しここになじんでるような気がする。わたしはペイジを探して歩き出す。

わたしは十七歳。これはパーティ。ドレイクはいなくなる。ドレイクはペイジの彼氏。

女の人がわたしの腕に手をかけた。わたしは足を止め、ふりかえって、女の人の顔を見る。白っぽいブロンドを軽くふわふわにカットしていて、ここにいるだれよりも年上。顔にしわがあるからわかる。ペイジのママだ。どうしてかはわからないけど、ペイジのママはわたしのことが好きではない。

「フローラ」

ペイジのママは、音楽に負けないように声をはりあげる。口元はほほえんでいるけど、目は笑っていない。わたしもまねをして同じ表情を作る。

「フローラ。ここにいたのね。問題なさそうね」

「はい」

わたしも声をはりあげ、大きくブンブンとうなずく。

「じゃあ、あなたのお母さんにそう伝えておくわ。あなたのようすを確かめてほしいって、もう三回もメールがきてるの」

「はい」

「デイヴとわたしは出かけるから。フローラ、大丈夫？　ベビーシッターがいないと、困るんじゃない？」

やっぱりちょっといじわるだ。

「もちろん、大丈夫です」

ペイジのママはわたしをじっと見てから、背中を向けて、歩き去った。あの女の人はペイジのママで、ここはペイジのママの家。

音楽が止まったので、わたしはほっと息を吐《は》いた。絶叫《ぜっきょう》してるみたいで、うるさかったから。だけど、またすぐに別の曲がかかって、まわりの人たちがいっせいにぴょんぴょん跳《は》ねはじめる。わたしにはまねできそうにない。みんな、今度の弾《はず》むような曲が好きらしい。

「ピクシーズにもどせよ！」

だれかが、わたしの耳のすぐそばでどなった。わたしはビクンとしたひょうしに、赤ワインをドレスの前にこぼしてしまった。血みたい。

女の子がうしろに下がってきて、わたしの足を踏《ふ》んづけた。髪がすごく短くて、大きなイヤリングをつけてる。あざやかなリップがにじんでいて、口が傷口みたいに見える。

「あ、ごめん」

そう言って、またすぐに、さっきまでしゃべってた子のほうを向く。

ここから出なきゃ。ここから逃《に》げなきゃ。パーティっていうのは、わたしが思ってたみたいなものじゃない。ドレスとかゲームとかケーキとかじゃないんだ。ペイジはいない。だれも、話せる人がいない。

ドアのほうへ向かう。海の香りのするほうへ、音楽じゃない音のほうへ、わたしの家のほうへ。そしたら、チンチンって音がして、部屋のあちこちから「シイイイ、静かに」っていう声があがった。部屋の会話の声がゆっくりと小さくなり、わたしは足を止め、みんなが見ているほうに顔を向けた。

男の子が椅子《いす》の上に立っていた。ドレイクだ。ドレイクはペイジの彼氏で、ペイジはわたしの親友。ペイジのことは、ちゃんとわかる。ペイジと初めて会ったのは、四歳の小学校の入学式（注：イギリスでは四歳から就学前教育を受けられる）だった。ペイジは髪をお下げにしていて、わたしも同じようにお下げにしていた。そして、ふたりとも緊張《きんちょう》していた。校庭でよく遊んでいた大縄《おおなわ》跳《と》びのことも覚えてるし、ふたりで並んで読み方を習ったのも覚えてる。わたしはもう字を読めたから、ペイジを手伝ってあげた。大きくなってからも、わたしはペイジの学校の勉強を手伝ったし、ペイジが作った物語を劇にしてふたりで演じたり、ペイジが見つけた木にのぼったりした。いっしょに中等学校（注：イギリスは十一歳から）へいくのを楽しみにしていたのも覚えている。

わたしはペイジを知っている。でも、ペイジのことを見ると、大人になっているので、びっくりしてしまう。つまり、ドレイクは本物の彼氏ってことだ。ドレイクは髪が黒くて、黒い縁《ふち》の眼鏡をかけている。みんなと同じようにジーンズをはいている。わたしは、ドレイクのことは知らない。

ドレイクはみんなをさっと見まわす。わたしと目が合うと、一瞬《いっしゅん》、にこっとほほえんで、目をそらした。つまり、わたしのほうに見覚えがなくても、わたしたちは知り合いってことだ。ドレイクの椅子《いす》のとなりにブロンドの女の子が立っていて、ドレイクのことを見あげている。距離《きょり》が近すぎる。前に見たことがあるような気がする。あんなふうにドレイクを見あげるなんてよくない。ドレイクはペイジの彼氏なのに。

「えっと、ありがとう。みんな、きてくれて」

ドレイクは、部屋いっぱいの人たちに向かって言う。

「こんなちゃんとしたパーティだなんて思ってなかった。おれがこの町にいたのなんて、五分くらいって感じなのに。ま、正確には五か月かな。この町でケイトおばさんとジョンおじさんのところで暮らして、最高に楽しかった。まさかこんなにたくさんの友だちができるなんて、思ってもいなかった。こっちにくる前は、コーンウォールはロンドンのはずれにあって、二階建てバスに乗って、えっと、ほら、まずいイギリス料理を食べて、サッカーのフーリガンになると思ってたんだ。だけど、実際には、すばらしい五か月間を過ごした。これからも連絡《れんらく》して。世界一すばらしい景色のスヴァールバルにきたいって人がいたら、ぜひおれのところにきてほしい。おれはずっとスヴァールバルで暮らしたいと思ってた。その夢がかなえられるなんて、ラッキーだと思う。だけど、コーンウォールがすばらしくなかったって言ってるんじゃない。だって、ここは本当にすばらしいところだったから」

わたしのうしろにいた人が小声で言った。「もっと北極の自慢《じまん》するかと思った」そしたら、別の子が笑った。

わたしはスマホを持っていた。それで、ドレイクの写真を撮《と》る。どうして自分がここにいるか、忘れないように。スヴァールバルの意味はわからない。変わった言葉。だけど、ドレイクがそのスヴァールバルっていうものを好きなのはわかる。

ワインの残りを飲む。あいかわらずひどい味。そして、またまわりを見まわす。気分が悪い。ドレイクはまだしゃべっている。

「もちろん、ここにいるあいだ、幸運なことに、ここにいる最高にきれいなペイジに出会えた」ドレイクは言葉をとぎらせ、にっこりほほえんで、ちょっとだけ赤くなる。

うしろの人がぼそりと言う。「超《ちょう》格上のね」すると、もうひとりがそうというように、フンと鼻を鳴らす。

「そして、彼女のおかげでここにいるすてきな人たちに出会えた。みんなと会えなくなるのはさみしいよ。とにかく、みんな、ありがとう。フェイスブックに雪景色の写真をアップするから。これくらいにしとくよ。あ、今日、家を提供してくれたペイジとお母さんのイボンヌとお父さんのデイヴに感謝。パブにでもいくことになると思ってたんだ。じゃあ、またみんな飲んで。でも、家を破壊《はかい》しないようにしてくれよ」

ドレイクが危なっかしい感じで椅子《いす》からおりると、軽い拍手《はくしゅ》が起こった。でも、みんな飲み物を持っていたので、手と手をおかしな感じで合わせるだけだったから、音はしなかった。

ドレイクが今、言ったことを、つなぎ合わせようとする。ドレイクはこの町を出ていく。ドレイクはどこか雪の降る場所にいく。そして、そのことを喜んでいる。このペンザンスの町には五か月間いて、ケイトおばさんとジョンおじさんと暮らしていた。ペイジがこのパーティを彼のために企画した。

ペイジは部屋のすみにいて、何人かの子に囲まれていた。ペイジが顔をあげると、大丈夫？って感じで眉《まゆ》をくいっとあげたので、わたしは小さくうなずいて、大丈夫だって返事をする。

ペイジはきれいだ。少しだけカールした長いたっぷりとした黒い髪に、なめらかな肌《はだ》をしている。笑うと、頬《ほお》にえくぼができる。陶器《とうき》の人形みたい。今日は、からだにぴったりしたあざやかなブルーのミニのワンピースを着て、厚手のタイツにごつめのブーツをはいている。自分のバカみたいな白い「パーティドレス」を引っぱって、ひどい靴を見ないようにする。いたたまれない気持ちになる。

鏡に映《うつ》したら、どんなふうに見えるだろう。でも、鏡は見当たらない。

腕の内側に、短いメモが書いてある。〈明日、ペイジと映画。ペイジを元気づける〉

プラスチックのカップに赤ワインのおかわりをそそいで、できるだけ人目につかないように通用口から外へ出る。どうせだれも気づかないし、気にもとめないのに。冷たい空気が顔にあたる。海がわたしの耳と肺《はい》を満たす。わたしは、目を閉じる。外に出られたことを感謝する。

わたしは道路の真ん中に立っている。今は夜だ。まわりを見まわして、どういうことか思い出そうとする。足の下に、白いラインがある。道路のちょうど真ん中ってことだ。車が一台、猛《もう》スピードでこっちへ走ってくる。クラクションが鳴る。ヘッドライトがぐんぐん近づいてくるのを、じっと見つめる。車は大きくそれて、そのままいってしまう。車が見えなくなってもまだ、クラクションの音が響《ひび》いている。

わたしはひとりで外に出てはいけない。道路の真ん中に立ってはいけない。大人がいないときに道路を渡ってもいいことになったのは、最近。なのに、どうして夜なのに外にいるの？　どうしてひとりなの？　ママはどこ？

わたしは白いドレスを着て、へんてこな黄色い靴をはいている。ドレスの前に赤いしみがついている。でもさわっても、痛くない。手に、カシスジュースの入ったプラスチックのカップを持っている。白いラインの上に、ジュースがちょっとこぼれている。

わたしは十歳だ。なのに、どうして大人のからだをしているのか、わからない。すごく嫌《いや》だし、家に帰りたい。そのまま道路を走って渡ると、海沿いの歩道に出る。どこからか、音楽が聞こえてくる。手すりに寄りかかって、パニックを起こすまいとする。

カップの中身をすすって、顔をしかめる。これは、カシスジュースじゃない。でも、口はこのひどい味を覚えてる。つまり、飲んだのは今が最初じゃないってことだ。

自分の手を見る。〈フローラ〉って書いてある。わたしのことだ。わたしの名前が一文字一文字、つづられている。わたしはそれにしがみつく。わたしはフローラ。名前の下に、〈勇気を持って〉って書いてある。目を閉じて、深く息を吸いこみ、勇気を奮《ふる》い起こす。どうして自分がここにいるのかはわからないけど、きっと大丈夫。

〈わたしは十七歳〉

もう片方の手には、〈パーティ〉〈ドレイクがいなくなる。Pの彼氏〉って書いてある。ほかにも、ぼやけた文字の跡《あと》が残ってる。腕には、〈明日、ペイジと映画。ペイジを元気づける〉。手首には、〈ママとパパ。モラブ・ガーデンズ三番地〉。

ペイジのことは知ってる。わたしの親友。四歳のとき、小学校で初めて出会った。ドレイクはペイジの彼氏だけど、いなくなる。だから、ペイジを元気づけてあげなきゃならない。

わたしには両親がいることも、どこに住んでいるかもわかっている。わたしはモラブ・ガーデンズ三番地に住んでいる。うちに帰らなきゃ。わたしがこれからするのは、それ。頭の中がいつもとちがう感じがする。くらくらする。

海に細切れに映《うつ》った月の影《かげ》をじっと見る。手すりにポスターが結びつけてある。「迷いネコ。毛は白黒で、耳がありません。火曜日からいなくなっています」見かけたら、電話をかけられるように、番号が書いてある。わたしはポスターの写真を撮《と》る。もう一枚、さらにもう一枚。耳のない白黒のネコが迷ってうろついているなんて、嫌《いや》だと思う。きっと車の音が聞こえないだろうから。探してあげなきゃ。

スマホをこっちへ向けて、自分の顔の写真を撮《と》る。写真を見ると、顔がちがう。思っていた年《ねん》齢《れい》より年上に見える。わたしは十歳じゃない。

パーティが行われている。ドレイクはいなくなる。ペイジは悲しんでいる。わたしは十七歳。わたしは勇気を持たなきゃいけない。


海は黒々としている。真っ黒い広がりが夜へ向かってのびている。月の影《かげ》が闇《やみ》の中でちらちらと輝《かがや》いている。明るく照らされた散歩道が、陸地はそこまでだということを示している。

このままビーチへおりていこうか、迷う。泥《どろ》だらけの小石の上を歩いて、ぬれた砂に足を沈め、この好きか嫌《きら》いかもわからないへんてこな黄色の靴をだめにしてしまってもいいのだろうか。

でも、あっちまでいって、今、手に持っている赤い飲み物を飲みながら、もう少し海をながめていたい気もする。真ん中がすりへって、少しへこんでいる階段をそろそろとおり、小石の上を歩きはじめる。歩いてみたら、かかとは沈《しず》まなかった。小石混じりの砂は、見かけよりも固い。すわれそうな場所を見つけて、目の前に広がる海をながめる。

波が小石を吸いこむ音に混じって、うしろから近づいてくる足音が聞こえた。でも、ふりかえらない。すると、だれかが横にすわった。

「フローラ」

男の子が大きな笑みを浮《う》かべて言った。わたしの横の、小石の上にすわっている。わたしたちの肩が触《ふ》れ合う。

「それってワイン？」

男の子はわたしの手からカップを取って、一口すすった。わたしは彼を見た。眼鏡をかけていて、黒い髪で、ジーンズをはいている。

わたしは少しだけ、からだを離《はな》した。

「おれだよ。ドレイクだって。フローラ、大丈夫？」

「ドレイクなの？」

「そうだよ。ああ、そうか。そういうことか。大丈夫だ、フローラ。フローラのことは何か月も前から知ってる。おれは、ペイジとつき合ってたんだ」

なんて言えばいいか、わからない。

「大丈夫。本当だよ。それにしても、ワインを飲んでるんだ？　フローラらしくないな」

なにか言いたいけど、ひと言も出てこない。なんとかしてふつうのふりをしたい。この人はドレイク。パーティをしていた。そして今は、ビーチにいる。

「ここでなにしてるの？　どうしてビーチに？」

左手の文字を見る。うしろにある街灯の光でかろうじて読める。〈ドレイクはいなくなる〉左手の文字がふたたび告げる。そのちょっと下にある言葉は、かすれていて読めない。右手を見て、わたしはまた、勇気を持たなきゃいけないことを思い出す。

ドレイクはわたしの左手を取って、文字を読んだ。彼の手の温《あたた》かさを感じる。

「『ドレイクはいなくなる』」

ドレイクは声に出して読む。

「『Pの彼氏』」

わたしたちはその文字をじっと見つめる。

ドレイクはもう片方の手の文字も読む。

「『フローラ、勇気を持って』。フローラの手に書いてある言葉、好きなんだ。これって役に立ってる？　これを見ると、思い出せるの？」

ドレイクはわたしの両手を握《にぎ》る。

「確かに、おれはペイジとつき合ってた」

どうして彼がここにいるのか、わからない。いなくなるのに。どこか別の場所へいくのに。

いつの間にか、ぐっと寒くなっている。海から凍《こお》るように冷たい風が吹きつけ、わたしの顔にあたる。

「そこってどういうところ？　これからいくところ」

わたしは早口で言う。なんだか落ち着かないから。

ドレイクはまだわたしの手を握《にぎ》っている。手の温《あたた》かい感触《かんしょく》が心地いい。彼の目の表情から、本当はもう、わたしは今の質問の答えを知っているはずだということに気づく。

「すばらしいところだよ。寒い国なんだ。前に一度、いったことがある。えっと、すごく前にね。休暇《きゅうか》で、真夜中の太陽を見にスヴァールバルまでいったんだ。そのときおれは十歳だったんだけど、それ以来ずっとスヴァールバルで暮らしたいって思いつづけてた。そして九年後、ついに実現することになったんだ。最高の経験になると思う」

ドレイクはため息をついた。

「おれの受ける授業は英語で行われるんだ。世界中から人がきているからね。本当にラッキーだよ、おれは、語学はてんでだめだから」

ドレイクが少しこちらにつめてきたので、肩から腰《こし》まですべてが触《ふ》れ合う。ドレイクはわたしの左手を離《はな》し、右手を握《にぎ》った手にぎゅっと力をこめる。

ドレイクの話に集中できない。だって、からだじゅうの皮膚《ひふ》という皮膚《ひふ》が勝手に息づきはじめているから。異常に感じやすくなって、皮膚《ひふ》という皮膚《ひふ》すべてが、彼に触《ふ》れてほしがっている。

ドレイクはペイジの彼氏だ。ここでなにしてるんだろう。

「ラッキーだね」

彼の言ったことをそのままくりかえすだけで、せいいっぱい。そして、彼の肩に頭を預ける。失うものなどなにもないから。

「ドレイクは十九歳。わたしは十七歳」

そのことを忘れないようにするのが、大切な気がする。そして、肩から頭を離《はな》す。だって、彼は友だちの彼氏だから。

ドレイクはのびをして、そのまま左の腕をわたしに回し、わたしの頭を自分の肩のほうへ倒《たお》す。わたしが寄りかかると、彼の腕がぐっとからだを抱きよせる。

「ペイジとは別れたんだ」

ドレイクが言う。

そして、わたしのほうを向いて、わたしの顔を自分のほうへ向ける。彼の唇《くちびる》が触《ふ》れたとき、今、わたしにできることはこれだけなんだって、悟《さと》る。

上の道路を車が通りすぎていく。波が打ちよせて砕《くだ》け、わたしたちの足元まで迫《せま》る。わたしはドレイクとキスしている。ドレイクといつまでもビーチにすわっていたい。どうしてこうなったのか、理由もなにもわからないけど、これまでの人生でたったひとつのすばらしい出来事なんだって、わかる。光がきらめく。わたしたちを残して世界が消える。

なんとかして現実にもどろうとする。波がおしよせ、風にあおられて、髪が舞《ま》いあがる。

「ねえ、おれとどこかへいくっていうのはどう？　たとえば、これからとか？　ひと晩いっしょに過ごさないか……」

わたしはドレイクを見つめる。ひと晩いっしょに過ごす。からだの内側という内側に緊張《きんちょう》が走る。ドレイクといっしょにひと晩過ごしたい。どうすればいいの？　ドレイクは、わたしといっしょにひと晩過ごしたがっている。ひと晩。そう、今夜。

うちに帰らなきゃ。

「だけど、ママが――」

ドレイクと目が合い、わたしは最後まで言えない。目をそらすことができない。もう一度キスしようと思って身を乗り出したけれど、ドレイクはぱっとからだを引いた。

「ママって……。そうだよな、ごめん。なんてこと言っちまったんだ。なに考えてたんだ……おれ――」

ドレイクは口を閉じる。わたしはなにも言えなくて、だからうなずく。ドレイクはじっとわたしを見ている。目の表情は読めない。

「わたしは平気よ」

彼にそう伝える。

「いや、ごめん。おれは……つまり、その……ぜんぜん……」

わたしは髪をつかんで、口に入れる。頭の中にあることを、言葉にできない。こんなことが自分の身に起こるなんて思ったことなかったたって伝えたいのに。今までも一度もなかったって。どうしたらいいのかわからないって。さっきの状態にもどろうとしてるんだって。ふつうの女の子だって思わせてくれたドレイクを永遠に愛しつづけるって。彼といっしょにひと晩過ごしたいって。でも、親友を裏切ることはできない。それに、ひと晩じゅう家を空《あ》けることはできない。できないから、できない。

「警察に連絡《れんらく》しちゃうと思うの」

ママのことが浮《う》かんできて、そう言う。

「警察？　うそだろ。バカだったよ、おれが言ったことは忘れて」

寒さで腕の毛が逆立つ。海は細かく波立ち、水しぶきを飛ばしている。月と星は雲のうしろに隠《かく》れてしまった。今では空も海と同じくらい真っ暗だ。

「こういうことなんだ。言っていいよな、つまり、ああ、クソ。どっちにしろ、フローラは忘れるんだから。たとえばさ、フローラとペイジとパブにいって、フローラのことを見るだろ。きれいで、ブロンドで、ほかの女の子たちとはぜんぜんちがってて。そうすると、フローラといっしょに過ごしたらどんなだろうって思うんだ。フローラはほかの子とちがうから。いつもおれに笑いかけてくれるし、フローラのこと、守りたくなるし、フローラの言うことを聞いていたくなる。ほかの人たちと言うことがぜんぜんちがうから」

　ドレイクは両手でわたしの顔をはさむ。

「フローラ、いい？」

　わたしはうなずく。ドレイクとキスしたって、書いておきたい。今すぐに。ドレイクがしゃべってるときに、腕に字を書きはじめたりしたら、きっとヘン。でも、ドレイクがわたしをひと晩どこかへ連れていきたいって言ったことを書きとめておきたい。そのことを忘れたくない。もしかしたら、本当にふたりでひと晩過ごせるかもしれない。きっとなにか方法があるはず。ふつうの子みたいな夜を過ごせるかもしれない。ふつうの大人みたいな。

「わたしは平気よ。これからふたりでどこかへいくなら、わたしいける。いけると思う。いけるようにする」

「だめだよ。ごめん、おれのせいだ。そういうわけにはいかない。だけど、これからも連絡《れんらく》を取れるかな？　その——フローラが元気だってことを知らせてくれるだけでいいから。連絡《れんらく》、くれるよね？」

「連絡《れんらく》する」

もう一度、ドレイクとキスしたい。ずっとキスしてほしい。ドレイクとキスした今、あとのものはすべて消してしまいたい。ドレイクと、わたしと、ビーチだけ残して。

潮が満ちてきたので、どんどんせまくなっていくビーチのうしろへ下がる。ドレイクは深く息を吸いこんで、わたしの手をますます強く握《にぎ》りしめる。

「フローラ・バンクス。気をつけるんだよ。ペイジには言わないで。お母さんにもだ。手にも書いちゃだめだよ」

そして、ドレイクは小石を拾いあげ、広げた手のひらの上に置いて差し出す。石は小さくて、すべすべしている。月の光だけでも、真っ黒だってわかる。たいていの小石は濃《こ》い灰色なのに。

「これを持ってて。これはフローラの石だ」

ドレイクは、小石をわたしの手のひらに握《にぎ》らせる。

「一生、持ってる」

わたしは言う。

わたしたちは立ちあがる。わたしは凍《こご》えきって、からだがこわばり、頭が混乱している。ベッドにもぐりこんで、今のこの瞬間《しゅんかん》を永遠にくりかえしたい。ドレイクも立ちあがり、わたしたちはのびをして、じっと見つめ合う。

「えっと」

ドレイクは言う。

「じゃ、おれ……もう今夜はペイジのうちへはもどれない。今日はむりだ。帰るよ。明日の朝、なにも言わずに出発する」

ドレイクはもう一度、キスした。唇《くちびる》に。からだを寄せると、ドレイクがわたしに腕を回す。もう二度と今みたいな気持ちになることはないだろうって思う。

「家まで送ろうか？」

ドレイクは言ったけど、わたしは首を横にふった。ビーチに立ったまま、彼が去っていくのを見送る。彼は階段までいって、その上の現実世界へ向かってのぼっていく。そして、足を止め、手をふってから、わたしの世界から永遠に去った。

わたしは理想の人とキスしたんだ。そして、彼は遠くの、寒くて真夜中に太陽が昇《のぼ》るところへいってしまう。わたしは暗い空を見あげた。


家に帰ると、ママが待っていた。ガウン姿で髪はおろしたまま、紅茶の入ったカップを持っている。ママはわたしの頬《ほお》にキスして、上から下までじっとながめた。

「楽しかった？」

「うん」

わたしは答える。

「お酒を飲んだのね」

「ほんのちょっとだけ」

「スカートにしみがついてるじゃない。まあ、いいわ。困ったことはなかった？」

わたしはにっこりほほえんだ。

「うん。すごくすてきな夜だった。本当にありがとう。本当に、すごくすてきだったの」

「よかったわ。うちまでペイジが送ってくれたの？」

「うん」

「よかった。じゃあ、ママの靴を返して」

わたしは黄色い靴をぬぎ捨て、二階へあがる。部屋に入ると、パジャマに着替《きが》え、ドレイクと会ったときのことをひとつ残らず書きとめる。ママが見ようと思わないような古いノートの裏に書いて、ベッドの下の箱にほかのものといっしょにしまう。それから、忘れないようにポスト・イットにどこに箱をしまったかを書いておく。次の朝、目が覚めたら、何度も何度も読みかえせるように。

でも、本当はそんな必要はない。なぜなら、ちゃんと覚えていられるから。

枕元《まくらもと》のテーブルに、黒い小石が置いてある。わたしは覚えていられる。わたしは十七歳。

「フローラは彼とキスしたのよ！」

ペイジはどなりはしなかったけど、どなってくれたほうがよかった。ペイジは静かに怒っていた。わたしのことを燃えるような目でにらみつけ、もう一度言った。

「キスしたのよ。知ってるんだから。覚えてないだろうけど、したの。わたし、知ってるのよ。だって——」

頭がわんわん鳴っていて、ペイジの言葉に集中できない。ペイジがしゃべってるのは、わかってる。怒ってるのも、わかる。怒ってとうぜんだってことも。ペイジはなにか言っているけど、わたしは聞いていない。ペイジのことを見ようとする。ペイジの言うことをちゃんと聞こうとする。

ペイジは深く息を吸いこむ。

「ほら、書きとめてるしね！」

ペイジの手に、わたしのポスト・イットが握《にぎ》られている。だから、もちろんうそはつけない。言葉があそこにあるから。わたしの字で書かれた言葉が。それに、ペイジはわたしのメモは忘れ

ないためだってことを知ってる。だから、これは本当のことだって。

わたしも、本当だってわかっている。覚えているから。わたしは、病気になる前のことは、覚えている。そして、ドレイクとキスしたことも、覚えている。今はもう、自分が小さい女の子じゃないこともわかっている。なぜなら、ビーチで男の子とキスして、ひと晩いっしょに過ごしたいって言われたから。わたしは十歳じゃない。十七歳だ。

思い出せる。小石か、ドレイクか、愛のおかげで、覚えていることができたのだ。きっとこういうことなのかもしれない、恋に落ちるって。

ペイジに、してないって言えない。ドレイクとキスしたことを覚えてるから。もしかしたら、わたしは覚えていられるようになったのかもしれない。今の時点ではあいかわらず、十歳以降のことは、キスのこと以外なにひとつ思い出せないけど。ペイジが持っているメモを見ると、自分が黄色いポスト・イットの縁《ふち》にそって、できるだけ小さな字で書きこんでいるのがわかる。真ん中には、太いペンで「ミルクを買うこと」って書いてある。そして、紙の縁《ふち》にものすごく小さい字で「わたしはドレイクとキスをした。わたしはドレイクが好き」って、書いてある。気がつくと、わたしはその文字をじっと見つめている。そんなことが本当に起こったということに、心の底から驚《おどろ》く。うれしくてたまらなくて、同時に泣きそうになる。

今に忘れるって思いつづけているけど、今のところ、まだ覚えている。わたしがビーチにすわっていたら、ドレイクがきて、わたしの横にすわり、そしてわたしたちはキスをした。

病気になったあとのことではっきり覚えているのは、これだけ。だから、わたしはこの記憶《きおく》にしがみつき、どこかへいってしまわないように祈《いの》る。できるだけ長いあいだ、この記憶《きおく》の中で生きたい。この記憶《きおく》が愛《いと》おしくてたまらない。この記憶《きおく》を永遠にとどめておきたい。このことを覚えていられれば、ほかのことも忘れなくなるかもしれない。ドレイクのキスが、わたしの病気を治してくれるかもしれない。今に、ほかのことも覚えていられるようになるかもしれない。

今のペイジとの会話は、覚えていたくないけど。

ペイジはポスト・イットを握《にぎ》ったまま、憎《にく》しみのこもった目でわたしを見ている。わたしはペイジを見ることができなくて、床を見つめる。わたしたちはマーケット・ジュウ通りの明るいティールームにいて、紅茶がくるのを待っている。紅茶を飲んだあと、どこかへいって、ほかのことをするはずだった。でも、ペイジはポスト・イットを見つけてしまった。わたしがすわって、ママに無事についたことをメールしようとスマホを出したせい。カバンに入っていた黄色いポスト・イットをばらまいてしまい、ペイジはしゃがんで拾ってくれた。その中にペイジに見せたくないものがあるかもしれないってことを、わたしはすっかり忘れていた。

そう、忘れていた。もちろん忘れていた。キスのことは覚えているけど、それをメモに書いたことは忘れていた。

ペイジは、わたしが拾いあげたメモの縁《ふち》にドレイクの名前が書いてあるのを見つけて、ぱっと奪《うば》い取った。そして今、わたしのことをじっと見ている。

「ドレイクのことが好きなわけ？　キスしただけじゃなくて？——何回したか、わかったもんじゃないわよね。ま、フローラもわからないだろうけど。だけど、まさかドレイクのことを本気で好きだなんて。それは、予想外だったわ」

なんて言えばいいのか、わからなかった。自分がドレイクのことを好きなのはわかってるけど、あの夜、身が焦《こ》がれるような想《おも》いを抱いたことはペイジに知ってほしくない。でも、しかたなしにうなずく。

「で、キスしたわけね。認めなさいよ。知ってるんだから。100パーセントまちがいないって知ってるの」

わたしはひたすら床を見つめた。木材に見えるけど、そうじゃない。それから、ペイジから顔を背《そむ》け、近くの大きなテーブルにすわってる人たちをながめた。家族連れで、大人ふたりに子どもふたり。大人は新聞を読んでいて、子どもたちはテーブルの下で足の蹴《け》り合いをしている。全員ジーンズに青いフリースだ。

ペイジは小さな声で言った。

「ドレイクはビーチにいって、そのまま帰ってこなかった。ひと晩、いっしょに過ごしたのね」

「ちがう！　わたしは家に帰ったの。ママに聞いてもいいよ。ねえ、ペイジ、わたし、覚えてるの！」

ドレイクがひと晩いっしょに過ごそうって言ったのを、覚えている。でも、それはペイジには言わない。

「覚えてるわけないでしょ。それに、フローラのママはフローラのこと、かばうに決まってる。

ドレイクを部屋に連れこんで、あの小さいベッドでひと晩じゅういちゃついたとしてもね。ドレイクが朝早く、あわてて出ていったのを知ってたとしても、フローラのママは言わないわよ。娘に、世界でたったひとりしかいない友だちを失ってほしくないから。ちなみに、フローラのママからのちょっとしたお願いの件だけど、気が変わったって伝えといて。早く電話が切りたくて、引き受けるって言っただけだから。フローラもいっしょに連れていけばいいって、言っておいて」

「ちがうの！」

パニックが襲《おそ》ってくる。

「本当にちがうの、ペイジ！　確かにふたりでビーチにすわったしキスもした。ごめんなさい。でも、そのあとは、わたしは家に帰ったし、ドレイクは……わからない。本当にごめんなさい。あんなことになると思ってなかった。だけど覚えてるの。本当に覚えてるのよ。記憶《きおく》にあるの」

ペイジの言う、ちょっとしたお願いっていうのがなんのことかはわからなかった。でも、今、聞くわけにはいかない。すでに一万回くらい、聞いてるはずだから。

「あんなことになると思ってなかった？　かんべんしてよ。それに、覚えてるって言い張るの、やめてくれない？　覚えてないことはわかってるんだから」

「キスする気がなかったってことじゃなくて、自分の身にああいうことが起こるなんて思ってなかったってこと。想像もしてなかった。それに、本当に覚えてるの。どうしてかはわからないけど――」

ペイジがさえぎった。

「彼のこと、好きなわけね」

わたしは恥《は》ずかしくなって肩をすくめた。

「正しい答えを教えてあげる。フローラは、自分の経験した、ちょっとしたラブストーリーを書いておいたのよ。で、数時間ごとになにもかも忘れて、読みかえしてるうちに、ドレイクのことが好きだって気になったってだけ。みじめよね。ま、いちばん情けないのはドレイクだけど。彼にとって、フローラは好都合だもの、フローラが彼氏とああいうことしたいと思ってたなら。もしかしたら、この数か月のあいだ、ドレイクは何度も何度もフローラのことを誘《さそ》ってたのかもしれないわね。すごいよね。ドレイクが北極にいって、フローラにとっちゃ、よかったわよ。わたしの彼氏をとりたきゃとれば？　もうここにはいないけど」

ペイジは一回黙《だま》って、深く息を吸いこんだ。

「ほかにも教えてあげようか？　何年ものあいだ、わたしはずっと、フローラのことを気にかけてきた。わたしだけがね。フローラのママが、あんたのことを真綿にくるんで家に置いておきかねないところを、わたしが連れ出してあげてたのよ。映画にも連れてった。ズンバ（注：フィットネスプログラム。ラテン系の音楽に合わせて踊《おど》る）にも連れてった。ボート漕《こ》ぎにだって、まるまる一年間も連れてったのよ。フローラが学校へいってたころに付き添《そ》ってた女の人よりも、よっぽどよく面倒《めんどう》を見てきた。フローラが自分がどこにいるのかわからなくなるたびに、助けてあげた。うちのママは、そのことをすごく嫌《いや》がってた。あんたのお守《も》り役になる必要はないって。いいわよ。わたしの彼氏をあげる。ま、こんなこと言ったたってしょうがないだろうけど――」

ウェイトレスがきたので、ペイジは黙《だま》った。ウェイトレスはやる気がなさそうなようすでお盆《ぼん》にのせた紅茶を運んできて、長い時間をかけてペイジとわたしの前にカップをセットし、あいだにミルク入れと砂糖の袋《ふくろ》の入った器《うつわ》を並べ、最後にぴかぴかのブルーのティーポットを置いた。そのあいだ、わたしたちはひと言もしゃべらず、相手の顔も見なかった。ウェイトレスがぜんぶセットし終わると、ペイジが張りつめた声で「ありがとう」とだけ言った。

わたしはペイジのカップから先に紅茶をそそいだ。ペイジがじっと見てる。手が震《ふる》えて、紅茶がテーブルの上にしたたり落ち、たまって端《はし》のほうへ流れていった。それでも、ペイジがなにもしないので、わたしは紅茶を最後までそそぐと、カウンターへいって紙ナプキンをごっそり取ってきて、床に流れ落ちる前にふいた。

ペイジはカップにさわろうとしなかった。黒いスキニーパンツに胸の開いたぴったりしたTシャツを着ている。髪はうしろで結び、あざやかな色のリップをぬっていた。わたしの手には、今日はこれから映画にいくと書いてある。たぶんペイジはドレイクの話をして、彼がいなくなってどんなにさみしいか話すはずだった。

でも、もう映画にいったりドレイクの話をしたりはしない。そう、二度と。

ペイジは深く息を吸いこむと、さっきのところから話しはじめた。

「言ったたってしょうがないだろうけど、フローラがドレイクのことを気に入ってたの、前からわかってたから。見ればわかるもの。フローラって考えてることが、丸見えなんだから。まさかドレイクがそれに乗っかるとは思ってなかったけどね。今となっては、ああいうことが何度あったか、わかりっこないし。まさかドレイクがフローラに興味を持つなんて、思ってなかった。病気のことには興味あったかもしれないけど――ま、どうせフローラはその半分も知らないわけだけど。一応言っとくけど、フローラがなにを言ったって、ドレイクとセックスしてないなんて信じないから。むだよ。言わせてもらえば、そんなことしたなんて、ほんと理解できない。わたしの彼氏なのに。わたしの。フローラはどうせドレイクのことを忘れる。病気とやらになる前からの知り合いじゃないから。だけど、昨日、手に彼の名前を書いてたし、わたしの彼氏だってことだって、ちゃんと書いてたよね」ペイジはポスト・イットをひらひらとふった。「で、今は、ドレイクのことが好きだって、思ってるわけよね。前から、ひそかにドレイクのことを好きだったの？」

わたしは首をふろうとしたけど、うまくできなかった。

「わからない。覚えてないの」

声がかすれて、震《ふる》えた。

「わかった、もういいから」

ペイジはにっこりほほえんで、わたしの目をまっすぐ見つめた。

「フローラは勝手にすごいラブストーリーを書いてたわけよ。そうすると、少しは大人っぽい気分になれるから。今はもう秘密でもなんでもないから、そのポスト・イットの内容をアップデートしたら？　ほら、わたしが代わりに書いてあげる」

ペイジが手のひらを広げて、こっちへ差し出したので、テーブル越《ご》しになにも書いてないポスト・イットをおしやった。ペイジはバッグからペンを取り出して、わたしのメモの上になにか書きはじめた。そして、いっぱいになって書けなくなると、二枚目を取り、さらに三枚目も取って、書き終わる横から順番にわたしの前に貼《は》っていった。そして、三枚目を貼《は》ると、バッグを持って、さっと立ちあがった。紅茶には口もつけていなかった。

店の出口でペイジはいったん立ち止まり、ふりかえった。わたしはペイジの顔を見た。なにか言おうとするように口を開いたので、立ちあがろうとしたけど、ペイジは首を横にふって、店を出ていった。ドアがバタンと音を立ててしまった。

わたしは三枚並べられた黄色い紙の文字を読みはじめた。「牛乳を買うこと」というメモは二重線で消され、代わりにこう書かれていた。

〈わたしはドレイクとキスをした、わたしはドレイクのことが好き。これは、秘密ではない。わたしは新しい親友を探さなくてはならない〉

二枚目はこう。

〈ペイジは二度とわたしには話しかけない。こちらからも、ペイジにはぜったいに連絡《れんらく》しないこと〉

三枚目。

〈今後一切、ペイジには電話もメールもしないこと〉

わたしは紅茶を飲んで、その文字をじっと見つめた。ポケットの石がわたしを見守っているのを感じる。

「覚えてる」

ペイジのすわっていた椅子《いす》に向かってつぶやく。

「本当に覚えてるの」


帰ると、家の中がバタバタしていた。わたしの頭はペイジとのけんかのことでいっぱいだった。玄関のドアの前にスーツケースが置いてある。ママは、いつもみたいに窓のところでわたしのことを待っていなかった。二階から足音がする。せわしいようすで、いつもとちがう。

「ただいま」

大きな声で言いながら、靴をぬぐ。スーツケースがあるってことは、だれかがきたか、もしくは、帰るところという可能性もある。もしかしたらドレイクがきてるのかもしれない。わたしたちはどこかへいくのかもしれない。

玄関のマットの上にある郵便物やちらしを拾いあげる。ピザのメニューとフランバーズの夏休みのパンフレットがある。フランバーズは、ジェットコースターとかペダルコプターとかメリーゴーランドがあるところ。フランバーズにいきたい。パンフレットを、小石の入ってるうしろのポケットにおしこむ。

パパとママに覚えていられたことを話したいけど、ペイジの彼氏とキスしたなんて言えない。それに、うちのようすがおかしい。ペイジが電話をかけてきて、わたしの秘密を話してしまったのかもしれないと思って、怖《こわ》くなる。パパとママはもうすべて知っていて、わたしをどこかへやろうとしているのかもしれない。

すると、パパが階段を一段飛ばしでおりてきた。

「フローラ！」

パパは言って、階段のほうをふりかえる。

「アニー！　フローラが帰ってきたぞ！」

そして、わたしに向かって、「ママを呼んでおいで」と言う。

わたしのパパは面白《おもしろ》くて、すてきな人だ。仕事は会計士だけど、うちにいて家族だけのときには、自分で編んだ模様編みのセーターを着てる。髪は立ってて、ママがつぶしてあげないとならないし、いつもおかしなことばかり言う。わたしのためなら、なんだってしてくれる。それはわかってるし、わたしもパパのためならなんだってする。わたしには、そんな力はないけど。パパの姿を見るだけで、ほっと安心に包まれるような気がする。パパはわたしのよりどころ。

だけど、今日のパパはひどく不安そうな顔をしている。わたしはなにか大切なことを忘れてるんじゃないかと思って、手と腕を見る。

「わたしたち、引っ越《こ》すの？」

わたしは言ってみる。

パパは力なくほほえむ。

「ちがうよ。そうじゃない。引っ越《こ》したりしないよ。アニー！」

ママが階段を駆《か》けおりてきて、そのままわたしたちにつっこみそうになる。ロングカーディガンがうしろにたなびいて、髪はちぢれてくしゃくしゃのままだ。

「フローラ、おかえりなさい。ああ、フローラ。ペイジは元気だった？　よかった。お茶でも飲みましょうか」

ママがわたしの腕を見たので、つき出して、なにも書き足されていないのを見せる。ペイジから渡された黄色いポスト・イットはカバンにしまってある。ドレイクのことが知られたわけじゃないのがわかって、胸をなでおろす。知ってたら、ママたちはパニックを起こして、ペイジと話して、仲直りさせようとするに決まってる。まるでわたしが、自分の行動に責任を持てない小さな子どもみたいに。わたしはもう、小さな子どもじゃない。わたしは十七歳。

ドレイクのおかげで、覚えていられた。そのことを話そうとして、はっと口をつぐむ。ビーチで男の子とキスしたなんて、ママたちに知られたくない。このうちでは、わたしは小さな女の子だから。男の子とキスしたりしたら、だめだから。

わたしは、あのとき自分のしてることをちゃんとわかってた。その事実にしがみつく。いいことじゃなかったかもしれないけど、あのキスはわたしのものだし、現実だから。まだ記憶《きおく》に残ってる。この頭の中に。覚えていられるのは、わたしがドレイクを好きだから。ポケットの中の小石を握《にぎ》りしめる。この石をなくしたら、きっと記憶《きおく》も失ってしまう。

「お湯をわかしてくるね」

わたしはママに言う。

「ええ、お願い」

電気ケトルのスイッチを入れ、小さいころから使っている水玉のティーポットで紅茶をいれる。そして、テーブルに置き、冷蔵庫からプラスチックの容器に入った牛乳を出して、みんなのお気に入りのマグを並べる。冷蔵庫の扉《とびら》には、お気に入りのマグの写真が貼《は》ってある。A４の紙にプリントアウトされていて、下にそれぞれの名前が書いてある。たぶんわたしが自分で作ったんだと思う。わたしのはピンクの水玉で、世界一つまらないマグ。ママのは、エプロンをつけた女の人の絵がついていて、〈世界一のママ〉って書いてある。パパのは〈ウィリアム・シェイクスピア〉って書いてあって、ひげの男の人の絵がついている。パパもママも本当にそのマグがいちばん好きなわけじゃないと思う。でも、わたしはそれぞれのマグを出す。

カバンの中にペイジの言葉があるのを感じる。なんて書いてあるか、いちいち見る必要はない。今はまだ。ペイジの言葉はカバンのキャンバス地を通して、わたしの皮膚《ひふ》をじりじりと焼いているから。

「フローラ」

テーブルにすわると、パパは言った。パパのほうから話しはじめることは、めったにない。

「いいかい、困ったことが起こったんだ。大変なことが」

わたしはノートとペンを取り出し、スマホをテーブルの上に置く。忘れちゃいけないことだって、わかったから。

ママは両手で紅茶のカップを包むように持ったまま、黙《だま》っている。ビスケットを食べたら？とすら言わない。

「ジェイコブのことはわかる？」

ママが聞いた。

「うん、大好き！　ジェイコブはわたしのお兄さんでしょ？　どこにいるの？」

パパとママの視線を追うと、壁にかかっている写真を見ている。

壁には、わたしとママとパパの写真がセロハンテープで貼《は》ってある。その横に、写真立てに入った男の子の写真がかかっていた。写真の下にはそれぞれ名前が書いてあって、男の子の写真には〈ジェイコブ（兄）〉とある。

ジェイコブはわかる。世界一好きな人だから。わたしより大きくて、よく抱っこして歩いてくれたり、ひざの上でテレビを見せてくれたりした。足の爪にペディキュアをぬらせてくれたときのことは、はっきり覚えている。

ママが早口で説明する。

「ジェイコブは今、フランスにいるの。フローラより年上よ。それは覚えてる？　ジェイコブは二十四歳なの。今はフランスに住んでいて、しょっちゅうは会えないけど、あなたのことを心から愛している。パパとママのことよりずっと」

「二十四歳？」

わたしは眉《まゆ》を寄せて写真を見つめる。写真の男の子は黒い髪をしたやせっぽちで、でもハンサムだ。二十四歳よりずっと若く見える。

パパが言った。

「それは、むかしの写真だからね。今は二十四歳だ。わたしたちもしばらく会ってない」

パパはわたしの表情を探るように見てから、続けた。

「昨日、ジェイコブから電話があった。そして、今朝、病院から連絡《れんらく》がきたんだ。ジェイコブは病気でかなり具合が悪いらしい。パパたちはジェイコブのところにいかなきゃならないんだ」

わたしはなんとか話についていこうとする。

「そんなに長いあいだ会ってなかったなら、どうしてわたしのことを愛してるってわかるの？わたしがジェイコブのことを愛してることは、わかるよ。だって、覚えてるから」

「わかるのよ。今、大事なのは、そのことじゃないの。ママたちは、ジェイコブが入院してる病院へいかなければならないの」

「フランスにいくの？　だから、スーツケースがあるんだ。旅行にいくってこと？　ジェイコブに会いに？」

わたしは旅行にいったことがない。フランスって言われても、エッフェル塔《とう》の写真がぼんやり浮《う》かぶだけで、どんなところかぜんぜんわからない。

「そうじゃない」

パパが言った。ママはカップの半分を一口で飲んだ。緊張《きんちょう》してるのがわかる。

「フローラはいかないの。パパとママはいくけど、フローラはうちに残って。フローラは、ここにいるのがいちばんいいから。フランスにいくのは、負担が大きすぎる。それに、ママたちはジェイコブのことでせいいっぱいなの。旅行は大変だし、新しい場所にも慣れなきゃならない。だからここにいたほうが、フローラのためなのよ」

「だけど、わたしもジェイコブに会いたい！　ママたちといっしょにいく！」

「フローラは、パスポートも持ってないから」

ママの声がうわずった。

「ここにいれば、安全なの。昨日、パーティにいく前にペイジに話したら、うちにきて泊《と》まってくれるって。客間のベッドを用意しといたわ。ペイジが面倒《めんどう》を見てくれるから。困ったことがあっても、おとなりへは、いっちゃだめよ。最近じゃ、ロウさんはあなたよりいろいろわからなくなってて、あなたとロウさんとじゃどういうことになるか、わかったもんじゃないもの。ペイジに任せておけば、大丈夫。お金も置いていくから。冷蔵庫に食事もたっぷり用意しておくし、そんなに長くはならないからね。毎日、薬を飲む時間にメールするわ。ゆっくり眠れるように、夜はもう一錠《いちじょう》よけいに飲むといいわね。気持ちが落ち着くから。どこにいるか忘れても、ペイジがちゃんと教えてくれるから大丈夫よ」

「そう……」

こんな話だとは、思いもしなかった。よく考えてみる。ペイジはうちに泊《と》まりにこないし、わたしがどこにいるか忘れても、教えてくれないだろう。なぜなら、ペイジはもうわたしとは口をきかないから。なぜなら、わたしがペイジの彼氏とキスしたから。さっきの会話はまだ覚えていたけど、パパとママに話せないから、自分ひとりで、なんとかするしかない。

パパとママが言ったことはすべてノートに書きとめ、そのページをスマホで写真に撮《と》っておく。ジェイコブは病気で、わたしは会いにいきたいけど、パスポートがないから、会いにいけない。でも、ひとりでうちにいることになれば、一日じゅうドレイクのことを考えていられる。家の中にいて、キスのことを思い出すこともできる。どこへいくのか、いちいち聞かれずに、キスをしたビーチにもいける。記憶《きおく》の海に浮《う》かぶ島みたいに、わたしの中にあのキスは存在している。できるだけたくさんの時間を、キスの記憶《きおく》と過ごしたい。消えてしまうかもしれないから。

そう考えたら、わくわくしてきた。

「どのくらい、いってるの？」

ママがほんの少しだけ、緊張《きんちょう》を解いたのがわかった。

「五日間の予定。どういう状態にしろ、五日あれば、対処《たいしょ》してもどってこられるはずよ。またパパかママがいかなきゃならなくなったら、いけばいいから。フローラのことを置いていくのは嫌《いや》だけれど、今回だけはそれよりどうしようもないの」

わたしはうなずいて、紅茶を飲んだ。

「ママたちが帰ってきたら、フランバーズへいける？」

ママが背もたれに寄りかかった。わたしがひどいことを言ったみたいに。そして、ぎゅっと目を閉じた。パパが手をのばして、ママの手に重ねた。

「なにか楽しいことをしよう。約束だ」

パパは言った。

わたしは食卓にすわっている。この家は知っている。いっしょにすわってる人は、パパとママと似てるけど、ずっと年取っている。手を見る。わたしはフローラ。勇気を持たなきゃいけない。なにが起こっているのかも、だれがなにをしゃべっているのかも、数分前まで自分がなにをしていたのかも、なにもわからない。

でも、ドレイクとビーチでキスしたのは、わかってる。ドレイクはわたしに、いっしょにひと晩過ごそうと言った。わたしは小さい女の子じゃない。波が浜の砂利《じゃり》におしよせていた。暗くて、月の明かりが海面に映《うつ》っていた。わたしはドレイクが好き。

ジーンズのうしろのポケットに手を入れて、わたしの記憶《きおく》を保ってくれる魔法の小石に触《ふ》れる。石はちゃんとそこにある。取り出しはしない。パパとママに記憶《きおく》を失っていないことを話したい。話そうとするけど、男の子とキスしたこと話さないほうがいいと思い直して、口を閉じる。

ポケットにはパンフレットも入っている。取り出して、テーブルの上に置く。パパが手をのばして、パンフレットを取り、ゴミ箱に捨てた。なんのパンフレットか、読んでもいなかったのに。目の前に紙がある。手にとって、読む。だれも、なにも言わない。ママがわたしの肩に腕を回す。

「大丈夫よ。あなたは自分の家にいるの。今、ママたちがパリにいかなければならないって話していたところ。ジェイコブに会いにいくのよ。ジェイコブはとても具合が悪くて、ママたちがいってあげないとならないの。あなたは家に残って、ペイジといっしょに過ごすことになってるのよ」

ジェイコブはわたしのお兄さんだ。わたしはジェイコブのことが大好き。ジェイコブのことは覚えている。小さいころ、やさしくしてくれた。今は病気で、パパとママが会いにいくことになってる。ペイジがうちに泊《と》まって、面倒《めんどう》を見てくれる。すごく楽しみ。

ママが言っている。

「大丈夫？　ちゃんとわかった？　ママたちは明日の朝、早く出発するからね。エクセター空港から十一時の便でパリに向かうから。それも、書いておいて。ママが書いてあげてもいいわよ。空港には車でいくからね」

うちには車があるけど、ママたちは運転が好きではない。車はうちの裏にとめっぱなし。どうしてそのことを知ってるのかはわからないけど、知ってる。今回のことは、きっと重大なことなんだ、ママたちが運転するくらいだから。

「ペイジには九時にくるように頼《たの》んでおいたから。念のため、もう一度確認しておいたほうがいいわね。今、電話しときなさい。それとも、ママがしておく？」

「ううん、大丈夫。わたしが電話する。ペイジが泊《と》まりにくるなんて、うれしい」

わたしはペイジの彼氏にキスをした。ペイジには言えない。ママにも言えない。

「こまめに連絡《れんらく》するって約束して」

「うん、約束する」

「スマホからメッセージを送るといい」パパが言う。「ただ、飛行機に乗ってるときは、返信できない。飛んでいるときは、電源をオフにしないとならないんだ」

「あと、圏外《けんがい》のときも、すぐには連絡《れんらく》できないわ。でも、国際通話範囲《はんい》を調べたら、フランスはちゃんと使えるって。それに、フローラの誕生日にはじゅうぶん間に合うように帰ってくるからね。それは、ぜったいに大丈夫。スマホはいつも充電しておくのよ。メッセージもチェックして」

わたしは立ちあがった。そのひょうしに、椅子《いす》がうしろにかたむいて、倒《たお》れてしまった。ぎこちない動作で椅子《いす》を起こし、元通りにする。

「わたしは大丈夫だから。心配ないから。ひとりでちゃんとやれる。ペイジもいるし。きっとわたしにもいいと思う。えっと、ペイジには今から電話するから。わたしのことは心配しないで。ペイジとふたりでちゃんとやるから」

ママはにっこりした。

「もちろんそうよね。出かける前に、家じゅうにメモを貼《は》っておくから。ね？　ぜんぶちゃんと書いておくからね。ペイジがいっしょにいてくれれば、ママもそんなに心配しなくてすむわ」

「ママたちはジェイコブのことを心配してあげて。わたしは平気。ジェイコブはどこが悪いの？」

「わたしたちにもわからないんだ」

パパが言う。

わたしはペイジに電話をしたけど、ペイジは出なかった。


わたしの部屋の壁にも、別のジェイコブの写真が飾《かざ》ってあった。わたしの記憶《きおく》に残っている男の子が、〈アリゾナ・グランドキャニオン・ステイツ〉と書いてあるTシャツを着て、ブロンドの女の子と手をつないでいる。写真の下に書いてある字によれば、その女の子はわたしだ。写真の中のわたしたちは、庭に立っている。この家の庭だけど、ブランコがある。今もあればいいのに。パパたちに買ってくれるように頼《たの》んでみよう。

壁から写真を取って、まじまじと見る。指先でジェイコブの顔をなぞる。わたしのお兄ちゃん。ジェイコブは今、この写真より大きくなっていて、病気だ。写真をひっくりかえすと、裏になにか書いてある。こんなところになにか書いてあるなんて、思いもしなかった。

〈電話して。愛してるよ〉そして、数字が並んでいる。

わたしはそれをじっと見て、また壁にもどした。


そのあと、ママは一日じゅう料理をしていた。本当なら、食事くらいわたしが自分で作らなきゃいけないのに。ママは、わたしがオーブンをつけっぱなしにするとか、どうかすると、ガスを部屋に充満《じゅうまん》させてマッチをすったっておかしくないって思ってる。作った料理はすべてお鍋《なべ》やお皿に入れて、アルミホイルをかぶせ、ペイジとわたしが食べる日をメモに書いて貼《は》りつける。明日はラザーニャ、火曜日はカレー、水曜日は魚のパイ、木曜日はマカロニチーズ、金曜日はピザ。土曜日に、ママたちは帰ってくる。ママは、パンとパンに塗《ぬ》るものを棚《たな》にぎっしり入れ、さらに大鍋《おおなべ》いっぱいの昼ごはん用のスープまで作った。

ペイジに電話しようとしたけど、スマホの画面を見たらもう五回も電話していた。ペイジは電話に出ない。そう思っているところへ、メールがきた。

〈フローラ、電話するのをやめて。フローラとは話したくないの。わたしの彼氏とキスしたから。わたしのことはほっておいて〉

ママたちには話せない。

わたしは思い出にひたる。わたしは、ドレイクのことが好き。そのおかげで、わたしの脳はまた働くようになった。あのとき、わたしはビーチにすわっていた。波がおしよせていた。そうしたら、彼がきて、わたしの横にすわった。パブにすわりながら、まちがった女の子とつき合ってしまったかもしれないって思ってた、と言った。わたしのことをきれいで興味深いって言った。そう、わたしはふたりの会話を思い出せる。その記憶《きおく》にしがみつく。わたしは覚えている。会話をひと言ひと言さらい直す。何度も何度も何度も。

カバンの中にペイジの書いた黄色いメモがあるのを見つけて、ぜんぶ並べて写真を撮《と》る。ペイジに電話してはいけないことを忘れないように。本当は太いペンで腕に書きたいけど、パパとママが出かけるまで、それはできないから。

夜になってやっと、すべて準備が整った。五日分の食事が用意され、薬はキッチンの小さな箱にきちんと仕分けされて、ひとつひとつの箱に飲む日が大きな字で書いてある。パパとママは玄関にスーツケースを置いて、パスポートを何度も確認した。航空券はネットで予約したから手元にはないけど、ふたりがエクセター空港からパリにいくことも、明日の朝五時に発《た》つことも、わたしはちゃんとわかっている。なぜなら、そう書かれたメモがキッチンのあちこちに貼《は》ってあるから。廊下やリビングにもメモがあって、たぶんほかの部屋にも、家じゅうに貼《は》ってある。そっちのメモにはどれも、キッチンへいくようにと書いてある。

ママはエプロンをフックにかけて、髪をとめていたゴムを外《はず》すと、むりに笑顔を作ってわたしを見た。

「ビーチまで散歩しない？　コーンウォールの風にあたるのがいちばんって気がするの。出発する前にコーンウォールの風を感じておこうと思って」

わたしは靴をはいて、レインコートを着ると、外に出る。玄関には、いろんなものが積みあげてある。テニスボール、かなり古そうなクリケットのバット、すみのほうには、わたしの小学校時代の教科書が入ってる段ボール箱もある。どうか偶然《ぐうぜん》ペイジに会ったりしませんように、と祈《いの》る。わたしはひとりでも大丈夫だけど、パパとママは、本当のことを知ったら、ぜったいにわたしをひとりで置いていったりしない。パパとママには、ジェイコブのところにいってほしい。それに、自分ひとりでもちゃんとやっていけるか、確かめてみたい。記憶《きおく》の中で好きなように暮らしてみたい。

玄関のドアが少しだけ開いていたので、パパとママがおし殺した声で話しているのが聞こえてきた。わたしに聞かれたくないときに、よくそうやって話してる。ドアをもう少し開いて、立ち聞きしたい誘惑《ゆうわく》にかられた。でも、一歩ドアのほうへ踏《ふ》み出したとたん、ママが言うのが聞こえた。

「だめよ、あの子はなにもわかってない。このままにしておくのがいちばんよ」

わたしは凍《こお》りついた。

わたしはなにもわかってない。

でも、これからはもう、そうじゃない。なぜなら、覚えていられるようになるから。パパとママには、わたしに隠《かく》していることがある。〈パパとママはわたしになにか隠《かく》してる〉わたしはそうメモに書いて、ポケットにつっこむ。パパたちが留守《るす》にしてるあいだに、家の中を探して、秘密をつきとめることができるかもしれない。

玄関ポーチから庭におりる。ここにブランコがあったはず。わたしはその場所をじっと見つめる。

うしろからママが出てきて、ポーチに立って深呼吸した。わたしは気づかないふりをする。ママは三十秒ほどそうしてから、思い切り明るい声で言った。

「フローラ！　いいわよ。海を見にいきましょ」

あの子はなにもわかってない。

そう、それがわたしの人生だった。ドレイクと出会うまでは。

「うん」

ふりかえって、一瞬《いっしゅん》、ためらう。今ここで、わたしはなにをわかってないのか聞いたところで、ママは答えてくれないだろう。今は、このままにしておいたほうがいい。あとでつきとめればいい。

「ジェイコブはどうしたの？」

わたしは聞いた。

「わたしたちにもわからないの」

たぶんわたしは同じ質問を百回くらいしたんだろう。ママの声がいらだってる。

ママはわたしよりも背が低くて、太ってる。黒い髪はごわごわしていて、量が多くて、わたしの髪とはぜんぜんちがう。わたしの髪は、腹が立つくらい色が薄《うす》くて、すごいネコっ毛。ジェイコブのことでママが動揺《どうよう》してるのはわかったから、なにかしてあげたいって思う。でも、なにかしてあげることなんて、わたしにはできない。ママがわたしになにかしてくれるだけ。いつも一方通行。

道路のむこうに、海の描くまっすぐな水平線が見えた。でも、わたしたちはすぐに海へ向かわずに、道路の反対側の公園のなかを歩いていく。緑が多くて華《はな》やかで、わたしを毛布みたいに包んでくれる幸福な場所。

「どうして会わなくなったの？」

わたしが聞くと、ママはビクッとして、わたしを見た。

「会わなくなったって、だれに？」

だれのことかわかってるくせに、ママはたずねた。

「お兄ちゃん」名前を思い出そうとする。「ジェイコブ」

「ああ、それはね、いろいろ複雑なのよ。むかしのことだし。そのころはジェイコブも若くて、頑固《がんこ》だったからね、自分が一番よくわかってるって思ってたの。それに……」

ママは顔を背《そむ》けた。

「わたしと関係ある？」

そうにちがいない。ママの表情を見れば、わかる。

「そういうわけでもないのよ」

ママは足を速め、公園の出口へスタスタと歩きはじめる。門に「放火は犯罪《はんざい》です」というポスターが貼《は》ってある。わたしは小走りでママを追いかけた。これ以上聞かないほうがいいのはわかってた。それに、もしママが話してくれたとしても、忘れてしまう。もしかしたらすでに百回くらい、聞いてるのかもしれない。わたしと暮らすのはうっとうしいだろうなと思う。

道路を渡り、手すりに寄りかかって海をながめた。風は冷たいけど、あらゆるものが夕日に照らされて細かいところまでくっきりと見える。ビーチの石ひとつひとつが、それぞれ影《かげ》を投げかけている。海は鏡のように輝《かがや》き、空はキンと晴れている。

左側には、プールが見える。見ているだけならすてきだけど、小さいころに水泳を習っていたときのことを思い出すと、泳いでみようという気にはならない。その先の沖《おき》のほうに、おとぎの城が立っていて、そのうしろにぐっと陸地がせり出し、ここだけの世界をつくっているように見える。閉ざされた安全な港。ここはわたしの世界だ。むかしからずっとそうだった。

右側も、やっぱりぐっとカーブした陸地に囲まれている。

ドレイクは、十歳のときからずっといきたいと思っていた遠くて寒い場所にいる。授業は英語で行われる。それはラッキーなことだ。なぜなら、ドレイクは語学はてんでだめだから。

右の手を見る。〈フローラ、勇気を持って〉と書いてある。いつか、わたしはなにかを成しとげる。そう、いつか。

「フローラと会えないのがさみしいわ」

ママが言う。

「帰ってくるよね？」

口をついて出た。自分でも理由はわからない。

ママがわたしのことを見ているのを感じるけど、ひたすら海を見つめつづける。ドレイクとわたしは、ここからすぐのところでキスをした。左へちょっとおりたところ。満ち潮だった。わたしたちがすわっているすぐそばまで、海がきていた。ドレイクの唇《くちびる》の感触《かんしょく》を覚えている。海草の香りがしたのを。あの瞬間《しゅんかん》、わたしは友情のことなんてなにも考えなかった。そして、恥《は》ずべきことだけど、今、同じ状況《じょうきょう》になったら、また同じことをする。百回だって。ジーンズのポケットに手を入れる。石はまだそこにある。

「もちろん帰ってくるわよ。フローラ、ママを見て」

わたしはしぶしぶ、ゆっくりとママのほうに顔を向ける。ママはわたしの目をじっと見つめる。ママの表情は読めない。

「必ず帰ってくるって約束する」

ママはそう言いながら、食い入るようにわたしを見つめる。

「向こうでしなきゃならないことをして、それで帰ってくる。わかった？　ここでちゃんと待っていれば、ママたちはもどってくるから。ほかのところへいってはだめ。よけいなことは考えないで」

わたしは冗談《じょうだん》を言ってみる。

「ママたちが帰ってくるころには、太っちゃって、わたしだってわからないかも。あんなにたっぷり食べ物があるから」

作り置きの食べ物のことを覚えているって、わかってほしかったから。ママが喜ぶのがわかる。

「そうね。ちゃんと食べるのよ。一日三食食べて、毎日朝と夜に薬を飲むこと。あと、しょっちゅうメールするようにしてね」

「もちろんそうする」

「本当に気をつけるのよ。ぜったいにどこかにいったりしないで」

ママにじっと見つめられて、わたしは海のほうを向いた。わたしたちは並んで立って、大西洋を見つめた。わたしの頭は、ドレイクのことでいっぱいだった。

第三章

自分の部屋の床にすわって、ノートを読む。
黒いハードカバーの表紙に、白いシールが貼《は》ってあり、こう書いてある。

フローラの物語。頭が混乱したときに、読むこと。

わたしの字ではない。たぶんママのだろう。

あなたはフローラ・バンクス。
今は~~十十~~十七歳で、コーンウォールのペンザンスで暮らしています。十歳のとき、脳に腫瘍《しゅよう》ができて、十一歳のとき、手術でとりのぞきました。そのときに、記憶《きおく》の一部も失われてしまいました。日常の動作や手仕事（お茶の入れ方や、シャワーの使い方）は覚えていますし、病気の前の生活のことも思い出せます。でも、病気以降の、新しい記憶《きおく》を保つことはできません。
あなたの症状《しょうじょう》は、前向性健忘症《ぜんこうせいけんぼうしょう》といいます。数時間なら記憶《きおく》することができますが、そのあと、忘れてしまいます。忘れると、あなたはひどく混乱します。でも、心配いりません。あなたにとっては、ふつうのことなのです。

頭が混乱したときは、手やメモやスマートフォンやこのノートを見るようにしなさい。自分がどこにいて、どういう状況《じょうきょう》なのか、思い出すのに役立ちます。あなたはいろいろなことを書きとめるのが、とてもうまくなりました。手に書いてある自分の名前を見て、気持ちを落ち着かせ、いろいろな手がかりをたどって、どういう状況《じょうきょう》なのか、いつもちゃんとつきとめています。

ママとパパのことは覚えていますし、いちばんの仲良しのペイジや、十歳までに知っていた人たちのことも、ちゃんとわかります。ほかの人のことは忘れてしまいますが、問題ありません。あなたのまわりの人は事情を知っていますから、わかってくれます。

あなたがペンザンス以外のところで暮らすことはありません。ここなら、安全だからです。この町の地図はちゃんと頭に入っていますし、ここはあなたの生まれ育った場所です。これからもずっとパパとママと暮らして、ママたちが面倒《めんどう》を見ますから、なにも心配することはありません。

あなたは賢《かしこ》くて、強い娘です。決しておかしくなんかありません。

あなたは読み書きは得意で、医学的には問題ない人たちよりも、いろいろなことによく気づきます。

必要なものはすべてそろうよう、ママたちが取りはからいます。今は、一日二回薬を飲んでいます。薬はこれからも飲みつづけてください。

愛をこめて　ママ

ノートを閉じる。自分が記憶喪失《きおくそうしつ》だってことを忘れるなんて。でも、記憶喪失《きおくそうしつ》だから、忘れるんだ。

わたしは、自分が十七歳だとわかっている。わたしはドレイクとキスした。キスのことは、細かいところまでぜんぶ思い出せる。わたしはビーチにすわっていた。ドレイクがきて、横にすわった。そのときわたしは十七歳で、今も十七歳だって、わかっている。

わたしの部屋は、十歳のときと変わらない。ピンクと白で統一され、フリルや人形や子どものおもちゃがあちこちにある。バービー人形とテディベアにレゴもある。

ノートに書いてあることは、もう、本当じゃない。今はもう、記憶《きおく》があるから。十歳よりあとの記憶《きおく》。昨日みたいに感じられる日の記憶《きおく》が。そうだ、テストをしてみよう。

ベッドの上におもちゃを並べる。ブラウンの髪のバービー、レゴの救急車、フィリスという名前のふにゃふにゃのやわらかい人形、それから、『ハリーポッター』に出てくるヒッポグリフ（注：西洋の幻獣《げんじゅう》。上半身がグリフォン、下半身が馬）のバックビーク。それらをじっと見る。バービー、レゴ、人形、ヒッポグリフ。それからピンクの薄《うす》い毛布を上にかけ、ノートに書きこむ。〈バービー、レゴの救急車、人形のフィリス、バックビーク〉。毛布を取って、確かめる。でも、見なくても、合ってることはわかってた。一度、部屋を出て、数時間後にもどって、それでも覚えているか確かめなきゃならない。

もう一度、おもちゃに毛布をかけ、ノートのうしろのページを破り取る。

〈ベッドの上にあるおもちゃはなにか?〉

そう書いて、ドアを入ってすぐの床の上に、ペンといっしょに置く。こうしておけば、部屋にもどってきたときに、すぐ答えを書ける。

わたしは男の子とキスをして、恋をしてる。わたしは十七歳で、小さい女の子みたいな部屋はもういらない。こんな部屋、バカみたい。わたしはテディたちを腕に抱《かか》え、レゴの箱の中につめこみ、部屋のすみにおしやる。それから、洗濯かごからシーツを取ってきて、レゴの箱の上にかぶせる。こういうおもちゃは子どものもので、わたしは子どもじゃない。

部屋の壁をぬり直したらいいかもしれない。ぬり直すなら、白にしよう。シンプルな白、そう、ふつうの部屋みたいに。そういう部屋なら、どんなことだって起こるようになるから。

床にすわって、シーツのかけられたものを見る。あれは、レゴの箱だ。わたしは記憶《きおく》の中に入っていく。

記憶《きおく》の中のわたしは(たぶん、この部屋の)床の上にすわって、レゴの救急車で遊んでいる。わたしはふつうの女の子で、まだ小さい。いっしょに床にすわってる大きい人に話しかけている。その人は、小さなレゴの人形を病院へ運ぶのを手伝ってくれている。お兄ちゃんのジェイコブだ。

あれは、初めて学校にいった日だった。わたしは怖《こわ》いのと興奮《こうふん》とで、まだ暗いうちに起きてしまった。制服に着替《きが》えて、リュックを背負《せお》い、じっと待ってたけど、とうとうがまんできなくなって、パパとママとお兄ちゃんを起こしにいった。それでもまだ朝早かったから、三人ともブツブツ文句を言った。

わたしは出かける用意をしていた。わくわくしてる。なぜなら、乗り物がたくさんある遊園地へいくから。わたしは待ちきれない。うずうずして、そこいらじゅう跳《は》ねまわって、もう車に乗ってもいいかって、みんなに聞いている。一刻も早くいきたくてたまらない。みんなは笑って、先に朝ごはんを食べなきゃって言う。乗り物のある場所についたあとのことは思い出せない。思い出せたらいいんだけど……フランバーズ。あそこの名前は、フランバーズだった。

「ママ？」

わたしは大声で呼ぶ。ママはどこにいるんだろう。そろそろお茶の時間じゃなかったっけ？でも、ママは答えない。わたしはとりあえずお湯をわかそうと思って、キッチンまで走っていく。すると、壁じゅうにメモが貼《は》ってあって、ママがいない理由がわかる。パパとママはいないんだ、ジェイコブに会いにいってるから。ジェイコブは、最初の記憶《きおく》の中に出てくる大きな人。わたしのお兄ちゃんで、今は病気。

パニックがおしよせる。ひとりで家にいるなんて、できない。ひとりはいや。だれかがいてくれないと。ママにいてほしい。パパにいてほしい。だれかにそばにいてほしい。ジェイコブは病気なら、うちに帰ってきて、看病《かんびょう》してもらえばいいのに。

ビーチでドレイクとキスしたことは思い出せるけど、ほかのことはなにひとつ思い出せない。階段を駆《か》けあがって、自分の部屋にいく。ママたちの部屋のドアは見ないようにする。ママたちがいないのを見たくない。

わたしの字で書かれたメモがある。

〈ベッドの上にあるおもちゃはなにか？〉

毛布をどけると、バービーとレゴの救急車とフィリスっていうふにゃふにゃの人形とヒッポグリフが並べてある。わたしは、それを紙に書く。なぜなら、質問の横にペンが置いてあったから。でも、どうしてこんなことをしなきゃいけないのか、わからない。もどかしくて、泣きそうになる。

ひとりで生活するなら、もっとちゃんとしたメモを書かなきゃ。ノートを開いて、〈生きるためのルール〉と書き、アンダーラインを引く。そして、なにか考えようとするけど、浮かんでくるのは、パニックを起こしてはだめということだけ。だから、そう書く。

パニックを起こさないこと。なぜなら、たぶんなんの問題もないし、もしあるとしても、パニックは状況《じょうきょう》を悪くするだけだから。

そして、書いた文章を見る。なかなか賢《かしこ》いルールに見える。

部屋から部屋へ、中を見てまわる。そして、次々メモを書いて、ふだん貼《は》らないような場所にも貼《は》っていく。メモはどんどん長くなっていく。どうしてわたしはひとりなのか、ひとりなのはいつまでか、自分がどうしてそうしたことを覚えていないのか。ジェイコブの写真のまわりにも、メモを貼《は》りつける。〈ママとパパはジェイコブのところにいる。なぜなら、ジェイコブは病気だから。どのくらい悪いかはわからない。でも、深刻な状態〉。ママたちとのメールのやりとりをぜんぶポスト・イットに写して、キッチンの壁に一列に貼《は》る。メッセージがきて、薬を飲むように言われたので、飲む。

〈フローラ、薬を飲んでね〉

〈ママたちがもどってきたら、フランバーズにいける?〉

返事はこない。

それから、ペイジにメッセージを送ろうと思い立つ。ペイジはわたしといっしょにうちにいるはずなのに、うちにはいないから。でも、スマホの画面にペイジの名前を表示させると、ペイジからのメールがずらりと出てくる。ぜんぶ、電話をかけてこないでって書いてある。わたしがペイジの彼氏とキスをしたから。わたしはメールをじっと見つめる。また、怖《こわ》くなる。パパとママがいなくて、ジェイコブは病気で、ペイジはわたしのことを嫌《きら》っていて、ドレイクはスヴァールバルにいるなら、頼《たよ》りになる人はひとりもいない。

ペイジはもうわたしの友だちじゃない。わたしがビーチでペイジの彼氏とキスしたから。わたしは覚えている。本当にあったことだって、わかってる。ペイジがわたしと会いたくないのはとうぜんだ。わたしはペイジのメールを見つめつづける。ペイジと会ったのは、初めて小学校にいった日だった。ふたりとも四歳で、ふたりとも髪をお下げにしていた。

枕元《まくらもと》のメモを見る。ドレイクって書いてある。わたしが書いて、ハートで囲ったのだ。黒い石がある。わたしは窓辺に立って、石を唇《くちびる》にあてる。ドレイクがこの石をくれた。わたしは、彼が石をくれたのを覚えている。わたしは覚えている。

月曜日は過ぎていった。わたしは一歩も外に出なかった。わたしはキスのことを覚えている。いつ、頭から消えてしまうかもわからないから、何度も何度もその記憶《きおく》にひたりきる。そのうち、まわりのこの家よりもリアルに思えてくる。頭が混乱して、どうして自分がひとりでいるかわからなくなったときも、わたしにはこの記憶《きおく》がある。それから、そこいらじゅうに貼《は》ってあるメモを見て、残りを思い出す。

〈ジェイコブは病気〉と書いてある。〈パパとママはパリのジェイコブのところにいる〉。パパとママは、ペイジがうちにきていると思っているけど、ペイジはここにはいない。なぜなら、わたしに怒っているから。ペイジはもう、わたしの友だちじゃない〉この事実は、いたるところに貼《は》られていて、頭の中にどんどんおしいってきて、わたしは泣きたくなる。ペイジはわたしの友だちじゃない。パパとママには、心配をかけないようにペイジがうちにいるって思わせなきゃならないけど、本当はペイジはここにはいない。なぜなら、ペイジはもうわたしの友だちじゃないから。悪いのはわたし。

ドレイクとのキスの記憶《きおく》にひたる合間に、ピアノで「きらきら星」を弾《ひ》いてみる。最初はあわせて「ABCの歌」を歌い、それから同じメロディで「メエメエ黒ヒツジ」を歌う。お風呂に入り、バスタブで本を読んでみる。それから、それぞれの部屋の真ん中にじっと立って、静けさに耳を澄《す》ませる。

階段の下のおし入れに白いペンキの缶《かん》があるのを見つけて、部屋の壁をぬりはじめる。部屋の壁を白にしたいから。そっちのほうがふつうで、大人の色だから。わたしはふつうの大人になりたいから。ベッドを壁から離《はな》して、おもちゃ箱を部屋の真ん中にずらし、床が汚《よご》れないようにシーツと薄《うす》いピンクの毛布を敷《し》く。わたしの服はペンキの跳《は》ねだらけになるけど、まだ部屋の半分しかぬれていない。でも、今のところできばえには満足だ。

ママたちが空港とフランスから送ってきたメッセージに慎重《しんちょう》に返事を打ち、ママたちが到着《とうちゃく》した時間と、なんて書いてあったかを、メモに取る。メッセージには、忘れずに、ペイジがいっしょにいると書く。ふたりでテレビを見ているふりをする。ママたちはそれを聞いてほっとする。わたしは薬を飲む。夜に一錠《いちじょう》よけいに飲んだら、本当にものすごく眠くなる。

〈パパとママはわたしになにか隠《かく》してる〉と書いてあるメモを見つける。なんだか嫌《いや》だ。メモを壁に貼《は》りつけ、しばらくじっと見つめている。それから、ママたちの部屋へいって、そこにあるものを調べはじめる。秘密がなんなのか、つきとめられるかもしれないから。でも、わたしにわかる範囲《はんい》では、興味を引くようなものはなにもない。なにか隠《かく》してあるかもしれないと思って、ママたちの本のページをめくる。引き出しの中を見る。ママの服の入った引き出しの奥にカードの束があるのを見つける。取り出してみると、母の日のカードが十七枚、輪ゴムでとめてある。一枚目はわたしの足形。四枚目には、子どもっぽい大きな字でわたしの名前が書いてある。次の六枚を見ると、「ママへ、フローラより」という字がどんどん読みやすくなっているのがわかる。そのあとのはパパの字で、また次からわたしの字になっている。

これが秘密のはずがない。わたしは探しつづける。

お昼ごはんにはスープを、夜ごはんにはラザーニャを半分食べる。二回とも、シンクにお湯をはって洗剤を入れ、お皿を洗って、ぜんぶ片づけた。コーヒーを飲み、そのあとは紅茶を飲み、最後は水を飲んで、半分白くなった部屋でベッドに入る。今日はいそがしかったから、出かける時間がなかったと思い、ペンキはいいにおいだと思う。明日、最後までぬるのを忘れないようにしないと。

ひとりの生活はうまくいきそう。

ベッドに横たわって、ドレイクのことを書いたメモを読む。ドレイクは外国へいった。今は、北極にいる。ドレイクが北極にいるところを思いうかべようとするけど、雪しか想像できない。お店とかあるのかな？　わたしの頭の中の北極には、お店とか建物はなにもない。でも、ドレイクがいるのは、正確には北極じゃない。スヴァールバルっていうところの大学にいる。大学なら、食べ物もあるはずだし、ベッドだってあるだろう。

ドレイクのとっている授業は英語で行われている。知っているのは、ドレイクがそう話してくれたから。わたしは覚えている。

うとうとしながら、ふつうってどういう感じだろうって想像する。頭の中に本当にあったことがぜんぶ、はっきりとした映像で残っていて、好きなときにしまわれている記憶《きおく》を見直すことができるなんて。それって、想像できないくらい贅沢《ぜいたく》。そして、失われてしまったすべてのことを思って、泣きながら眠りにつく。目が覚めても、まだ覚えていることを祈《いの》りながら。


夜中にビクンとして目が覚める。心臓がドキドキ打っている。ベッドの上で起きあがって、まわりをながめる。うちの中は物音ひとつしなくて、息づまるような静けさが実際に存在しているように感じる。

枕元《まくらもと》の照明へ震《ふる》える手をのばす。わたしはドレイクとビーチでキスをした。わたしは十七歳。でも、それだけじゃない。手探《てさぐ》りで照明を探す。なにかおかしい。照明が見つからない。真っ暗な中にこれ以上いても立ってもいられなくて、ベッドから出る。ベッドが部屋の真ん中に置いてある。だから、照明が見つからなかったのだ。ペンキのにおいがする。足の裏が床板にくっつく。廊下に出て、足の裏がいつものカーペットを踏《ふ》んだのを感じると、一気に階段を駆《か》けおりて、パパとママの部屋のドアを開ける。パパかママの姿をひと目見れば、不安が収まる。ママたちを起こしたくないから、そろそろと部屋の中に入っていく。カーテンのすきまから細い光が差しこんで、ふたりのベッドを照らしている。ベッドはきれいに整えられていて、しわひとつない。

ママたちはいない。パニックがおしよせ、おしつぶされそうになる、壁のスイッチにかけよって明かりをつけ、いきなりあふれた光に目をしばたたかせながら、まわりを見まわす。真夜中なのに、両親がベッドにいない。わたしの面倒《めんどう》を見てくれる両親がいない。パパもママも夜はいつもベッドにいるのに、いなかったら、どうすればいいか、わからない。パパとママはわたしのすべてなのに。パパとママがいなければ、なにもできないのに。呼吸が速くなる。パパの枕《まくら》の上にメモがある。ゆっくりと近づいていって、手に取る。ノートから破り取られた罫線《けいせん》の引いてある紙に、パパの字でこう書いてある。

〈フローラへ。パパとママは出かけている。ジェイコブが病気だからだ。ペイジがおまえといっしょにいる。キッチンにあるノートにくわしい説明が書いてある〉

キッチンへいって、情報をつないでいく。ペイジはここにいない。わたしがペイジの彼氏とキスしたから。わたしはキスしたことを覚えている。わたしは家にひとりでいる。もう一度眠るなんて、むり。わたしは今、ひとりでいて、この国には、そのことを知っている人も、気にする人もいない。

つまり、わたしはなんだってできるんだ。

紅茶を入れて、ベッドに持っていって、本を読もう。わたしは、なんだってできる。でも、ティーカップを持って本を読むことくらいしか、考えつかない。

外に出て、好きなところへいくことだってできる。できるけど、しない。

家の中を歩きながら電気をつけていって、パパとママとわたしがそこいらじゅうに貼《は》ったメモを読んでいく。ママたちのメモに書いてある指示を見て、まず玄関の鍵《かぎ》がしまっているかどうか確かめ（ちゃんとしまっていて、チェーンもかけてあった）、次に裏口も確かめる（こちらも大丈夫)。それから、電気ケトルをセットし、お湯がわくのを待っているあいだ、さらにメモを見てまわる。わたしの字で書いてあるものはほとんど、ドレイクのこと。ドレイクとキスしたことは、覚えている。そのときの記憶《きおく》は、リアルであざやかでくっきりしていて、頭の中のほかのぼんやりとした記憶《きおく》の中で輝《かがや》いている。

今は夜中の二時十五分。ペンザンスのほとんどの人たちは、眠っている。わたしは、家も、世界も、独《ひと》り占《じ》めしている。パパたちが使っている大きなパソコンの前にすわって、なにをしようか考えながら、半分夢うつつの状態でぼうっと画面を見つめる。

少しのあいだ、うとうとしていたにちがいない。パソコンの前で、ビクッとして目が覚めたから。また、最初から思い出さなければならない。そろそろベッドにもどるころのような気がして、〈フローラのノートパソコン〉というシールの貼《は》られたノートパソコンを腕に抱え、もう片方の手で生ぬるい紅茶のマグを持って、二階へあがる。

わたしの部屋の壁は半分ピンク、半分白にぬられ、ニスをぬった床はシーツと毛布でおおわれていて、白いペンキが点々と散っている。まだピンク色の壁の大部分は、説明書きのついた写真の貼《は》られたボードに占領《せんりょう》されている。

ベッドの横に、見慣れないごつごつした形のものがあって、毛布がかぶせてある。毛布を取ると、おもちゃ箱が出てきた。おもちゃ箱なんていらない。わたしは男の子とビーチでキスしたし、十七歳なんだから。おもちゃ箱を持ちあげて、廊下に出す。明日、壁の残りをぬろう。白くしたい、ふつうの部屋みたいに。前のわたしがやったことはなかなかいい、って思う。ペンキをぬりはじめたのは、たぶんわたしだから。

ウィキペディアのスヴァールバルのページを開いて、メールがきていることに気づく。自分がメールアカウントを持っていることも知らなかった。封筒《ふうとう》の形をしたアイコンのとなりには、赤い字で1とだけ表示されている。クリックする。その名前を見て、息ができなくなる。

ドレイクから。たった一行だけ。

フローラ、きみのことばかり考えてる。

何度もくりかえし読む。たった一行だけど、世界でいちばんの一行。わたしはそれをメモに写し取って、部屋じゅうに貼《は》りつける。

ドレイクのおかげで、覚えていられた。だからきっと、このことも覚えていられる。

ひとりでよかった。もしパパとママがいたら、いろいろ自由にはできないし、なんの不安もないから、夜中の二時半にパソコンを開こうなんて思わなかったはず。

一行のメールを何度も読む。わたしはドレイクが好き。そして、ドレイクもメールをくれた。わたしのことばかり考えてるって。わたしも、ドレイクのことばかり考えてる。なかなか返事が書けない。ドレイクのおかげで覚えていられるようになったってことを、伝えたくてたまらないから。

ようやくふさわしい言葉をひねり出して、ふさわしい順序に並べ、送信する。本当なら、朝まで待ったほうがいいってわかってたけど。送信すると、すぐに横になって、ドレイクが新しい変わった家にいるところを想像する。雪でおおわれたなにもないところにある、雪と氷で作った家で、寒くて質素《しっそ》な生活をしているようすを思いうかべる。なにか役に立つようなものを送れる？コーンウォールからドレイクが必要なものを小包にして送ったらいいかもしれない。

朝になったら、ビーチへいって、同じような黒い石を見つけてドレイクに送ろう。


起きたのは、だいぶ遅かった。薄《うす》いカーテンを通して日が差しこみ、ベッドを照らしている。ピンクのふとんにくるまったまま、寝返りを打ってあくびをする。壁は半分白い色にぬってあって、ベッドが部屋の真ん中にある。十時四十五分だ。

なにがなんだかわからなくて、心臓がバクバクしはじめる。どうしてベッドが部屋の真ん中にあるのか、わからない。手の文字を読む。枕元《まくらもと》に置いてあるノートを読む。壁のまだピンク色の部分に貼《は》ってあるものを片《かた》っ端《ぱし》から読む。わたしはフローラ。わたしは十七歳。十歳のときに病気になって、前向性健忘症《ぜんこうせいけんぼうしょう》になった。わたしはドレイクとビーチでキスをした。ペイジはわたしを嫌《きら》っている。わたしはひとりで家にいる。

ドレイクがメールをくれた。フローラ、きみのことばかり考えてる。

床の上にノートパソコンがある。数秒後、わたしはベッドの上にすわって、パソコンを見つめている。真夜中にわたしが書いた返信を読み直す。短くて、それは悪くないと思うけど、それでもドレイクのメールよりずっと長い。髪を耳にかけて、また読みはじめる。

ドレイクへ

夜中の三時に、わたしはそう書いている。

メール、うれしかった。まさかメールをくれるなんて。わたしもドレイクのことばかり考えてる！　それに、すごいことがあるの。覚えているの！　ビーチにふたり並んですわっていたことも、潮が満ちてきたことも。わたしたちが話したことも、ひと言もらさず覚えてる。キスしたことも覚えてる。ぜんぶ。ほかのことはぜんぶ、すぐに頭から消えてしまうのに、あのキスはまだ残ってる。ドレイクのことばかり考えてる。

あのまま、ひと晩ドレイクと過ごせばよかった。あのときにもどって、やり直せればいいのに（ね？　本当に覚えてるでしょ？）。

ペイジはもうわたしの友だちでいたくないそうです。わたしたちのことを知ってるから。そのことは忘れていたけど、メモに書いておいたの。とても悲しいけど、とうぜんだと思う。

両親はフランスにいってます。そっちで暮らしてる兄のジェイコブの具合が悪いから。だから、わたしは今、ひとりで家にいます。土曜日まで、わたしだけ。だから、真夜中にパソコンに向かってるわけ。

スヴァールバルのことをもっと教えて。十歳のときに真夜中の太陽を見にいったことや、十九歳になってとうとうそこで暮らせることになったって話してくれたことも、覚えてます。ほかのこともぜんぶ教えて。

フローラより

夜のうちに返事を書いてくれてたらいいのに。メールがくるように祈《いの》りながら、受信箱を見つめる。ドレイクはわたしの勢いに気圧《けお》されてたかもしれない。北極との時差がどのくらいか、わたしは知らない。今度、聞いてみよう。北極が今、何時にしろ、わたしがメールを送ってから九時間が過ぎてる。だから、今ごろはもう読んでるだろうけど、返事はまだない。

ノートパソコンを一階に持っていって、コーヒーをいれ、パンをトーストする。音量が大になっていることを確認する。メールがきたら、いちばん大きい音で知らせるように。ラジオはつけない。ママたちが留守《るす》だから、本当なら好きな音楽を聴《き》けるけど。

好きなだけ音量をあげて聴《き》くことだってできるし、そうしたい。大きな音で音楽をかけて、キッチンで踊《おど》りまわりたい。ドレイクは北極で、メールの返事もこないけど、わたしのことばかり考えてるって言ってくれた事実はなくならないもの。

ドレイクしか、そう、今は、彼しかこの世に存在しない。ドレイクの北極での授業はたぶん一年間か、もしかしたら、二年か三年かかるのかもしれない。わたしは知らない。でも、それが終われば、もどってこられるはず。そうじゃなきゃ、彼とわたしとでどこか別のところへいってもいい。いっしょに暮らしたっていい。結婚《けっこん》だって。彼の奥さんになれる。フローラ・アンドレアソン。彼は十九歳でわたしは十七歳だから、結婚《けっこん》できる年齢《ねんれい》だもの。ドレイクならわたしの面倒《めんどう》見られるし、わたしだって、わたしなりに、ドレイクの役に立てる。すべて覚えられるようになるんだから、ドレイクといっしょなら。

ドレイクのおかげで、覚えていることができた。わたしはふつうの子になる、ドレイクの力で。これからも、ドレイクと共に人生を歩みたい。彼がいれば、覚えていられるから。

もう、十歳の子どもみたいな気持ちはしない。

コーヒーをいれ、食パンをトースターに入れて、ノートパソコンの画面をじっと見つめる。意思の力で、メール到着《とうちゃく》を告げるピンという音を鳴らそうとするように。

ママからメールがきていた。〈おはよう。ペイジと元気でやってる？　薬を飲むのを忘れないで〉わたしは薬を飲む。家の固定電話が鳴る。出ると、女の子の声が言う。

「生きてるか、調べただけ」

「ペイジ！」

わたしはさけんだけど、電話は切れた。

ほかにはなにも起こらなかった。それからしばらく、ソファーの上に寝っ転がって、テレビを見ているうちに、うとうと眠ってしまった。

はっと目を覚ましたときは、一時間以上経《た》っていた。すぐにパソコンの前へいく。ドレイクは返事を書いてくれていた。新しいメール。

一瞬《いっしゅん》、まだ読まずにいよう、って思った。でも次の瞬間《しゅんかん》、パソコンの前にすわって、むさぼるように読んでいた。

フローラへ
本当に？　覚えてるの？　信じられない、すごいよ。

医者には話した？　それって、回復に向かいはじめたってことなのかな？

ひとりで大丈夫？　驚《おどろ》きだよ。フローラのお母さんはずいぶんと過保護だったから。フローラのことをひとりで置いていくなんて。お兄さん、大丈夫だといいね。

フローラのメールを読んで、もしかしたらあの夜、起こっていたかもしれないことを想像した。もう一度、誘《さそ》えばよかった。ふたりでなんとかできたかもしれないのに。フローラが思うよりもずっと長いあいだ、フローラのこと考えてる。フローラの裸《はだか》はどんなだろうって。

こんなこと言うのって、最低？　最低だよな。ごめん、ずっとフローラのことを考えてるのに、会うこともできないんだ。こんなことになるなんて、思ってもいなかった。もしフローラの記憶《きおく》がもどりつつあるなら——これからなにがあったって、おかしくない。

ご両親が帰ってくるのはいつ？　気をつけて過ごすんだよ。食事とかそういうことを忘れないように。ぜんぶ覚えてて！

ドレイクより

何度も何度も読む。そのたびに、ドレイクがわたしの裸《はだか》を見たがっているというところにショックを受ける。ここにはわたししかいないのに、全身がカアッと熱くなる。そんなふうに言われて、どう反応していいかわからない。メールを記憶《きおく》に刻みつけようとする（できそうな気がする）。それから、プリントアウトして、ていねいにファイルにしまう。

わたしが思うよりずっと長いあいだ、ドレイクはわたしの裸《はだか》はどんなだろうって考えてる。目を閉じて、その事実を飲みこもうとする。怖《こわ》い。わたしはもう十歳じゃない。

家の感じが変わる。あいかわらず息づまるような沈黙《ちんもく》が支配してるけど、もう空っぽじゃない。魔法の場所に変わっている。表面という表面がきらめいている。空気には魔法が宿っている。ドレイクとメールのやりとりをしているあいだに、昼は夜になり、夜は朝になる。ドレイクは衛星地上局の仕事があるけど、時間があるときは、パソコンの前に飛んでいって、メールを書いてくれる。わたしは何度も返信する。ドレイクが読む時間ができたときに、メッセージがたまっているように。

ドレイクのメールはきらきら金色に輝《かがや》いている。

メールはどんどんエスカレートする。彼はわたしの裸《はだか》を想像している、次のメールでは、裸《はだか》のからだにどんなことをしたいかってことが、書いてある。わたしは一生懸命《いっしょうけんめい》、ふさわしい返事を書く。こういうやりとりがどういうふうに続くものなのか、ぜんぜんわからないから、ただ自分の思っていることを書いて、これで合っていますようにって祈《いの》る。ドレイクはわたしが読んだこともないような新しいことを書いてくるけど、とてもすてき。わたしのメールが雪の国にある彼のパソコンの画面にポンと現れると、できるだけすぐに返事をくれる。わたしはうっとりする。わたしはどうにか、まちがわずにやれているみたい。

〈みんながやっているようなことはぜんぶ、ドレイクとしたい〉キーボードの上を自然に手が動く。〈もしドレイクがしたいなら〉

そう書いたとたん、ぜんぶっていうところに条件をつけたくなる。なぜなら、たちまちみんながすごいことをしているところが頭に浮《う》かんできて、わたしはそういうつもりで言ったんじゃないから。でも、その後に、「でも、＊＊と＊＊以外は」なんてメールを送るのは、ロマンティックじゃなさすぎる。書きかけたけど、やめて、消去する。わたしが言いたいことを、ドレイクならきっとわかってくれる。

ときどき、気がつくと、パパとママの大きなパソコンの前にすわって、いろんなページを見てる。わたし、なにしてるんだろう。わたしのメールはノートパソコンのほうにあるのに。パパとママのことが心配になると、自分でも気づかないうちに大きなパソコンの前に移動しちゃうのかもしれない。パパとママからは、ときどきメールがくる。自分たちは無事だけど、ジェイコブの具合はとても悪くて、つらい思いをしているって。わたしは明るい調子で、こっちは心配いらないからって返信する。ママたちはペイジのこともたずねてくるけど、わたしは、そこいらじゅうにあるメモでペイジに嫌《きら》われてることはわかってるから、ママたちにはペイジは電話をなくしたと言う。そしてペイジの代わりにっていって、ペイジからのメッセージを伝える。

見つけたメモに、〈ペイジは電話をなくしたことにしてある。ママたちがペイジに電話しないように〉と書いてあったから。つまり、少なくとも、もう二回はママたちにはそう言ったってこと。二回どころじゃないかもしれない。

わたしの記憶《きおく》は、そんなによくなっていない。でも、あのキスのことは覚えている。わたしはそれにすがりつく。

火曜日は、冷蔵庫の〈火曜日に食べること〉って書いてあるタッパーウェアのカレーは食べないで、トーストとバナナを食べた。外出はしない。外出するっていうことは、パソコンから離《はな》れるってことだから。パソコンの前にすわって、画面をじっと見つづける。そうじゃないのは、お手洗いに走っていくときか、お湯をわかすときだけ。ママからメールがきて、薬を飲む。ペイジが固定電話にかけてくる。

「家を燃やしたりしてない？　上出来ね」

水曜日になる。シャワーを浴びないと。だけど、シャワーを浴びるなら、ノートパソコンはぬれない場所に置いていかなきゃならない。そんなこと、できない。わたしは部屋から部屋へパソコンを持ち歩き、一日じゅうパジャマのまま、画面を見つめてる。長い文章を書いて、あれこれ手を入れてから、送る。思いつきで短いメッセージも送る。わたしはドレイクのことが好き。だから、そう書いて送る。ドレイクも、わたしのことが好きだと言ってくれる。〈おれもだよ〉って。鏡の前で自分の裸《はだか》を見て、彼の目から見たわたしの姿を想像してみる。

あのキスのことを覚えている。記憶《きおく》は残っている、頭の中に。消えたりしていない。ほかのことは覚えては忘れるけど、キスの記憶《きおく》は残っている。

わたしたちはセックスのことを話す。覚えていられないうちは、ほかの人たちが持つような関係を持つことはできなかった。ドレイクにひと晩いっしょに過ごそうって言われたのに、すぐに断ってしまった。ママが心配するからって。そのことを後悔《こうかい》している。後悔《こうかい》って、新鮮《しんせん》な気持ちだ。

もう一度ドレイクとキスできるなら、なにもいらない。ドレイクに触《ふ》れて、ドレイクに触《ふ》れられることができるなら。

からだの中から、喜びに満ちた言葉がそのまま転がり出る。自分の中に存在するなんて想像もしていなかったような言葉が、ほとばしり出る。

ひと晩いっしょに過ごそうって言われたときに、ちゃんと答えられたらよかった。ドレイクといっしょに過ごせるなら、今わたしがいるこのベッドで過ごせるなら、なんだってする。そう、なんだって。

ドレイクが返信してくる。

フローラのところへいけるなら、なんだってするよ。フローラの横で目を覚まして、手をのばして触《ふ》れることができるなら。フローラのからだは完璧《かんぺき》だ。おれにはわかってる。こんなこと言ったら、気持ち悪いってわかってるけど、フローラの写真を送ってほしい。

そんなことできない。自分の裸《はだか》の写真を撮《と》るなんて、ぜったいにむり。ドレイクにもそう返事をする。自分の写真を撮《と》って、メールに添付《てんぷ》するなんて、ぜったいにできない。ぜったいにむりって。

その代わり、想像して。もしかしたらいつか……ね。

だといいな。ご両親はいつ帰ってくるんだっけ？　土曜日？

メモにはそう書いてある。今日は何曜日だっけ？　水曜日？

木曜日だよ。あと二日だね。ご両親がもどったら、しょっちゅうパソコンの前でなにしてるのって聞かれるようになるだろうから。

ママたちは、わたしがパソコンに向かってたって気にしない。目の届くところにいれば、心配しなくてすむってことだから。

ドレイクの返事から、面白《おもしろ》がってる響《ひび》きが伝わってくる。

ご両親は、インターネットのことわかってるのかな？　親はたいてい、娘がネットで男とずっとしゃべってるのを嫌《いや》がるけどね。

それは十歳の場合でしょ。わたしは十七歳よ。

朝、遅《おそ》くなって目を覚ます。頭の中には〈わたしはドレイクとキスをした〉っていう言葉がある。そう、わたしはドレイクとキスをした。ちゃんと頭に残ってる。昨日の夜、わたしはビーチでドレイクとキスをした。そのあと、眠ったのに、細かいところまでぜんぶ、あざやかに思い出せる。ずっとその記憶《きおく》を失わずに、いつまでもその中で生きていきたい。全身がぼうっと火照《ほて》っているような気がする。わたしはドレイクが好き。

ドレイク「ひと晩いっしょに過ごさないか……」

わたし「だけど、ママが――」

ペンを取って、記憶《きおく》が消える前に書きとめる。〈わたしはドレイクとキスをした〉この記憶《きおく》を失うわけにはいかない。わたしのベッドは部屋の真ん中に置いてあって、壁が半分白くぬられている。

枕元《まくらもと》に置いておいたメモを見る。

そして、気づく。

あのキスのことは思い出せるのに、そのあとあったいろいろな出来事はなにも覚えていないことに。わたしは打ちひしがれる。

ママとパパはフランスにいること。

兄のジェイコブは重い病気だってこと。

部屋の壁を白くぬるって決めたってこと。

ペイジはもう親友じゃないこと。わたしがドレイクとキスしたのを知っていること。

ドレイクは北極にいること。わたしたちはメールを交換《こうかん》してること。

スマホの写真を見る。そして、書いたものをぜんぶ読み直す。ドレイクが送ってくれたメールも読む。読んでいる最中に、また新しいメールがくる。


ごめん、フローラ。

町を出て、北極の衛星地上局にリサーチしにいかなきゃいけないんだ。じゃないと、学校が始まりもしないうちに追い出されちゃうからね。衛星地上局は、町から離《はな》れたところにあって、Wi-Fi《ワイファイ》はもちろん、連絡《れんらく》は一切《いっさい》取れない。どっちにしろ、フローラもご両親が帰ってくるから用意したほうがいいよ。明日の、そっちの時間で真夜中にメールする。


うん、わかった。

わたしは慎重《しんちょう》に言葉を選ぶ。まちがっていないことを祈《いの》りながら。

気をつけてね。大好き。

ノートパソコンを閉じ、まわりを見まわす。今、読んだメモによれば、この家はもう何日も愛の聖域《せいいき》だったらしい。すばらしい場所、光り輝《かがや》く新しい世界だった。あらゆるものが、傷ひとつなく完璧《かんぺき》だった。

わたしがドレイクとキスをしたのは、もう何日も前だけど、そのときの記憶《きおく》はまだ残っている。理由はわからない。どうしてか、知りたい。きっと彼を愛しているから。もしかしたら彼がくれた小石のおかげかもしれない。お医者さんに聞かなきゃ。回復しはじめてるってことかもしれない。お医者さんを探して、聞いてみよう。そのことを、メモに書きとめておく。

一階におりていって、今の現実を理解しようとする。わたしは恋をしている。パソコンでラブレターを書き、返事をもらっている。ここは魔法のかかった場所。わたしは十七歳で、男の子のことを好きになっている。それまでは十歳だったけど、今は大人になっている。

そんなことを考えながら、キッチンに足を踏《ふ》みいれ、凍《こお》りついた。動けない。息ができない。どろぼうに入られた。眠っているあいだに、どろぼうが入ったんだ。わたしの完璧《かんぺき》で幸福な夢の世界にだれかが入ってきて、荒らし回ったんだ。

いろいろな考えがかけめぐるけど、捕《と》らえる前に消えてしまう。キッチンが、こんなふうになってるはずがない。あらゆる場所にあらゆるものが散らかってる。嫌《いや》なにおいもする。お皿はぜんぶ出しっぱなしで、パンくずがそこいらじゅうに落ちている。使いっぱなしのお皿が、シンクにはもちろん、あちこちに適当に積みかさねてある。

コーヒーもそこいらじゅうにこぼれている。かわいて、てかてか光ってるしみや、丸いカップの跡《あと》が、台の上をほぼ埋《う》めつくしてる。

ううん、どろぼうの仕業《しわざ》じゃない。ひとつひとつ見ていくうちに、胸の動悸《どうき》がだんだんと収まっていく。わたしがやったんだ。犯人はわたし。この家のことを、うっとりするような魔法の場所だなんて書いたけど、本当はそうじゃなかった。

これからは、本当じゃないことは書かないようにしよう。

いろいろ見たり読んだりしたけど、日曜日にママとビーチまで散歩したのが最後で、それ以来、わたしは家を出てないらしい。玄関まで走っていって、大きな鏡で自分の姿を見てみる。鏡の中の女の子は、びっくりしてあんぐりと口を開けている。髪も服もぐちゃぐちゃの知らない女の子が、自分を見返してるから。髪も、予想以上にべったりして頭皮にはりついてるし、このパジャマはかなり長いあいだ着っぱなしにちがいない。自分がにおうのがわかる。これじゃ近所までにおうかも。えっと（わたしは壁のメモを見る）フランスにいるパパとママにも。

キッチンの壁に貼《は》ってあるポスト・イットのメモを読んで、冷蔵庫の中をチェックする。火曜日と水曜日と木曜日と金曜日の食事がそのまま入ってる。でも、だからって今日が月曜なわけじゃない。薬のほうは、ほぼ正確に飲んでるらしい。今日が何日か、確かめなきゃ。ノートパソコンは開かないようにする。開いたら、ドレイクにメールを書いてしまうし、今は、書かないようにしなくちゃならないから。「今日は何日？」なんてことを聞くためにメールを送るなんてくだらなすぎるし、ドレイクは仕事でメールが届かないところにいくっていうメッセージを読んだばかり。どうせドレイクは返事を書けないから、悲しくなるだけ。

あのキスのことは覚えている。わたしたちの交《か》わした会話も。砂利《じゃり》混じりの浜に波がおしよせていたことも、海の香りも、月の光も、小石のことも、覚えてる。下を見て、手に小石をしっかり握《にぎ》ってることに気づく。

家の中を見てまわるにつれ、ひどい状態だってわかる。玄関のマットの上には手紙が積みあがり、郵便局からの不在通知が差しこまれてる。散らかってるところ、汚《よご》れてるところ、それから自分の姿も、忘れないように写真に撮《と》る。

窓はぜんぶ閉まっていたけど、横に立つと、外は日が照っている。空気を入れかえなきゃ。わたしは家じゅうの窓を開ける。

そこいらじゅうにポスト・イットが貼《は》ってあって、そのほとんどに〈彼のことを愛してる〉とか〈彼はわたしの裸《はだか》を見たがっている〉って書いてある。ぜんぶ集めて封筒《ふうとう》に入れ、ベッドの下にしまう。

それから、キッチンの掲示板《けいじばん》に貼《は》ってある名刺《めいし》の電話番号に電話をかける。

「もしもし」男の人が電話を取る。「ピート・タクシーです」

「もしもし？　今日は金曜ですか？」

「今日ですか？　そうですよ、お嬢《じょう》さん。金曜日です。タクシーがご入り用ですか？」

「いいえ、ありがとうございます」

わたしは電話を置く。パパとママは明日帰ってくる。それまでに、やらなきゃいけないことがやまほどある。

まず自分のことをどうにかしなくちゃ。お風呂にお湯をはり、泡《あわ》の入浴剤をたっぷりとそそぎこむ。バスルームに蒸気が立ちこめ、わたしは鏡を見ながら、髪をかきあげ、自分の目をのぞきこむ。

ちがう人みたい。

鏡がみるみるくもる。指先で彼の名前を書く。〈ドレイク〉それから〈フローラ〉って書いて、その下に〈勇気を持って〉と書き加える。そして、ぜんぶをハートで囲う。

自分の裸《はだか》を長いあいだ見つめていた。ドレイクが見たら、がっかりするだろうか。両手で自分のからだをなぞり、腰《こし》まですべらせて、指先で皮膚《ひふ》の感触《かんしょく》を確かめる。

においがただよってきて、どうしてオーブンがついてるんだろうって思いながら、タオルだけ巻いて一階へおりると、どこかの時点で自分がスイッチを入れたらしいことがわかる。でも、中にはなにも入っていない。においは、前にオーブンで焼いたものから落ちたかすが焦《こ》げたにおいだ。

スイッチを切って、バスルームへもどる。お湯がたっぷりたまってる。あふれてないのを見て、うれしくなる。

ドレイクは、わたしの裸《はだか》の写真がほしいと言った。わたしは断った。わたしは熱すぎるお湯に足を入れながら、断ってよかったと思う。ドレイクの想像の中には、知らないきれいな女の子がいる。本物のわたしを見たら、きっとがっかりする。ビーチは暗かったし。

バスタブの中に横たわり、手と腕をよく調べる。これはとても大切。じゃないと、大切なことを洗い流してしまうかもしれないから。手に書いたメモをチェックするようにって、手に書くことわけにはいかない。今の時点では、手に書いてあることはぜんぶ覚えている。

シャンプーとリンスで髪を洗う。それからからだもしっかり洗って、わきの下と脚《あし》の毛を剃《そ》る。お風呂から出ると、ロブスターみたいなピンク色になっている。それに、ロブスターよりも、もちろんさっきまでのわたしよりも、ずっといい香り。

窓を開け放した家は、ふたたび呼吸を始めている。さっきまでこもっていたにおいは消えて、窓から入ってきた風が外の世界のことを思い出させてくれる。海のにおい。大西洋から吹いてきたさわやかな風の香り。

タオルを巻いて、窓の外をながめる。そして、自分が泣いていることに気づく。ドレイクとメールの交換《こうかん》なんて、本当にしてるのかどうか、わからなくなる。パパとママは本当に出かけているんだろうか。フランスにいるお兄ちゃんのジェイコブは、ママたちがわたしを置いてかけつけなければならないほど具合が悪いんだろうか。ペイジが、もうわたしとは話さないなんて信じられない。だって、ペイジは、小学校で初めて会った四歳のときからの親友なのに。こういうことがわかってるのは、書いてあるのを読んだから。でも、書こうと思えばなんだって書けるはず。わたしが好きなのと同じくらいわたしのことを好きでいてくれる男の子は本当に北極にいるの?

わたしは本当に男の子とキスしたの？　彼は本当にひと晩いっしょに過ごそうって言ったの？　言った。そう、彼は確かにそう言った。まちがいない、だって、覚えているから。わたしはビーチでドレイクとキスをした。でも、わかってるのは、それだけ。

世界が端《はし》から白くなっていく。わたしは震《ふる》えながら自分の部屋へもどって、ベッドの上にすわる。横になり、目を閉じる。

目を覚ますと、暗くなっていた。窓がぜんぶ開いていて、顔にあたる夕方の風が冷たい。カーテンも閉めていない。部屋の電気もつけっぱなし。ベッドが部屋の真ん中にあって、壁が一部が白くぬられてる。メモを読んで、どういうことかを理解する。パパとママは土曜に帰ってくる。引き出しを開けると、洗濯したパジャマが入ってる。白いコットンのパジャマで、それだけだと寒いので、厚手のセーターを着て、ウールのくつしたをはく。家はしんとしている。わたしは、月の光のさすビーチで男の子とキスをした。腕の毛が逆立ってた。

家の窓はひとつ残らず、いっぱいまで開けてある。わたしは震《ふる》えながら、ひとつひとつ閉めて回る。海のほうでなにかさけんでいる声がするけど、別の世界から聞こえてくるみたい。リビングは、死んだように静まりかえってる。テレビは音も立てず灰色のまま たたずみ、見てなさいって言われたのに見てないと言ってわたしを責めている。ソファーは新品みたいで、クッションがひとつへこんでいるほかは、人が触《ふ》れた気配はない。わたしは、そこにいたように見せかけるためだけに、ソファーにすわる。

キッチンを片づけはじめてから、夜中の二時だということに気づく。気づいたときには、お皿を食洗機に入れ、床をはき終わっていた。まだモップはかけていないけど、信じられない量のパンくずをスポンジで集めて、手に取り、ゴミ箱に捨てた。

ベッドにもどったほうがいいのはわかってたけど、ペパーミントティーを入れて、なにを見ることになるのかわからないまま、ノートパソコンのふたを開いた。ドレイクとの息をのむようなメールのやりとりが出てくるかもしれないし、出てこないかもしれない。ドレイクとメールのやりとりをしてるって書いたフローラのことを、信じ切れない。自分が書いたメールしかなかったらどうしよう。脳に傷のある哀《あわ》れな女の子みたいに一方的にメールを送りつけていたら。そんなの、耐《た》えられない。

でも、そうじゃなかった。ぜんぶ、ここにあった。画面上に。始めから読んでいくうちに、驚《おどろ》きと興奮《こうふん》がふくらんでいく。

最後のメールは、十二時間前、もうおしまいにして、仕事をしなきゃ、とお互《たが》いに書いてるところで終わっていた。

ドレイクは今ごろ、眠っているだろう、はるか遠い、衛星受信アンテナのふもとで。わたしは二階へもどって、ベッドに横になる。そして、また眠りに落ちる。

第四章

「ピート・タクシーです」

「すみません、今日は何曜日ですか?」

「土曜日です。タクシーはまだご入り用ではないですか、お嬢《じょう》さん?」

家は片づいてきれいだ。モップをかけ、スプレー洗剤を吹《ふ》きかけてぬぐい、ほこりも払《はら》った。冷蔵庫の料理はほとんど捨てて、だめになっていない食べ物がゴミ容器にあるのが見つからないように外に出した。片づけたことを忘れないように、写真も撮《と》った。パパとママの飛行機は土曜日の午後に着く予定で、今は土曜日の朝だから、思い切って外の世界に出て、食べてしまったパンを買い足すことにする。

顔に風があたるのが慣れない感じがする。長いあいだ外に出てなかったんだと思う。暖かいので、コットンのワンピースにカーディガンをはおり、はだしの足にビーチサンダルをひっかける。おそるおそる玄関から出ると、出てはいけないところに出たような気がした。道路をまっすぐ歩いていって、大きなオフィスビルの前を過ぎ、足のおもむくままにチャペル通りまで出る。そこに、生協の小さなお店がある。外の空気で肺《はい》が燃えるように感じる。頰《ほお》に血色がもどってくるのが、わかる。寒い雪の国にいるドレイクのことを思い、自然と足が軽くなる。

今は、パソコンから離《はな》れてる。家に帰ったら、メールがきてるかもしれない。それまでのあいだは、これまできたメールを読む。すてきなことが書いてある。わたしのことが大好きだって。わたしには、何百キロも離《はな》れたところでわたしを想《おも》ってくれる人がいる。わたしのことを求めてくれる人が。わたしのメールに返事をくれる人が。キスをして、記憶《きおく》をとどめてくれる人が。

北極に彼を探しにいきたい。

手を見る。〈フローラ、勇気を持って〉

パンを三斤《さんぎん》とビスケットとふかふかのジンジャーケーキを買う。いるかいらないかわからないけど、牛乳も買う。お店で牛乳を買うのが、ふつうって気がするから。子どものころ、ママがよく牛乳を買ってたのを覚えている。パパとママはワインが好きだから、買っておこうと思ったけど、まだ十七歳だから買えなかった。代わりに大きな箱のチョコレートを買う。

わたしが笑いかけると、みんな笑いかえしてくれる。それに勇気づけられて、町の中を歩いてみることにする。肌《はだ》に陽射《ひざ》しを浴びて、たくさんの人にほほえみかけ、買い物袋《ぶくろ》を大きくふって、幸せを感じ、自分はふつうで、望まれているような気になる。わたしはドレイクに望まれている。ドレイクはビーチでわたしにキスをした。

ぶらぶらしているうちに、ペンザンスの中心部に入っていく。屋台が並んでいる通りに飛びこむ。ものすごい量の古着や古物が売られている。自分の服を見おろす。わたしは十七歳。なのに、小さい女の子みたいなワンピースを着て、ビーチサンダルをはいてる。これじゃ、十歳のときとなにも変わらない、ただサイズが大きくなっただけ。向こうから歩いてくる女の子を見る。赤と白のひらひらしたワンピースを着て、すてきな靴をはいてる。足首のところでリボンを結ぶようになってる靴。彼女みたいなかっこうをしたい。こんなかっこうじゃなくて。道路の反対側に、毛皮の襟《えり》のついた長いコートを着ている女の人がいる。あの人なら、北極にいけそう。わたしはいけない。

ほら穴みたいな古着屋で、フェイクファーの大きなコートを見つけて、わたしのつまらないワンピースの上にはおってみる。羽毛布団を着てるみたいに温《あたた》かいけど、なんだかスパイみたい。それに、ちょっと大きすぎる。でも、鏡の中から見返している女の子はミステリアスで、冒険を待ちかまえているように見える。彼女ならきっと、ポケットに拳銃《けんじゅう》を隠《かく》してる。コートの下に小さな女の子みたいなワンピースなんて、ぜったい着ていない。

それにきっとボーイフレンドもいる。

「おいくらですか？」

お店の人に聞く。彼女はさっきから、人形のついた奇妙《きみょう》な機械のボタンを何度もおしてる。機械はずっと、「グルミット、ラジオをつけてくれ」とくりかえしてる。（注：人気クレイアニメの「ウォレスとグルミット」の目覚し時計）

「値札がついてるでしょ」

彼女が大きな声で返事をしたので、見ると、三十五ポンドと書いてあった。

「三十五ポンドより、少し安くできませんか？」

わたしは思い切って言う。自分が赤くなるのがわかる。

お店の女の人は肩をすくめる。小柄《こがら》で、黒い髪をしていて、別のことに気を取られてる。

「三十ポンドでどう？　これから夏だしね。いいわよ」

わたしは大きなコートをぬいで、カウンターに置く。一瞬《いっしゅん》、古いタイプライターも買えるだろうかって考える。財布から出した十ポンド札三枚を平らにのばすと、そのあいだにお店の女の人はコートをせいいっぱい小さくたたんで、持ち手のついた巨大なくしゃくしゃの茶色い紙袋《かみぶくろ》におしこんだ。

女の人は紙袋《かみぶくろ》を差し出しながら、言う。

「確かに紙袋《かみぶくろ》はすてきとは言えないけど、でも、コートはすてきよ。すごくかわいいわ。じゃあね、フローラ」

わたしは、くしゃくしゃの紙袋《かみぶくろ》にすてきなコートが入っているのはいい、反対じゃ困るけど、というようなことを、なんとか言葉にしようとしていたけど、女の人がわたしの名前を知っていたことに驚《おどろ》いて、口を閉じる。女の人のことをじっと見る。丸い顔にショートカットの黒い髪。だれだかぜんぜんわからない。自分の過去がわからないのが、嫌《いや》でたまらない。彼女はわたしを知っているのに、わたしは彼女を知らないことが、嫌《いや》で嫌《いや》でたまらない。

「じゃあ、ありがとう」

わたしは言って、お店を出る。

角で立ち止まって、新しいコートを着ようかどうか迷う。たぶん暑すぎるけど、破れかけた茶色い紙袋《かみぶくろ》に入れて持ち歩くより、着たほうがよさそう。買い物袋《ぶくろ》を持ち替《か》え、ワンピースのポケットに手を入れて、鍵《かぎ》があるかどうか確かめる。

鍵《かぎ》の代わりに、小さく折りたたまれた紙が見つかる。開くと、地図が出てくる。手書きじゃなくて、プリントアウトされたもので、道路は黄色で、上に名前が書いてある。モラブ・ガーデンズの上に×印がつけられ、「うち」と書いてある。実際、印のところにわたしは住んでる。わたしが住んでるのは、モラブ・ガーデンズ三番地。ほかにも、町の反対側に×印がつけられていて、横に「ドレイク」と書いてある。

腕に書いてあるメモを見て、地図の手書きの文字と比べてみる。地図の字が、自分の書いたものかどうか、よくわからない。

道路標識の通りの名前を見て、自分が今いる場所を確かめるのに、しばらくかかる。やっと見つかったので、地図の上に印をつけて、そこから、「ドレイク」って書いてあるところまで線を引く。わたしがいきたいところは、世界でそこだけだから。ドレイクは北極にいるし、これはペンザンスの地図だから、わたしがほかになにか書きとめるのを忘れていないかぎり、ドレイクがこの印のところにいることはない。そうわかっていても、いって確かめずにはいられない。もしかしたら、帰ってきてるのかも。

ドレイクは帰ってるのかもしれない。彼の名前が地図に書いてあるんだから。

そこまではまっすぐの道なので、わたしは迷わずに歩いていく。地図を握《にぎ》りしめたまま、並んでいるお店の前を抜《ぬ》け、駅も通りすぎる。通りを曲がって急な坂道をのぼりはじめたころには、買い物袋《ぶくろ》がひどく重くなって、先に家に置いてから、「ドレイク」と書いてある場所に向かえばよかったと思いはじめていた。コートの入っている紙袋《かみぶくろ》はすっかり裂《さ》けてしまったので、しかたなしに次に見つけたゴミ箱に捨て、コートをはおる。牛乳とチョコレートとパンとケーキの入った袋《ふくろ》は、こんなはずはないっていうくらいに重いけど、必死で坂をのぼりつづける。そこになにがあるのか、どうして自分がこんな地図を持っているのか、知りたい。宇宙からのメッセージのように思える。わたしに課せられた使命のように。わたしは冒険がしたいと思っていた。そしたら、目の前に降ってきたんだから。

わたしが向かっている先に、ドレイクがいるかもしれない。彼はここにいるのかもしれない。

坂の上にあったのは、灰色の石でできた三階建ての家だった。玄関までいって、ベルを鳴らす。ドレイクの顔はわかってる。黒い髪で、眼鏡をかけてる。彼のキスの感触《かんしょく》も知ってる。もし彼がここにいたら、キスしてくれるから、わたしもキスを返そう。

しばらくしんとしていたけど、それから足音がして、ガチャガチャという音が聞こえ、ドアが開いた。男の人だ。髪の毛は一本もないけど、目がほほえんでいて、わたしを見てうなずいてくれる。

この人はドレイクじゃない。でも、わたしが気づかないうちに三十年経《た》っていたら、この人がドレイクっていうこともあるかも。そう思ったら、怖《こわ》くなって、自分の首から下を見て、まだ十七歳かどうか確かめる。服だけじゃわからないから、からだを少しかたむけて、出窓に映った自分の姿を確認する。

まだ十七歳だ。だから、この人はドレイクじゃない。

「こんにちは、フローラ」

男の人は言った。

「こんにちは」

わたしも、目でほほえもうとする。わたしはこの人を知らないけど、この人はわたしを知っている。

「ドレイクに言われてきたのかい？」

そうきかれたので、うなずく。

「よかったよ。ドレイクは、荷物を取りに人をよこすって言ってたから。フローラだとは思っていなかったけどね。さあ、お入り」

わたしはごくりとつばを飲みこんだ。ドレイクはここにはいない。いたら、すてきだったのに。でも、この人はドレイクを知っていて、わたしのことも知っていて、わたしに「荷物」を渡したいと思ってる。

「ありがとうございます」

「お入り、フローラ。すでに荷物がたくさんあるみたいだね。今日は、あのがらくたをぜんぶ持っていくのはむりだろうね？　だれかが車でむかえにきてくれるのかい？」

わたしは首を横にふった。

「今日は、持っていけません、ごめんなさい」

この人はわたしにドレイクの荷物を渡そうとしている。ドレイクのものを、もらえる。少なくともなにかは持って帰ろうと決める。

男の人はため息をついた。

「北極へいっちまう前に部屋をきちんとしていけなんて、言ったってしょうがなかったんだろうな。あの子にとっちゃ、どうでもいいことなんだから。かわいいガールフレンドがいて、代わりにやってくれるんだからね。だろう？」

「はい」

「かわいいガールフレンド」っていう言葉をどこかにしまっておきたい。すてきな響《ひび》きだから。でも、なんて答えたらいいのか、わからなかったから、黙《だま》って男の人のあとについて家にあがると、食べ物と香水みたいなきついにおいがした。階段をのぼって、ドアの前へいくと、男の人は中をのぞいて言った。

「ケイト？　ドレイクの友だちがきたよ。荷物を整理してくれるそうだが、今日のところは、どのくらいひどいことになってるか、見にきただけなんだ」

わたしのところから部屋の中は見えなかったけど、男の人の言ったことはそのとおりだと思ったので、うなずいた。ネコが足にからだをこすりつけてきた。毛が白くて長い。耳を見たけど、ちゃんとついていた。もちろんついてるに決まってる。なんで耳がついてないかもしれないなんて、思ったんだろう？

「よかったわ」

部屋の中から声がして、女の人が出てきた。あごまである白い髪をしていて、タイトなピンクのワンピースにヒョウ柄《がら》のスカーフを巻いてる。

「あら、フローラじゃないの。ペイジかと思ったわ」

心臓がドキドキしはじめる。息をのんで、帰れと言われるのを覚悟《かくご》する。

「まあ、大丈夫よね？　さあ、あがって」

「ドレイクのおばさんですか？」

思い切って聞いてみる。

「そうよ。わたしはケイト・アパリー。こちらは夫のジョンよ。どうせ夫はもう一度自己紹介《しょうかい》しなきゃなんて思いつきもしないでしょうから。でしょ？」

それから、さらに階段をあがって、とうとう本当にドレイクの部屋までできた。

奇跡《きせき》みたい。ペイジはきたことがあるにちがいない。もしかしたら、わたしも。もしあの夜、彼の誘《さそ》いにうんって答えてたら、この部屋にきていたはず。あのベッドでいっしょに寝たはずなのに。ここが、わたしたちふたりの場所。

「ねえ、おれとどこかへいくっていうのはどう？　たとえば、これからとか？　ひと晩いっしょに過ごさないか……」

「だけど、ママが――」

なんてバカなことを言っちゃったんだろう。

屋根がななめになっていて、窓はひとつ。あと、ダブルベッドと、たんすと、なにもかかってないハンガーラック。わたしは、ドレイクが出ていく前に吐《は》いた空気を吸いこむ。机の上には本が重ねられ、床には服が置きっぱなし。ほとんどがTシャツ。ほかにも、あちこちに小物が散らばってる。片づけられているのはベッドだけ。白いふとんと枕《まくら》がふたつ、マットレスの上に置いてある。シーツがまだ敷《し》いてあればよかったのに。そしたら、彼のベッドにもぐりこむのに。だいぶ遅くなってしまったけど、でも、最終的にはたどり着いたのだ。

ケイトがじっとわたしを見ていた。

「まったく！　今どきの若い人っていうのは！　っていうのは冗談《じょうだん》だけど、ドレイクが出発する前に見ておくんだったわ。てっきりいく前に自分で片づけると思ってたから。わたしったらバカね」

「すごいですよね」

「女の子だったら、もちろん、もう少ししつけられてるんでしょうけど。あなただったら、部屋をこんなふうにしたまま、出ていったりしないでしょ？　ドレイクもここで暮らしているときは、そんなにひどくなかったんだけどね。使ったお皿は食洗機に入れたし、料理も分担していたしね。本当にねえ。もちろん、あの子がいなくなってさみしいわ。忘れようたって忘れないくらい置き土産《みやげ》を残していったとしてもね」

「わたしもさみしいです」

「じゃあ、とにかくちょっと見てみて。荷物は重ねておいてもかまわないわよ。次のとき、箱をひとつかふたつ、持ってきてね。たいしたものはないから。あの子がわざわざ処分《しょぶん》するのも面倒《めんどう》だって思ったようながらくただけよ。言い方が悪いかもしれないけど」

「わかりました」

ケイトは出ていき、わたしとドレイクの持ち物だけになった。

赤いTシャツを拾って、においをかいでみる。たちまちあのときのビーチに引きもどされる。

「ママって……。そうだよな、ごめん。なんてこと言っちまったんだ。なに考えてたんだ……おれ――」

「わたしは平気よ」

「いや、ごめん。おれは……つまり、その……ぜんぜん……」

「警察に連絡《れんらく》しちゃうと思うの」

「警察？　うそだろ。バカだったよ、おれが言ったことは忘れて」

わたしがぜんぶだいなしにしたんだ。

Tシャツを鼻におしつける。ドレイクのにおい。あのビーチのときと同じ。これから一生、この空気だけをかいでいたい。それだけがわたしの願い。あのときは、すぐそばにいたから、彼のにおいだけを感じていられた。

まず手に書く。〈わたしはドレイクの部屋にいる〉それから、床にある服をぜんぶ拾って、ひとつひとつにおいをかいでいく。赤いTシャツをていねいにたたんで、牛乳とチョコレートといっしょに袋《ふくろ》におしこむ。たんすの上にもいろいろなものがある。数字が書いてある紙切れ、大きさの順に並べてある小石、貝殻《かいがら》の入った器。わたしは、親切な女の人に頼《たの》まれたとおり、すべて片づけて、袋《ふくろ》に入るだけつめこむ。小石と貝殻《かいがら》はぜんぶ持って、それから紙切れも入れる。

残りはまた取りにこよう。スーツケースを持ってきて、ぜんぶ持ち出せばいい。そして、永遠にしまっておこう。きっとわたしの記憶《きおく》をとどめてくれるから。

窓辺に立って、外を見る。ペンザンスの町を見ているはずなのに、なにかがおかしい。わたしはペンザンスに住んでいるけど、ペンザンスはこんなじゃない。わたしの部屋の窓からは、木々の梢《こずえ》や、公園の向こうにあるビルのてっぺんが見える。むかしからずっとそうだった。今、目の前に広がっている景色は美しいし、ペンザンスもいつも通りだ。でも、左へ向かって海が広がり、家がどこまでも連なって、ヤシの木が立ち並び、太陽のまぶしい光が降りそそいで、なにもかも白く輝《かがや》いている。バットマンみたいな形の教会も見える。

窓枠《まどわく》にしがみつく。ここは、ペンザンスじゃない。どこか別のところにきてるんだ。ここは、いつもの場所じゃない。きたことがないところ。どうやってここにきたか覚えてないけど、わたしはここにいる。

手に、〈わたしはドレイクの部屋にいる〉と書いてある。あの寒い国にきてるってこと？　スヴァールバルに？　だけど、ここは寒そうには見えない。

わたしは立ちつくしたまま、どういうことかを理解しようとする。

ドアが開いて、女の人が入ってくる。

「大丈夫？」

わたしは女の人をじっと見つめる。

ここはどこなのか、聞きたい。あなたはだれで、ドレイクはどこにいるのか、聞きたい。ここはどこの国なのか、パパとママはどこにいて、今、なにが起こってて、どうすればうちに帰れるかを聞きたい。

「はい」

でも、わたしはそう答える。

「はい、大丈夫です。ありがとうございます。そろそろ帰ります」

第五章

わたしは、キッチンのテーブルにスマホを置いて、すわっている。ママたちが電話かメールをしてくるはずだから。なぜなら、今は二時二十分で、片《かた》っ端《ぱし》からメモを読んだところによれば、ちょうど今、飛行機が着いているはずで、その飛行機には、パパとママが乗っているから。パパとママは、フランスへいった。わたしの兄の具合が悪いから。そして、今からふたりは帰ってくる。つまり、兄はよくなったってことだと思う。

家は、ゴミひとつなくてぴかぴかしてる。この家を見たら、わたしがせっせと働いて、清潔な暮らしを送っていたって、だれだって信じるはず。わたしだって、スマホに写真が残ってなかったら、そう思って疑いもしなかったから。でも、写真を見れば、どれだけひどかったかわかる。でも、今はぜんぶ片づいている。床は掃除機をかけてモップでふいたし、お皿はぜんぶ洗ってしまってある。裏口のドアは開けてあって、木々が枝をのばし、葉を広げ、育っているにおいが、春風に運ばれて家のすみずみまで行き渡っている。

家は、あるべき姿をしている。メモや写真がなかったら、わたしだって、なにも疑わなかっただろう。

わたしはビーチでドレイクとキスをした。わたしはその記憶《きおく》の中で生きている。その記憶《きおく》を内に宿し、どこまでも澄《す》み切った記憶《きおく》として所有し、肌《はだ》というよりは頭の中に刻みつけて持ちつづけてる。そのおかげで、人間らしい気持ちになれる。できるだけその記憶《きおく》の中で生きて、それ以外の時間は、わたしたちの関係は続いているんだってことを、たぶん何度も（覚えていないけど）確かめてる。わたしたちは、メールのやりとりをしていて、どれもすてきなメールばかり。わたしは彼のことが好きで、彼もわたしのことが好き。ドレイクのおかげで、わたしは忘れないで覚えていることができた。だから、また彼に会わなきゃならない。覚えていられるようになるために。

今週、あったことを書いたメモはすべて集めて、ファイルの中にしまった。ファイルは、ベッドの下の箱に隠《かく》してある。左の手首の内側に〈ファイルはベッドの下〉って書いてあるのが、唯《ゆい》一《いっ》の鍵《かぎ》。パパとママが帰ってきても、なにも変わったものはないはず。メモにはぜんぶ目を通した。だから今は、ほとんどのことをわかってる自信がある。

ＣＤをかけて、電話をひたすら見つめて待つ。デヴィッド・ボウイのアルバムの『ハンキー・ドリー』。歌詞をぜんぶ知ってることに気づく。でも、どうして知っているのかは、わからない。ママたちが電話をかけてきたら、きっと流れているのが聞こえるはず。

わたしはぶかぶかの赤いＴシャツを着てる。ドレイクのにおいがする。

アルバムが終わった。適当にビートルズのCDをかけてみたら、すごく好きなことに気づく。『アビーロード』っていうアルバム。前に聴《き》いたことがあるのか、それとも初めて聴《き》くのか、考える。ポスト・イットに〈わたしは『アビーロード』が好き〉と書いておく。

ママたちに電話をかけてみる。出ない。もう飛行機は着いてるはず。わたしはたぶん飛行機に乗ったことはないけど、メモに書いておいたから、飛行機の中で電話を使ってはいけないことは知っている。

「申し訳ありません」

機械の女の人の声が言う。

「ただいま、電話に出られません。発信音のあと、メッセージをお願いいたします。メッセージをもう一度録音するには、1をおしてください」

メッセージを残すことにする。

「もしもし。わたし、フローラ。できるときに、電話して。あとでね！」

そして、1をおし、もう一度同じことを言う。

それから、電話の横に置いてある罫線《けいせん》の引いてある紙に〈ママたちの電話にメッセージを残した〉と書く。それから、同じメモの数を数えると、すでに三十四回もメッセージを残していることがわかる。これなら、わたしがパパとママのことを考えていることが、伝わるはず。

スマホのバッテリーがなくなったのかもしれない。こわれることだってあるし、なくすことだってある。シートのすきまからすべりおちて、そのまま置いていってしまうことだって。

ママたちは飛行場から車で帰ってくることになっている。でも、ふたりとも運転が嫌《きら》いだ。

小さなスマホには、いろんなことが起こりうる。わたしはもう一度、ママたちをむかえる用意をし直す。お湯をわかして、ポットにティーバッグを入れ、ジンジャーケーキを切って白いお皿にのせて、テーブルの真ん中に置き、三人分のお皿とカップを用意する。そして、スマホを見ながら待つ。

ジンジャーケーキの端《はし》っこが固くなってきている。ママとパパはまだ帰ってこない。わたしはなにか、まちがっているにちがいない。

薬を飲む。あくびが出はじめる。ママたちはまだ帰ってこない。

どうすればいいか、書いてあるメモはひとつもない。手にも、関係ありそうなことは書かれていない。これまでかけた電話のことと、確認済《ず》みのスケジュールと、メッセージを残したというメモだけだ。エクセター空港の電話番号を探して、飛行機が無事に着いているか調べることにする。ウェブサイトはまちがえているかもしれないし、機械の女の人に何度もメッセージを残しているあいだに、飛行機が海に墜落《ついらく》してたらって思ったら、怖《こわ》くなったから。

本物の人間としゃべることはできなかったけど、録音されたメッセージに行きついた。フランスからの飛行機はすべて定刻どおりに到着《とうちゃく》しているらしい。それから、もし飛行機が墜落《ついらく》したら、ほかの人だって知りたいんじゃないかって気づいて、テレビをつけ、もう一度ネットも調べてみるけど、飛行機に関する情報はなにもない。

さっきもエクセター空港へは電話したような気がする。たぶん何度も何度もしてる。

手首に、〈ファイルはベッドの下〉と書いてある。ベッドの下を見ると、ほかのことは忘れて、ドレイクのおばさんの家にいったことしか考えられなくなる。スマホに入ってる、おばさんの家で撮《と》った写真を一枚一枚見る。それから、きれいな家と、その前のきたない家の写真も見る。さらに、迷いネコのポスターの写真を見て、椅子《いす》の上に立っているドレイクの写真を見つける。

こんな写真を撮《と》ってたなんて、覚えてなかった。ドレイクの写真があったなんて。わたしのスマホに、ドレイクの写真が入ってる。わたしは、その写真を見つめつづける。

それから、ドレイクの部屋から取ってきたものをすべて出して、広げてみる。おばさんの家で撮《と》った写真と同じように、小石を小さい順に置いていく。貝殻《かいがら》は窓辺に一列に並べ、一個一個がよく見えるようにする。赤いTシャツをぬいで、布地に顔を埋《う》め、記憶《きおく》にひたる。

現実にもどると、パパとママはまだ帰っていない。

なにかよくないことが起こったのかもしれない。メモの中に、パパとママがなにか隠《かく》してると書いてあるものを見つける。もしかしたら、ママたちが帰ってこないこととなにか関係あるかもしれない。

ペイジがいてくれたらいいのに。どうすればいいか、わかってる人がほしい。きっと、わたしはなにか見逃《みのが》してるんだ。ひと目でなんの問題もないってわかるようなことを。ペイジにメールを送ろうと思って、スマホを手に取る。そして、ペイジから何十回も連絡《れんらく》してこないでというメッセージがきているのを見る。わたしは泣き出す。

ママからの最後のメッセージには、〈早く会いたいわ。気をつけるのよ！　忘れないで、今日はピザの日だからね。ママとパパより〉って書いてある。

わたしは、〈うん、ピザね！　ペイジと楽しくやってます〉と返事を打っている。これが、このスレッドの最後のメール。わたしは、だれか助けてくれる人を探さなきゃならない。

ジェイコブの写真の裏に番号があるのを見つける。〈電話して〉と書いてある。わたしは固定電話でその番号にかけてみる。聞いたことのない声が外国語で返事をする。ジェイコブのはずがないから、電話を切る。

となりの家には、ロウさんが住んでいる。お菓子《かし》をくれたことや、ジャムの空《あ》きびんをチョコレートバーと交換《こうかん》したのを、覚えてる。庭の塀《へい》によじのぼって、お腹《なか》でバランスを取りながらおしゃべりしたのも覚えてるし、ロウさんに、大人になった双子《ふたご》の息子と娘がいることも、息子のほうにまた双子《ふたご》が産まれたことも覚えてる。こうした記憶《きおく》の中のわたしは、今よりずっと小さい。ロウさんはまだおとなりで暮らしてるかもしれないし、もういないかもしれない。ロウさんの双《ふた》子《ご》の双子《ふたご》は、また双子《ふたご》を産んでいるかもしれない。

外へ出ると、玄関のドアをほんの少し開いたままにして、うちの庭をつっきり、ロウさんの庭へ入っていった。玄関のベルを鳴らすと、記憶《きおく》にあるのと同じビーッという音がして、音が鳴りやまないうちにドアが開いた。

「あら、いらっしゃい！　やっときたのね。持ってきてくれた？　ほら――」

ロウさんは言葉をとぎらせて、わたしを見た。目はどんよりして、前よりもずっと年取っている。もうすぐ死んじゃいそうに見える。

「ええと、なにか持ってきてくれたのかしら？」

ロウさんはそう言った。

「いいえ。わたしの両親がどこにいるか、ごぞんじですか？」

「いちごジャムは好き？」

「前は、ジャムの空《あ》きびんをここに持ってきていました」

「あがっていって！」

なにかのテストに合格したみたいな気持ちになって、ロウさんのあとについて家にあがる。うちとそっくりだけど、左右が逆さまだ。壁には、ロウさんの子どもたちの写真が、赤ちゃんのときから順番に飾《かざ》ってある。壁じゅう、写真で埋《う》めつくされてる。わたしは、その中の一枚の前で足を止める。

「これ！　ほら、ロウさん、これ、わたしだわ！　それに、こっちは兄のジェイコブよ。これは、双子《ふたご》のお子さんたちね。息子さんとお嬢《じょう》さん。で、こっちがもう一組の双子《ふたご》。お孫さんね」

ロウさんの双子《ふたご》の孫は、ジェイコブくらいの年だった。ふたりとも、男の子だ。三人の大きな男の子とわたしが写っている写真がある。わたしは、オレンジ色のショートパンツをはいて、黄色いベストを着ている。みんなで、うちの庭に立っている。この写真を撮《と》ったときのことを思い出そうとする。そして、ひどいって思う。写真のわたしはまだ七歳くらいだから、思い出せるはずなのに、思い出せないから。

「そうよ」

ロウさんは言ったけど、聞いてないのはわかる。

この家はちょっと変なにおいがする。

「はい、ジャムよ」

わたしはキッチンの入り口に立ったまま、目を丸くした。テーブルにも作業スペースにも床にまでジャムのびんが並べられている。百個はあるにちがいない。

「すごい」

「ジャム、持っていってね、お嬢《じょう》さん」

「フローラです」わたしはロウさんに教えた。「わたしはフローラです。わたしの両親を見かけませんでした？」

ロウさんは答えなかった。そもそも聞こえてないみたい。わたしはジャムをひとつ持って、ロウさんの頰《ほお》にキスをした。ロウさんがどういう気持ちか、わたしにはわかるから。それから、家へ帰った。

ジャムは表面にカビが生えてたけど、捨てる気になれなかった。だから、戸棚《とだな》の奥のほうにしまった。

ドレイクにメールを書いて、本当だったらいつ、なにがあったはずかってことと、実際にあったこと（つまり、なにも起こっていないこと）をできるかぎり時系列に並べてみる。ロウさんのジャムの話も書く。でも、送ってすぐに、あんなメールを受け取ったら、変に思うだろうって気づいた。そのあと、数秒ごとに更新《こうしん》しながらずっと受信箱を見ていたけど、ドレイクからの返事はこなかった。ドレイクからもこないし、パパとママからもなんの連絡《れんらく》もこない。

写真の裏に電話番号が書いてあるのを見つけたので、スマホからかけてみたけど、呼び出し音は鳴らなかった。「この番号にはかけられません」という音声が流れるだけ。

きっとわたしはなにかを忘れているにちがいない。それがなんだか、思い出せないでいるんだ。もどかしさで髪を引っぱると、鋭《するど》い痛みが走り、快感を覚える。もう一度引っぱる。それから、半分ピンクのバカみたいな壁に頭を打ちつける。窓ガラスをじっと見つめる。ガラスを割って、肌《はだ》を切り裂《さ》き、外へ身を投げてしまいたい。ずっと覚えていられるような強烈《きょうれつ》な感覚を、自分にもたらしたい。

窓の横に立った。かんたんなことだ。ここにはだれも止める人がいないんだから。

引き留めてくれたのは、ドレイクだった。ドレイクのことを思い出したのだ。ドレイクが、ひと晩いっしょに過ごしたいと言ったことを。わたしはベッドに横たわり、記憶《きおく》の中へ逃《に》げこむ。あのときを、何度も何度も生き直す。あのビーチへもどって、そう、自分の影《かげ》みたいな存在になって、並んですわっているわたしたちのまわりをこっそり歩きまわり、じっと観察する。
「寒いところだ。前に一度、いったことがある」彼が言う。
「ラッキーだね」
「ひと晩いっしょに過ごそう」
「だけど、ママが」

寝室の窓まで椅子《いす》を引っぱっていって、向かいにある木立をながめる。車は通らない。うちの前の通りはせまくて、車が入れないから。何人か、人が通りすぎる。ロウさんと反対側のおとなりにもだれか住んでいるはずだけど、訪ねていく勇気はない。知り合いかどうかも、わからないから。

なにも起こらない。だれもこない。家は静まりかえっている。吐《は》き気が襲《おそ》ってくる。なにか忘れてることがあるにちがいない。今日、自分が外に出かけたことを知らなかったら、うちの両親だけじゃなくて、世界でなにかが起こったんじゃないかって思ったかもしれない。でも、わたしにわかるかぎりでは、世界の終わりがきたようすはない。

ノートパソコンを開いて、もう一度すべてに目を通してみる。ドレイクからのメールを探すためじゃないのは初めてだったからか、ドレイクからのメールが二通きてるのを見つけて、びっくりする。あっと声がもれ、読みもしないうちからどっと涙があふれ出す。

画面のいちばん上に、彼の名前が表示されている。ドレイク・アンドレアソン。わたしはすわって、先にきたほうから読みはじめる。心臓がドキドキしている。彼の言葉を見つめると、四方から家が迫《せま》ってくるような気がする。

フローラへ

今日は土曜日だから、こっちへもどってきたんだ。もうご両親は帰ってるだろうね。お兄さんの具合がよくなってるといいんだけど。

こっちは魔法みたいにすばらしいよ。だけど、フローラに会いたい。衛星地上局での作業はすごく面白《おもしろ》いけど、フローラのことばかり考えてる。

家は片づけた？　ご両親はびっくりしたろ？　フローラに会えればいいのに。ふたりで話したことを、考えつづけてる。休暇《きゅうか》におれが会いにいくっていったら、どう思う？

ドレイク

二通目にはこう書いてあった。

Fへ

さっきのメールは、ネットにつながってないときに書いたんだ。そのあと、フローラからのメールをダウンロードした。ご両親は帰ってきた？　メールがきていないか、ちゃんとチェックした？　もしかしたらお兄さんのところにもう少し長くいることにしたのかもしれないよ。だとしても、電話がこないのは、おかしいけど。連絡《れんらく》がなくなってどのくらい？

あのメールのあと、ご両親が帰ってきてるといいけど。ようすを知らせて。

D

パパとママは帰っていない。わたしはそう書いて送った。それから、もう一度、送った。それから、もう一度。さらにもう一度。

第六章

「もどってくるって言ってたんです」

わたしはおまわりさんに言う。

「だけど、もどってこないんです。両親は、言ったことは必ずそのとおりにするんです。ノートには、六十七回も両親に電話したって書いてあるんです」

警察署は灰色で、屋根はオレンジ色をしてる。外から見るとつまらないけど、中もつまらない。受付はせまくて、窓際《まどぎわ》にブルーの椅子《いす》が三脚《さんきゃく》並べてある。

受付にすわっている男の人はそこそこていねいだけど、わたしの問題が、今日の事件の中で特に興味をひかれるものだとは思ってないみたいだ。照明があたって、はげ頭が光ってる。さっきから手に持っている紙を読もうとしてるけど、わたしとはなんの関係もないものなのはわかってる。

「六十七回？」

男の人はくりかえした。そして、眉《まゆ》を寄せてわたしのほうを見あげた。

「本当に？」

「両親はいつもちゃんと、自分たちがどうしているか、知らせてくれるんです。必ず」

「ご両親はお兄さんのところへいって、帰ってくるはずの日に帰ってこない、ということだね？」

「そうです」

「お兄さんには連絡《れんらく》を取ってみたかい？」

「いいえ」

「ふたりとも、なんの問題もない大人なんだよね？」

「そうです」

「きみもだよね？」

男の人が、わたしの手の文字を読もうとしているのがわかった。そして、わたしの目をじっと見つめた。それから急にようすを変え、書類をおしやった。

「ああ、きみのことがわかったよ」

なんて答えたらいいのかわからなくて、黙《だま》っている。

「きみは？　十六歳くらい？」

「わたしは十七歳で、ビーチで男の子とキスしたの。その前は、十歳で、遊園地へいくところでした。ペイジに会ったのは、四歳」

十七歳とだけ、答えるつもりだった。あとは、頭の中だけで言うつもりだったのに。男の人にふき出しそうな顔で見られて、ひどく嫌《いや》な気持ちになる。

「ああ、そうだ。きみは前にもここにきたよ。わたしの同僚《どうりょう》と会ってる。わかった、だれか事情のわかる人を呼ぼう。すわりなさい。友だちはいるかい？　近所の人は？　ほかにこのあたりに親戚《しんせき》はいないのかい？」

「ペイジは友だちです」

「なら、ペイジの番号を教えてくれ。彼女にむかえにきてもらおう。彼女の家に泊《と》めてもらえるかもしれない」

スマホを見て、ペイジの名前と番号を探す。ペイジがむかえにきて、面倒《めんどう》を見てくれる。でも、そう思いながらも、なにかがまちがってるような気がする。

スマホにはメールが残ってたけど、ぜんぶわたしから送ったものだった。どれも、「ペイジ、どう？　もうそろそろもどってくる？」とかそんな内容だ。でも、ペイジからの返事はなかった。ペイジになにかあったんじゃないといいけど。画面をスクロールしていくと、ペイジからの最後のメールが見つかった。何日か前のメールで、こう書いてあった。

〈フローラ

このメールが最後だから。もうわたしはフローラの友だちじゃない。フローラがわたしの彼氏とキスしたから。わかった？　わたしたちはもう友だちじゃない。だからもう連絡《れんらく》してこないで〉

わたしはメールをじっと見つめた。そう、わたしはペイジの彼氏とキスをした。本当のことだ。覚えてる。わたしはビーチで男の子とキスをした。彼の名前はドレイク。わたしは彼が好き。だから、ペイジとわたしはもう友だちじゃない。

顔をあげた。わたしは今、両親が帰ってこないから交番にいる。頭の光ってる男の人がいて、前にペンと黄色いポスト・イットのメモが置いてある。わたしがペイジの電話番号を言うのを待っているのだ。そうすれば、ペイジに連絡《れんらく》してむかえにきてもらえるから。

わたしは立ちあがった。

「もう大丈夫です、本当に」

わたしは出口へ向かい、外に出る。そして、家までの道を走り出す。わたしはひとりなんだ。ふいにそれが、わくわくすることに思えてくる。わたしはスキップする。ダンスする。わたしは、なんだってできる。

腕に言葉を書きなぐる。〈ジェイコブに連絡《れんらく》すること〉

きっとジェイコブがなんとかしてくれる。

警官が電話したら、ペイジはあんなことがあったあとでも助けてくれると思う。ペイジのうちへいって、ドアをたたけば、きっと入れてくれる。でも、そんなことできない。ドレイクとメールしてることを話すわけにはいかない。ペイジはすぐに、そこいらじゅうに彼の名前があるのを見つけてしまう。わたしの両手にも、両腕にも、それどころか家じゅうに、彼の名前を書いた小さなメモが数え切れないくらい、チョウチョみたいにとまってるんだから。

パパとママが帰ってきたときのために、新しく貼《は》ったメモをはがしておかなくちゃ。このことは、ぜったい忘れちゃだめ。

覚えておくことが、ありすぎる。

「だれかいる？」

空っぽの家に向かって呼びかける。玄関に靴はないし、コートもかかってないし、荷物もないし、声も聞こえない。パパとママがいますように。

「ただいま！」

大きな声で言って、しばらく立ったまま、待ってみる。

〈ジェイコブに連絡《れんらく》すること〉

書類関係はキャビネットにしまってある。シーツのかかっていないシングルベッドがひとつある部屋にも、書類が今にも倒《たお》れそうなほど山積みになっている。わたしは、そっちから探すことにする。

メモを書く。〈ジェイコブの電話番号を探しているところ〉

そして、セロハンテープで机の端《はし》にはりつける。

ママたちの旅行に関する書類は見つからない。旅行の日程《にってい》も、ホテルの予約確認書も、手紙も、なにもない。大きいほうのパソコンをもっとよく探せば、見つかるかもしれない。

キャビネットを開き、ジェイコブの居場所を示すようなものがないか、探しはじめる。山のようにあるたいくつな古い書類をめくっていって、ジェイコブの名前がないか目を凝《こ》らす。すると、「フローラ」と書いてある封筒《ふうとう》が見つかる。中から、紙の束を引っぱり出す。でも、「側頭葉《そくとうよう》」とか「作話（注：過去の出来事などについての誤った記憶《きおく》に基づいて発言する）の関連症状《しょうじょう》」「GCS（注：意識レベル）8」といった言葉が飛びこんできて、不安になる。聞いたことのない言葉を書き取って、ポケットにしまう。それから、ぜんぶ封筒《ふうとう》にもどして、キャビネットの奥深くにおしこんでおく。

キャビネットの上でエッフェル塔《とう》の絵葉書を見つける。エッフェル塔《とう》があるのは、パリだ。ひっくりかえすと、宛名《あてな》はわたしだった。走り書きの文字だ。

これを見ながら、おまえのことを考えてる。
おまえはすごいよ。
ジェイコブ

文面をじっと見る。それから写真を撮《と》った。ジェイコブの電話番号や住所は書いてない。キャビネットの上に葉書をもどす。ジェイコブはパリでわたしのことを考えてくれていた。前にもこの葉書を読んだことがあるはずだ。目をぎゅっとつぶって、わたしもお兄ちゃんのことを考えてるって伝える。伝わりますように。

パスポートが出てくる。見たら、わたしのだったので、ふしぎに思う。発行日は二年前で、有効期間はあと八年ある。念のため、わきに置いておいて、左腕の内側に大きな字で〈わたしはパスポートを持ってる!〉と書く。

ドレイクのことを考える。ドレイクのおかげで、わたしは忘れないで記憶《きおく》することができた。彼にキスしたのを覚えている。あのときの海の香りを。

あの黒い小石を。

「ひと晩いっしょに過ごさないか」

「だけど、ママが」

彼は遠く離《はな》れたところにいる。わたしは、パスポートをジーンズのうしろポケットにしまう。長いあいだ探したあげく、ようやく住所の書かれた紙が見つかる。いちばん上に〈ジェイコブ〉と書いてある。住所にはパリとあるけど、電話番号はない。

新しい紙には見えない。むかしのノートから落ちたページの切れ端《はし》みたいに見える。〈ジェイコブ　フランス　パリ　リュ・シャルロ　25　3号室〉

アドレスをパソコンに打ちこむと、地図が出てきた。パリだ。フランスの首都。ジェイコブが住んでいるか、じゃなきゃ、むかし住んでいたところかもしれない。もっといい連絡《れんらく》方法があるだろうけど思いつかないので、絵葉書に、わたしはフローラで、両親がもどってこないから心配していると書く。この葉書を読んだら、できるだけ早く電話してほしい、具合がよくないなら、ママたちに連絡《れんらく》するように言ってほしい、と書き、念のためメールアドレスも書いておく。

文面を読みかえす。これでよさそう。ふつうに見える、たぶん。

引き出しを開けたら、セロハンテープやインクのかわきかけたペンといっしょに、翌日配達用の切手が三枚入っていたので、ポストまで走っていって、葉書を出す。

そして、今までのことをぜんぶドレイクに報告し、自分のノートにも書きとめる。しばらくして、ドレイクから返事がくる。

フェイスブックにアカウントがあるかもしれないよ。見てみた？　ただジェイコブ・バンクスっていう人はたくさんいるだろうけど。

ジェイコブのアカウントを探そうとする。フェイスブックは、アカウントを持っていないとログインできないので、説明に従ってアカウントを作る。でも、メールアドレスを打ちこむと、すでにアカウントを持っていると表示される。画面上にパスワードが入力されていることを示す「＊」が並んでいるので、ＯＫをクリックすると、存在することも知らなかった自分の一部が現れる。

ペイジとわたしの写真だ。頬《ほお》をくっつけ合って、カメラに向かってほほえんでいる。ペイジに会いたい。ペイジはもう、わたしの友だちじゃないけど、フェイスブックでは友だちのリストに名前が入っている。友だちはたった五人しかいない。みんな、小学校のときの友だちだ。わたしのページには、なにも書かれていない。操作方法がわからない。ジェイコブがフェイスブックをやっていたのは覚えてる。小さかったわたしは、早くパソコンから離《はな》れて、いっしょに遊んでってせがんでた。そのころのパソコンはブルーだった。今もブルーだ。

ボックスに〈ジェイコブ・バンクス〉と打ちこむ。すると、わたしの〈近況《きんきょう》〉として表示されてしまう。確かにジェイコブは今、わたしの「近況《きんきょう》」にとっていちばん大切な人だけど、このボックスは検索用《けんさくよう》じゃないってことだ。もう一度別のボックスに、打ちこんでみる。

たくさんのジェイコブ・バンクスがずらりと表示される。でも、ほとんどの人はそれ以上の情報が見られないようになっていて、わたしには今のジェイコブの顔はわからない。記憶《きおく》にあるのは背が高くてすてきってことだけ。それに、うちにある写真ではまだ十代だけど、今はもう、大人になってるはず。プロフィールに「サンディエゴ」みたいなことが書いてあるものもあるから、それは別人だってわかる。十代の男の子（わたしの持ってる写真と似てない）も、ジェイコブではない。頬《ほお》に赤い大きな傷がある人もいたけど、クリックしなかった。お兄ちゃんのはずないし、その人は、どこだか知らないけど「ゲイパレ（注：「華のパリ」の意味）」ってところに住んでるって書いてあったから。

これかなと思う写真をクリックするたびに、「ジェイコブさんをごぞんじですか？　この人が友だちとシェアしているコンテンツを閲覧《えつらん》するには、友だちリクエストを送信しましょう」という文章が出てきて、「友だちになる」というボタンが表示される。わたしは可能性のある人に片《かた》っ端《ぱし》からリクエストを送った。たくさんの「リクエストを送りました」というメッセージがたまったところで、あとは待つ以外やることがなくなった。

ほかに人を探せるところはないか、ネットを調べる。ツイッターというサイトにいきあたる。やっぱりたくさんの名前が出てくるけど、こっちはほとんどの人がプライバシーの設定をしていない。こっちのほうがかんたんだ。わたしは一人ひとり探していったけれど、結局、全員、わたしのお兄ちゃんではないという結論に達した。ほかのサイトでも同じことをしてみたけど、そのうちもう限界って気になった。もう一度ドレイクに連絡《れんらく》する。ドレイクは、わたしがジェイコブ・バンクス全員に友だち申請《しんせい》をしたのを面白《おもしろ》がる。わたしたちは、主なソーシャル・メディアはぜんぶ調べたという結論にいたる。

あとは、待つしかない。わたしは寝ることにした。

まだ夜じゃないけど、このまま朝まで寝てしまうかもしれないと思って、ママたちのふとんの端《はし》をちょっとめくり、玄関のチェーンは外しておいた。それからソファーの上に丸くなって、目を閉じた。

目が覚めると、まわりは明るくて、わたしは怖《こわ》くてたまらなかった。ノートや目にとまるメモを片《かた》っ端《ぱし》から読んで、頭にたたきこんでいく。そうしたら、ますます怖《こわ》くなる。わたしの〈生きるためのルール〉はどうやらひとつしかなくて、「パニックを起こさないこと」なのに。自分の部屋にいって、ベッドの下にあるものにすべて目を通す。

わたしはジェイコブに葉書を送った。ママたちは帰ってきていない。ドレイクは北極にいて、わたしは彼のことが好き。

ママたちの部屋のドアが細く開いていたので、小さくノックしてから、開けた。ベッドはきれいに整えられたままだった。

だれかに助けてもらわなきゃ。庭を走っていって、ロウさんの家までいく。ロウさんはすぐにドアを開けてくれた。

「やっときたのね。持ってきてくれた？　ほら――」

ロウさんは言いよどんで、わたしを見た。目はどんよりして、前よりもずっと年取っている。

「ええと、なにか持ってきてくれたのかしら？」

ロウさんはそう言った。

「いいえ。わたしの両親がどこにいるか、ごぞんじですか？」

「いちごジャムは好き？」

「前は、ジャムの空《あ》きびんをここに持ってきていました」

「あがっていって！」

この家はちょっと変なにおいがする。

わたしはキッチンの入り口に立って、そこいらじゅうに置いてあるジャムを見つめた。

「あなたにジャムをあげなきゃね」

「フローラです」わたしはロウさんに教えた。「わたしはフローラです。わたしの両親を見かけませんでした？」

ロウさんは答えなかった。わたしはロウさんの頬《ほお》にキスをした。ロウさんがどういう気持ちか、わたしにはわかったから。ジャムは表面にカビが生えてたけど、捨てる気になれなかった。だから、戸棚《とだな》の奥のほうにしまった。

そこにはすでに二個、同じようなジャムがあった。

ペンザンスには、わたしを助けてくれる人はいない。家じゅうの通信機器の電源を入れる。ドレイクからメールがきてる。フェイスブックにもメッセージがずらずらと表示された。〈友だち〉は十一人で、そのうち六人がジェイコブ・バンクス、あとはもともと知ってた人だ。

メモによれば、わたしは二十人以上のジェイコブに友だち申請《しんせい》をしたらしい。その中にお兄ちゃんのジェイコブがいれば、わたしのことがわかるはずだ。冷蔵庫のメモにママのお気に入りと書いてある、〈世界一のママ!〉のマグに紅茶をそそぎ、食卓にすわる。食卓の上は散らかりほうだいになってる。そこいらじゅう黄色いメモだらけ。〈ジェイコブ　ママパパ　フランス〉とか〈ドレイク　ドレイク　ドレイク〉って書きなぐってある。読めるようになったジェイコブたちのプロフィールに目を通しはじめたとき、スマホのメッセージの着信音が鳴った。

メッセージを読む。それから、もう一度読む。それから、現実だってわかるように書き写し、もう一度読んだ。

フローラ

遅くなってごめんなさい!　大丈夫?　今すぐ返信してちょうだい。ここでは電話が使えないから。ママたちは飛行機に乗れなかったの。あなたからのメールも読めなかった。緊急《きんきゅう》事態が発生して、病院から一歩も出られなかったから。ジェイコブの容体《ようだい》はとても悪くて、ママたちはあと二、三日、あなたをペイジに預けて、ジェイコブのところにいないとならない。ジェイコブが死の淵《ふち》からもどってきて、それで、時間が過ぎてたことに気づいたの。ペイジといっしょにいてちょうだい。パパのくつしたの引き出しに箱が入ってて、その中に緊急用《きんきゅうよう》のお金があるから。クレジットカードの暗証番号は５８２７よ。返事をちょうだい。今は、ジェイコブの具合はとても悪いけど、なるべく早く帰って、少なくともしばらくのあいだは家にいるようにするから。フローラのことをいつも考えてるわ。

たくさんの愛をこめて

ママとパパ

わたしはそのメッセージを何度も何度も読んだ。パパとママは無事なんだ。帰ってこられなかった理由もわかった。わたしのことを忘れたわけじゃなかったんだ（忘れるのはわたしで、ママたちは忘れたりしない）。ママたちは、いつもわたしをそばに置いている。まるでペットみたいに。だから、わたしと離《はな》れている時間を楽しんでるはず。

ちがう、楽しんでなんかいない。今、大変なことが起こってるんだから。ジェイコブが重態なのだ。もしかしたら、死にかけてるのかもしれない。もう死んじゃったかもしれない。ママはメールでそれを伝えたくないだけかもしれない。

手首の内側に５８２７と書いて、お金とカードを探す。そして、テーブルの真ん中にぜんぶを並べる。

それからドレイクに、パパとママは飛行機に乗れなかっただけで、もうなにもかも大丈夫だって書いて送った。

そう、わたしは、もう大丈夫。ママとパパはまだ生きていて、まだフランスにいる。でも、ジェイコブは大丈夫じゃないし、ママとパパも大丈夫じゃない。

ジェイコブはわたしのお兄ちゃんで、今はどんな顔をしているかわからないし、どうしてフランスにいったまま帰ってこないのかも、わからない。家じゅうの手紙や書類はぜんぶ見たけど、やっぱりわからないまま。もしジェイコブが死んでも、わたしは悲しめないかもしれない。ジェイコブについては、まだ小さいころの記憶《きおく》しかないから。

ううん、悲しい。ジェイコブは、足の爪にペディキュアをぬらせてくれた。わたしが泣くと、抱っこしてくれた。わたしはジェイコブのことを愛してる。

それに、パパとママのことを考えると悲しい。死にかけた息子の枕元《まくらもと》にすわっているパパとママ。わたしのことを忘れるのも、とうぜんだ。

わたしは家の中をうろうろして、あちこちにすわったあげく、お湯をわかした。ずっと、ドレイクからのメールを待ちながら。メールはちゃんときた。ドレイクは今、だれよりも頼《たよ》れる存在。ドレイクがいなかったら、どうしたらいいのか、わからない。

わたしはビーチでドレイクとキスをした。ドレイクがわたしに記憶《きおく》をくれた。わたしに小石をくれたのだ。


ねえ、気づいてる？　フローラは今、だれにも頼《たよ》らずに暮らしてるんだよ。こんなに長いあいだ、ずっと家にひとりでいるんだ。警察にもいったし、調べ物もして、フェイスブックのアカウントも開いて、友だちも作った。ほとんどは、ジェイコブ・バンクスっていう名前の人だけどね。フローラはなんでもできる。きみは勇敢《ゆうかん》なんだ。


わたしは勇敢《ゆうかん》。そう思うと、心が浮《う》き立った。

ママの携帯に電話をかけた。留守番電話につながったので、メッセージを残す。〈急いで帰ってこなくて大丈夫。ジェイコブといっしょにいてあげて。ジェイコブにはママが必要だから。わたしは大丈夫。ペイジとうちで無事にやってるから。本当よ〉

家が四方からおしよせてくるような気がしたので、靴をはいて、わたしの名前のついた場所にかかってるすてきな毛皮のコートでは暑すぎるので、デニムのジャケットをはおり、海のほうへ歩いていった。海はどこまでも広く、水しぶきをあげ、黒い雲が低く垂《た》れこめている。西の、ニューリンの先のほうから、嵐《あらし》が近づいてきている。嵐《あらし》に背を向けて、ジュビリー・プールのほうへ向かう。プールは営業していて、何人かのお客がいったりきたり真剣《しんけん》に泳いでる。かと思えば、髪もぬらさずに水をバシャバシャやってるだけの人たちもいる。

カフェでコーヒーを飲んでる人たちもいて、ケーキやホットサンドを食べてる人もちらほらいる。立ち止まって、柵《さく》のあいだからのぞいてみる。ドレイクに会いたい。いっしょに横を歩いて、手を握《にぎ》ってほしい。

わたしはなんでもできるって、ドレイクは思ってる。

でも、勉強中だから、わたしのところにはこられない。

腕に書いたメモを見る。〈わたしはパスポートを持っている！〉と書いてある。

家に帰ると、留守番《るすばん》電話にママからのメッセージが入ってた。

「フローラ、大丈夫？　もう一度ママに電話をかけて。フローラとペイジが本当に大丈夫なら、ママたちはあと二、三日こっちにいようと思うの。でも、その前にどうしてもあなたと話さないと。パパもママもフローラが心配なの。声を聞かせて」

最後のほうは声がかすれ、ママはいきなり電話を切っていた。

スマホを見ると、ママから電話がかかってきていた。ママと話すチャンスを逃《のが》してしまった。涙がじわっとこみあげる。フランスへいって、ママたちをハグしたくてたまらなくなる。

フランスにいきたい。でも、スヴァールバルにはもっといきたい。

向こうへいけば、きっとドレイクがむかえにきてくれる。わたしにはパスポートがある。ここには、だれも止める人はいない。

ママに電話をかけ直す。そして、まちがったことを言わないように、慎重《しんちょう》に言葉を選んで話す。

第七章

小石を取り出して、じっと見る。わたしはなにもかも忘れてしまうけど、この小石にまつわる記憶《きおく》はぜったいに忘れない。手に握《にぎ》った小石は小さくてすべすべしている。

今、ドレイクと北極でキスしたら、きっとまたちがうキスになる。もっと情熱的で激しくて、キスだけじゃ終わらない。わたしは昼も夜も、そのことばかり考えてる。そうしたら、そのキスもきっとまた記憶《きおく》に残るだろう。ぜったい忘れない。一度覚えていることができたんだから、二度目だってきっと忘れない。三度目だって。何度目だって。

家を片づける。ゴミなんてないけど、掃除機をかける。外は雨が降っていて、窓に雨粒《あまつぶ》があたってる。音楽をかける。ビートルズの『アビーロード』っていうアルバム。そして、自分がこのアルバムを好きだってことに気づく。

パパとママは無事で、もうすぐ帰ってくる。そうしたら、すべてがまた元通りになる。ジェイコブの具合がよくなれば。

ネットでスヴァールバルの写真を見つける。スヴァールバルを見つめる。現実の場所、彼のいる……。

スマホの写真を見て、パーティのときのドレイクの写真を撮《と》っていたことに気づく。すぐに、待ち受け画面に設定する。写真をじっと見つめながら、この顔のなにが、わたしの頬《ほお》を赤らめ、皮膚《ひふ》をくすぐったくさせ、からだをとろけさせるのか、考える。彼の黒い髪を、高い頬骨《ほおぼね》を、太いフレームの眼鏡を見つめる。

彼はわたしにキスをして、覚えていられるようにしてくれた。ぜんぶ覚えてる。彼のにおいも、唇《くちびる》の感触《かんしょく》も。この写真を撮《と》ったときは、これからふたりがキスすることになるなんて、たぶんわかってなかった。わたしは、迷いネコのポスターの写真も撮《と》ってたけど、耳のないかわいそうなネコを探しにいくのは忘れてしまったらしい。

靴をはいて、表へ出る。鍵《かぎ》を持ってるか確かめてから、玄関のドアを閉める。そして、海へ向かってまっすぐ走っていく。車が途切《とぎ》れるのを待ってるのが面倒《めんどう》で、何台か避けながら大通りを渡る。みんな、怒ってクラクションを鳴らすけど、本当にわたしをひいたりはしない。わたしへ向かって、スピードをあげたりしない。わたしが耳のないネコだったら、わからないけど。

潮が半分ほど引いている。陸と海の境の線が、わたしにとっての境界線。ここから先のことは、想像もできない。十歳のとき、車でテーマパークへいったことは覚えてる。この町から離《はな》れたという実感があるのは、そのときだけだ。

左手を見る。〈小石〉と書いてある。でも、書いてなくても、わたしにはちゃんとわかっている。わたしはビーチへ駆《か》けていく。黒い小石はすぐに見つかる。わたしの小石とまったく同じではないけど、とても似ている。すべすべしていて、手のひらにぴったり収まる。わたしは新しいドレイクの小石を唇《くちびる》にあて、何度も何度もキスをする。温《あたた》かい風が髪をなでていく。犬を連れた男の人が見てるけど、気にしない。

歩きまわって、ネコを探す。でも、どのネコも耳がついている。迷いネコのポスターは増えている。わたしはそれらを写真に撮《と》る。

家に帰ると、ドレイクからメールがきていた。キッチンのテーブルでノートパソコンを開き、ドレイクの小石を横に置いて、お湯をわかす。本当はすぐ読みたいけど、その前に紅茶をいれる。片足ずつぴょんぴょん跳《は》ねながら、お気に入りのマグを出して、ティーバッグを入れる。ふたりでなら、きっと計画を立てることができる。

紅茶を片手にすわると、やっとメールを開いていいことにする。彼の言葉をむさぼりたくて、からだがうずく。

フローラ、元気？

ごめん。フローラがここにいるなら、ちがったと思う。でも、現実には、きみはここにいない。おれたちふたりとも、夢中になりすぎてた。少し落ち着いたほうがいいと思うんだ。だって、こんなふうに離《はな》れてたら、うまくいくはずない。フローラがこっちにくるなんて、むりだろ？

ふたりでいっしょに過ごしたときのことを、フローラが覚えていてくれてうれしかった。おれにとって、かけがえのないことだ。だから、ここでやめておこう。ほんとにごめん。

愛をこめて　ドレイク

もう一度読んでみるけど、内容は変わらない。

スヴァールバルがどのくらい遠いか知らないけど、かなりの距離《きょり》だってことはわかる。すわったまま、二個の小石をいっしょに握《にぎ》りしめる。ドレイクを失うわけにはいかない。わたしの指が、ノートパソコンのキーをおす。フライトを調べ、飛行機の座席を確保する。スヴァールバルのホテルを探して、一番安いところを予約する。部屋は五泊《ごはく》分、取る。それだけあれば、すべての問題を解決して、ドレイクを見つけることができるだろうから。

かんたんだった。テーブルの上の箱に入っていたクレジットカードで支払《しはら》い、パスポートを取ってきて、もう一度確認した。自分のパスポートがあるなんて、信じられない。わたしの写真がついてる。有効期限もあと八年ある。まるで魔法みたいだけど、現実だって信じるしかない。〈フローラもこっちにくるなんて、むりだろ？〉ドレイクは、そう、書いていた。だから、質問に答える。〈むりじゃないよ〉とだけ。ドレイクを驚《おどろ》かせるつもり。

〈フローラがここにいるなら、ちがったと思う〉

メールのことを考えると、胃がねじれるような気がする。ドレイクのところへいかなきゃ。なぜって、彼のおかげで、わたしは覚えていられたから。なぜって、彼のことを心から好きだから。ドレイクのメールには、いっしょにいられれば、うまくいくと書いてあった。そのとおりだと思う。ドレイクの言うとおり。

荷物をつめながら、メモをしていく。ジーンズを二本、持ってるセーターをぜんぶ、パジャマ、それから新しいフェイクファーのコート。下着と、歯ブラシと、きれいに見えるように化粧品《けしょうひん》も、荷物に加える。わたしには大きすぎる赤いTシャツがあったので、わきへのけようとするけど、〈ドレイクのTシャツ〉と書いた紙がピンでとめてあるのを見つけて、においをかぐ。このにおいは覚えている。だから、ていねいにたたんで、スーツケースに入れる。わたしの服にはぜんぶ、ラベルに名前が書いてあるから、荷物にママの服がまぎれこんでないか一枚一枚調べる。この旅行でわたしはわたし自身になるから。

それから、自分がだれか思い出せるようにノートを入れ、未来の自分へ向かって、どこへ、なぜいくのか、目的地に着いたらどうすればいいか、くわしく書きつづる。ノートに、ドレイクのおじさんとおばさんの家へいって、ドレイクの持ち物を持ち帰った日のことが書いてあるのを見つける。だから、持って帰ってきたものを見つけて、それもぜんぶ荷物に入れる。小石、貝殻《かいがら》、あと、そうしたものが入っている理由を書いたメモも。

それから、メールをプリントアウトする。どこへいっても、読めるように。今、きたメールはプリントアウトしない。

フライトの時間と便名もメモする。パスポートナンバーもメモに書く。

何度もチェックするけど、もうメールはきていない。ペイジへ、しばらく留守《るす》にするというメールを書く。画面に表示されている「留守《るす》にする」という言葉を見て、気に入る。わたしは四歳のときに、ペイジと出会った。でも、もうペイジはわたしの友だちじゃない。わたしはメールを送るのをやめる。メールを削除《さくじょ》する。

パパとママに、わたしは大丈夫というメモを書いて置いておく。それから、ペイジといっしょに映画にいくとメールする。

それから、おとなりのロウさんのところへいって、家を空《あ》けるけれど、二、三日で両親が帰ってきますから、と伝える。ロウさんには、もう大人の双子《ふたご》がいて、そのうちひとりはまた双子《ふたご》を産んでいる。ロウさんはジャムをくれるけど、カビが生えている。キッチンの戸棚《とだな》にしまう。そこには、同じようなびんが三つ入っていた。

戸じまりをして、スーツケースを持って外に出る。ロウさんが二階の窓から手をふってくれたので、ふりかえす。スーツケースには車輪がついていて、引っぱるとガラガラと音を立てた。ほかにはだれも見ていない。これから、わたしは重大なことをしようとしている。記憶《きおく》を授《さず》けてくれた男の人を探しに北極まで旅立とうとしてる。そして、そのことをだれも知らない。

コットンのワンピースにカーディガンをはおり、レギンスにスニーカーをはいて、ドレイクのおばさんの家へいったときに買ったらしい大きなフェイクファーのコートを着る。スーツケースに入れたらほかのものがなにも入らなくなってしまうから、バカみたいだけどこうするしか持っていく方法がない。暑いし、変だと思うけど、きっとこの旅のために買ったんだろうし、北極は寒いからコートが必要だ。

店や買い物する人たちでにぎわう町の中心部を歩いていく。駅へいく坂の上の横断歩道で信号を待っているとき、肩をたたかれた。

ぎくっとして、ふりかえる。

「フローラ、元気？」

わたしは、彼女の黒い目をじっとのぞきこむ。

「うん」

信号が青になり、わたしはスーツケースを引っぱって、横断歩道を渡りはじめた。

ペイジはいっしょについてきた。こないでほしい。わたしは足を速めた。

「すてきなコートじゃない？　どこかへいくの？」

ペイジは追いついてきて、やすやすとわたしと並んで歩き出した。ペイジのほうが、背が低いのに。ペイジを見て、どのくらいわたしのことを嫌《きら》ってるか、判断しようとする。わたしのメッセージに返事をくれたかどうか、思い出そうとする。

「気に入ったから、買ったの」

「どこへいくの？」

本当のことは言えない。

「パパとママはフランスにいったの。兄が病気だから。ジェイコブが。それは知ってるでしょ。ジェイコブはフランスに住んでいて、ひどく具合が悪いから、ママたちは会いにいったのよ。すぐに帰ってくるつもりだったんだけど、思ったよりジェイコブの具合が悪くて、もう少し向こうにいることになったの」

「知ってる。フローラの親がジェイコブに会いにいったことは、知ってるわよ。わたしがいって、フローラの面倒《めんどう》を見ることになってたけど、わたしはいかなかった。フローラがわたしの彼氏とキスをしたから。覚えてる？　毎日、フローラのようすはチェックしてたけど、フランスにいくなら、もうそれもやめるから。フランスにいくのよね？」

スヴァールバルと答えたかった。でも、そうは言わなかった。

「うん、パリにいくの」

「ひとりで？　ご両親がむかえにくるの？」

「そう」

「ならいいわ。気をつけて。本当にひとりでできる？」

「うん」

ペイジはしばらくわたしのことをじっと見ていたけど、それからぷいと顔を背《そむ》けて、去っていった。車がひゅんひゅん通りすぎ、あっという間にカーブを曲がって、町の外へ出ていく。わたしはペイジのうしろ姿を見ていた。一度もふりかえらなかった。

わたしの両手はメモでいっぱいだった。フェルトペンで〈スピッツベルゲン〉と大きく書いてあるのを見て、ペイジはそれがドレイクのいる島の名前だって知ってるだろうかと考える。もちろん、知ってるに決まってる。だけど、パリの話は信じたと思う。

わたしもペイジのうしろを歩きはじめる。でも、あとをつけてるみたいにならないように、あいだを空《あ》ける。わたしがいるのはわかってるだろうけど、ペイジはふりむかない。わたしが駅へ入っていくと、ペイジはそのまま駐車場《ちゅうしゃじょう》を抜《ぬ》けていった。

駅の建物の外にあるホームに電車が止まっていた。長くて、恐《おそ》ろしげに見える。もう一度、手順を書いておいた紙を見る。この電車に乗って、終点のロンドンのパディントン駅までいくことになっている。こうして、わたしの旅は始まる。ひとつずつ、こなしながら。

第二部

第八章

窓の外を見ると、なにもかも真っ白だった。なぜなら、下にあるものはすべて、雪におおわれているからだ。わたしは、雪がどんなものか本当には知らない。白くて、冷たいのは知ってるけど、近くから見るとどんなふうで、さわるとどうなのか、どうやって降ってくるのかも知らない。

手を見る。〈フローラ、勇気を持って〉

見わたすかぎり、雪景色が広がっている。流れるような模様を描き、渦《うず》を巻いて、山をなし、谷となり、そのすべてが完全に真っ白なのだ。この景色には、人間の手で作られたものはひとつもない。飛行機の影《かげ》だけ。わたしはその飛行機に乗って、鼻を窓におしつけ、下の景色をながめている。

すわるときは必ず窓側がいい。そうすれば、自分がどこにいるかわかるから。わたしは、そうノートに書きとめ、〈生きるためのルールその2〉にする。

外の世界をながめる。もう少しで着くのだろう。なぜなら、下に見える雪の荒野はスピッツベルゲンで、スピッツベルゲンはスヴァールバル諸島《しょとう》で一番大きな島だから。わたしが向かってる島で、ドレイクが暮らしてる島。そう、わたしの下にある、あの島に、ドレイクはいる。

これまでの人生で、いちばん勇敢《ゆうかん》なことをしようとしてる。ノートを初めから一気に読んだところなので、今は、自分がなにをしているかわかってる気になっている。わたしは飛行機に乗って、ドレイクを探すために、スヴァールバルへ向かってる。ドレイクは、「フローラがこっちにくるなんて、むりだろ?」というメールを送ってきた。きてくれって言ってるのと同じ。わたしの答えは、「むりじゃない」

飛行機に乗るのに使った券を見つめる。日付が書いてある。でも、よく見ると、まちがってる。今日は日曜日になってる。つまり、パパとママは昨日帰ってきてることになる。でも、わたしはそれよりも長いあいだ、ふたりのことを待っていたはず。もしかしたら、わたしは勝手に時間をのばして、本当よりも長くしてしまったのかも。

パニックを起こして、そんな必要はないのに警察へいってしまったのかもしれない。

たまに、雪の表面でなにかがちらりと動いたような気がする。動物かもしれないけど、大きさの感覚がつかめていないから、この高さから、動物や走ってるものが見えるのかどうかわからない。

わたしはここまできた(ロングイェールビーンの町の近くまで、ドレイクのすぐそばまで)。わたしはやったんだ。ロンドンにいってから、どうやって空港までたどり着いたのかわからない。気がついたら、人のたくさんいる空港に立っていた。深く息を吸って、床にすわりこみ、ママを見つけようとする。でも、それからメモをぜんぶ読んで、自分が北極にいるドレイクに会いにいくところだってわかった。窓がなくて、変なにおいのする、だだっ広い場所から、どうすればドレイクのいるところまでいけるんだろう？　テレビの画面だらけで、大勢の人がわたしのまわりをすり抜けるように歩いていく。

わたしは泣きはじめた。それでも、だれも気にもとめない。ママとパパにきてほしいけど、ふたりはいない。ドレイクにきてほしいけど、ドレイクもいない。わたしは、〈ご案内〉という文字の下に女の人がいるのを見つけた。女の人は、わたしが持ってる紙をぜんぶ渡すように言い、どこへいってなにをすればいいか、ひとつひとつていねいに教えてくれた。言われたとおりの場所にいって、言われたとおりのものを見せると、わたしは飛行機に乗っていて、オスロという場所に着いていた。

旅ってわくわくする。言われたとおりにやりさえすれば。

オスロの空港で何時間も待たなければならないとわかったときは、一瞬《いっしゅん》うろたえた。ただすわって待っていればいいのか、聞きたかったけど、だれも気にしないことがわかると、そうすることにした。空港は清潔で、楽に移動できたので、英語版のノルウェーのガイドブックを買った。スヴァールバルのことがたくさんのっていたからだ。そして、カフェに入って、魚とハーブの見たこともない料理を食べた。何人かの人にノルウェー語で話しかけられたけど、わたしがしゃべれないとわかると、みんなびっくりした顔をして、別の人のところへいってしまった。わたしは真っ赤なリップを買った。ちょうどそこにあったから。スヴァールバルに着いたら、つけようつて決めた。彼氏がいる女の子はそうするものだから。

ここまでは、なんとかやってきた。食卓の箱のお金をぜんぶ、ノルウェーで使えるお金に替《か》えたから、お金はたっぷりあるし、クレジットカードも持っている。今、持っているお金は、真ん中に穴が空《あ》いている。ひもを通したら、ネックレスにできるだろう。


今の飛行機に乗ったとき、興奮しすぎて、シートベルトがうまくはめられなかった。この飛行機が、わたしをドレイクの元へ連れていってくれるから。あともう少しだ。席は窓側で、となりは空《あ》いている。わたしは下に広がる荒々《あらあら》しい真っ白な景色に目を凝《こ》らして、町や空港を探した。

飛行機は途中《とちゅう》で、トロムソというところに降りた。みんな、飛行機をおりていく。わたしはどうすればいいのかわからず、おろおろとしながら、舗装《ほそう》された飛行場に立って、ほの白い陽射しを浴びている人たちを見た。ここで旅を終えて、飛行場に入っていく人たちもいる。これから、わたしには想像もつかないトロムソのどこかへ向かうのだ。でも、そのまま空港にとどまる人もいる。わたしはその人たちといっしょに立って、滑走路《かっそうろ》にとまっている小さな飛行機をながめた。〈Tromsø Lufthavn《トロムソ空港》〉と書いてある看板《かんばん》や、冷たい日の光を見て、本当にきたんだって思う。本物の北極圏《ほっきょくけん》に。それから、そこにいた女の人にどうすればいいかたずね、教えてくれたとおりにする。全員、一度建物の中に入って、セキュリティ・チェックを通らなければならないというので、そのとおりにすると、かんたんだった。列に並んで、男の人にパスポートを見せると、また外にもどった。それからすぐに、ふたたび飛行機に乗ると、乗客の雰囲気《ふんいき》ががらりと変わった。

ドレイクの言うとおりだと思う。わたしは、自分で思ってるよりずっとたくさんのことができる。

飛行機に乗っている人たちは、わたし以外みんな、いかにもスヴァールバルへいく人らしく見えた。ほとんどは男の子で、ドレイクにちょっと似ている。強そうで、頭がよさそうで、ちっとも緊張《きんちょう》してない。しっくりなじんでる。

なかには、ドレイクみたいに科学《サイエンス》を勉強している人もいる。なぜわかったかというと、トロムソで乗ってきた男の人が、〈イェーイ！　サイエンス、ビッチ！〉と書いたTシャツを着ていたからだ（注：テレビドラマ「ブレーキング・バッド」のセリフ）。ほかの男の子たちに、大騒《おおさわ》ぎでむかえられていた。

だれも、フェイクファーのコートを苦労して頭上の収容棚《しゅうようだな》に入れたりしていない。コットンのワンピースにレギンスの人もいない。愛する人の元へいく秘密の旅の終わりが近づいている人もいない。

脳の一部を切り取られてから、とどめることのできたたったひとつの記憶《きおく》を追いかけているように見える人も、いなかった。

わたしは二個の小石を握《にぎ》りしめた。またすぐに忘れてしまうことはわかってる。どうか、そのときにおびえませんように。

シートベルト着用のサインがつき、アナウンスが始まった。ノルウェー語だけど、もう少しで着陸すると言っているのはわかった。飛行機の高度が下がってるし、陸地はまだ見えないけど、近づいているのは確かだからだ。

窓に顔をおし当てて、下をのぞく。あのどこかに、ドレイクがいる。そしてわたしは、空からおりたって、彼の元へいく。

「ひと晩いっしょに過ごさないか……」

「だけど、ママが――」

今は、ママはいない。

ここは、魔法の国だ。お姫さまがハンサムな王子と出会う、おとぎの国。空から大粒《おおつぶ》の雪が降ってきて、わたしの髪やコートや、道路や建物や山をおおいつくしてる。雪片《せっぺん》の舞《ま》い落ちてくるさまは、まるで羽毛《うもう》のよう。雪がこんなふうだなんて、知らなかった。

今は何時だろう？

青い空へ飛び立ったあと、雲におおわれ、わたしはひたすら真っ白く輝《かがや》く雲を見おろしていた。そして今は、雪に囲まれている。地面にある雪は、白というよりは灰色がかっていて、想像していたのとぜんぜんちがう。今は、きっと夕方ごろだろう。だんだん暗くなってきたような気がするから。

四方を雪でおおわれた山が囲んでいる。空港から乗ったバスは、あまり大きくない町を抜《ぬ》けていく。町はずれでバスからおりたつ。山がぐっと迫《せま》り、頂上は雪雲に隠《かく》れ、島が遠くまでのびているのが見える。わたしは、地球のてっぺんまできたんだ。地の果てまで、愛する人を探しに。わたしの記憶《きおく》をとどめてくれる人を。わたしはきた。忘れないように何度も何度もくりかえす。ペンを取り、袖《そで》を少しまくって、手首に〈わたしはスヴァールバルにいる〉と書く。

そして、下に三本線を引く。

雪の降りしきる道路の向こうから、だれかが歩いてくる。近づくにつれ、はっきりと見えてくる。わたしは高まる期待を胸に目を凝《こ》らす。男の人だ。ここの人たちがみんな着ているような防水の大きなジャケットを着て、ごついスノーブーツをはいている。頭には毛糸の帽子《ぼうし》をかぶってる。

ドレイクかもしれない。

本当にドレイクかもしれない。

結局のところ、わたしはスヴァールバルにくることをドレイクに伝えたのかもしれない。伝えたことを忘れてしまったのかも。きっとわたしを探しにきてくれたんだ。わたしはほほえみ、そして声をあげて笑う。彼のほうへ足を踏《ふ》み出し、ついに走り出す。彼の腕の中に飛びこむために。わたしの旅は終わるんだ。

とうとう終わる。わたしは、魔法の雪の国へきて、ハッピーエンドを見つけた。願いはかなったんだ。自分の手でかなえたんだ。わたしは勇気を出し、成しとげた。いつだって勇気を持つこと。それが、わたしの〈生きるためのルール〉だから。

これから、ふたりで話し、笑い合う。ドレイクは、自分のおかげでわたしの病気が治ったことを知る。彼とキスする前だったら、電車を乗り継《つ》いで、飛行機に乗って、また別の飛行機に乗るなんて、ぜったいできなかった。これからふたりで、彼の住んでいるところへいくんだ。

かなり近くまでいってから、いくら願っても、この人をドレイクにするのは不可能だって気づいた。足を止め、男の人の顔をじっと見る。頰《ほお》が赤くて、ライトブルーの目をしている。

「ごめんなさい」

そっぽを向かないようにして、髪をかきあげる。溶《と》けた雪でぬれている。

「てっきり……」

声が小さくなる。その言葉を口に出すことができない。

「かまわないよ」

わたしに話しかけてる男の人は、ぜんぜんドレイクに似ていない。もっと年上で、太っていて、眼鏡すらかけていない。

「きみの思っていた人じゃなくて、悪かったね。大丈夫?」

男の人は一階建ての建物のほうへ歩きながら、肩越《ご》しに言う。わたしは小走りで追いかける。

「はい、たぶん」

「こっちに滞在《たいざい》するのかい? 今、着いたところ?」

「はい」

わたしのノートには、ここに泊《と》まると書いてある。ノートに書いてあることが、合ってますように。ノートに書いてあるとおり、部屋が取ってあったら、きっとどうかなりそうなくらい感動する。きっと信じられない。きっとなんだってできるようになる。

「チェックインはすんだ？」

「いいえ」

男の人のあとについて、広い玄関に入ると、男の人はすわってスノーブーツをぬぎはじめたので、わたしも同じようにした。といっても、わたしのはぼろぼろの古いスニーカーだから、男の人が時間をかけているあいだに、あっという間にぬいでしまった。外から見ると箱みたいな形の建物は、中に入ると暖かくて居心地《いごこち》がよかった。男の人は受付の内側に入ると、わたしに向かってほほえんだ。

「ようこそ、北極ゲストハウスへ」

男の人はパソコンのキーをたたいた。

「ミス・バンクスですね？」

「そうです！」

わたしはうなずいた。ちゃんと予約できてた！　わたしはすごい。わたしはやれるんだ。だれかにやってもらったんじゃない。自分でやったんだ。

男の人は、プラスチックのホルダーのついた小さなキーを机の上に置いて、すっとこちらへすべらせた。あちこちにパンフレットがあって、観光ツアーや、こっちでできるアクティビティが紹介《しょうかい》されている。「犬ぞり」「川下り」「クロスカントリースキー」すごい数。わたしが望んでるのは、ドレイクだけ。

「五泊《はく》の予約でまちがいない？　クレジットカードをもらえるかな？」

わたしは、クレジットカードを渡した。男の人が五泊《はく》というのを聞いて、ほっとする。長すぎるかもしれないけど、長めのほうがいい。ママたちはパリにいる。ジェイコブは死にかけてる。その事実で頭がいっぱいになる。でも、頭から追いやる。今はだめ。

「五泊ぜんぶは泊《と》まらないかもしれません。わたしのボーイフレンドが――」

いったん言葉をとぎらせ、その響《ひび》きを楽しむ。

「ここで勉強してるんです。これから会いにいくんです。もちろん、どちらにしろ、五泊《はく》分払います」

ドレイクはわたしのボーイフレンド。わたしはビーチで彼とキスをした。

男の人はうなずいた。

「ボーイフレンドか。なるほど、そりゃそうか。〝ユニス〟にいってるのかな？」

「そこが、勉強するところなら……」

わたしは、男の人の顔を見た。

「そうです。衛星のなにかがある科学の場所で勉強してるんです。彼を知ってますか？　ドレイク・アンドレアソンっていうんですけど」

「ドレイク・アンドレアソン？　いや、知らないな。こっちにきて長いの？」

「まあ」

時間の感覚は失われていた。ドレイクはこっちにきて、どのくらいなんだろう？

「ええと、二、三週間くらい？」

うん、この答えでよさそう。

「ああ、だからだな。入れ替《か》わり立ち替《か》わり人がくるからね。どこに住んでるんだい？　ヌビエン？」

ドレイクの住所は知らない。

「アパートです」

わたしはきっぱりと言うと、男の人のくれたキーを取り、それから差し出された小さなキーパッドに、手首の内側に書いてある四桁《けた》の数字を慎重《しんちょう》に打ちこんだ。わたしにわかる数字はそれだけだったけど、それでうまくいった。

「飛行場へはむかえにきてくれなかったのかい？　いっしょには泊《と》まらないの？　アパートに部屋があるなら、そっちのほうが楽でしょ？」

ほかにどう答えていいかわからなくて、本当のことを言った。

「彼は、わたしがくるのを知らないんです」

男の人はうなずいて、わたしの顔をじっと見た。

「うまくいくといいね。スピッツベルゲンは安全なところだから。なにか困ったことがあれば、ここにきて、相談して。いいね？　同僚《どうりょう》にも、きみが必要なときは手を貸すように伝えておくから」

「はい、でも大丈夫です」

「もちろんだよ。もしものときってことだ……」

それから、男の人は部屋への行き方を教えてくれた。もう一度外へ出て、道路を渡り、５番の建物にいって、階段をのぼったところにわたしの泊《と》まる５号室がある。両方とも５だから、覚えやすいだろ、と男の人は言った。わたしが覚えることができるなら、そうかもしれないけど。わたしは男の人の前で、腕に大きく「５」と書くのはやめた。ふつうの子だと思ってほしいから。

「うまくいくといいね。朝食はこの建物で、七時半からだよ」

わたしはまたスニーカーをはく。そして、うきうきした気持ちで雪の中へ踏《ふ》み出した。

第九章

わたしは立って窓の外をながめている。雪におおわれた山が見える。外は雪が降っていて、風にあおられた小さな雪片《せっぺん》が窓ガラスの外をななめに横切っていく。正面は、白い山肌《やまはだ》から黒い岩が点々とつき出している景色しか見えない。わきへずれてななめから見ると、なだらかに下っている山の斜面《しゃめん》と、灰色の空、さらに連なるようにそびえるもうひとつの山が見える。地面から木の杭《くい》がつき出しているほかは、ひたすら山しか見えない。

この景色は、わたしの部屋の窓から見える景色じゃない。それなら、木の梢《こずえ》が見えるはずだから。それに、公園も。つまり、ここはわたしの部屋じゃない。この部屋はせまくて、ベッドがふたつと机、それから窓がひとつある。わたしの知ってるどの部屋ともちがう。わたしの部屋はピンクだから。この部屋は、ベッドには白いシーツがかかっていて、ピンク色のものはなにもない。机の上には大きさの順に小石が並べられている。

手を見て、腕を見る。〈スヴァールバル〉という言葉がいくつもある。ドレイクはビーチで〈スヴァールバル〉って言っていた。スヴァールバルにいくって。ドレイクは英語で授業を受ける。そこには世界中から学生がきているから。ドレイクにとっては、ラッキーだ。ドレイクは語学はてんでだめだから。
手首には数字も書いてある。〈5827〉その下には、〈わたしはスヴァールバルにいる〉と書いてある。〈ドレイク〉という言葉も何度も書かれてる。
ドレイクは今、スヴァールバルに住んでいる。「最高の経験になると思う」とドレイクは言っていた。「寒いところだ。前に一度、いったことがある。えっと、すごく前にね。休暇《きゅうか》の旅行で真夜中の太陽を見に、スヴァールバルまでいったんだ」って。
片方のベッドの上にスーツケースが置いてある。それから、大きな毛皮のコートがあって、ラベルにわたしの名前が書いてある。スーツケースの中を見ると、ほかにもわたしのものが入ってる。ノルウェーのガイドブック、暖かい服がたくさん、わたしには大きすぎる赤いTシャツ。最後に、表紙にシールの貼《は》られたノートが出てくる。

フローラの物語。頭が混乱したときに、読むこと。

最初のページを開く。

あなたはフローラ・バンクス。

そう書いてある。たぶん、ママの字。

あなたはフローラ・バンクス。

今は~~十六~~十七歳で、コーンウォールのペンザンスで暮らしています。十歳のとき、脳に腫瘍《しゅよう》ができて、十一歳のとき、手術でとりのぞきました。そのときに、記憶《きおく》の一部も失われてしまいました。日常の動作や手仕事（お茶のいれ方や、シャワーの使い方）は覚えていますし、病気の前の生活のことも思い出せます。でも、病気以降の、新しい記憶《きおく》を保つことはできません。

あなたの症状《しょうじょう》は、前向性健忘症《ぜんこうせいけんぼうしょう》といいます。数時間なら記憶《きおく》することができますが、そのあと、忘れてしまいます。忘れると、あなたはひどく混乱します。でも、心配いりません。あなたにとっては、ふつうのことなのです。

そのあと、かなりの部分が消されていて、読めない。続きは、わたしの字で書かれていた。

あなたにはドレイクというボーイフレンドがいる。あなたは彼とビーチでキスをして、そのことをあなたは覚えている。これから彼を探しにスヴァールバルへいく。そこに彼が住んでいるから。スヴァールバルへいけば、きっと記憶障害《きおくしょうがい》が治る。あなたは、みんなが思っているよりもいろいろなことができる。ドレイクはそう思ってくれている。ドレイクは、魔法の未来。スヴァールバルに着いたら、彼を見つけさえすれば、幸せになれる。スヴァールバルへは、飛行機でいく。

ジェイコブが死にかけているのは、おそらくまちがいない。ジェイコブは今、フランスにいて、パパとママがついている。あなたはそのことをすぐに忘れてしまうから、思い出すたびに悲しい気持ちになる。ジェイコブのことであなたにできることは、なにもない。パパとママがジェイコブのことだけを考えていられるように、邪魔《じゃま》にならないことだけ。家を留守《るす》にしていることがママたちに見つかる前に、ドレイクを見つけなければならない。

お兄ちゃんは病気で、たぶん死にかけている。お兄ちゃんのことは小さいころの記憶《きおく》しかないけど、そうなったらきっと悲しい。パパとママは、あなたがここにきてることをしらない。ドレイクを見つけたら、脳は元通りになる。

わたしはここへ飛行機に乗ってきた。それを知って、息をのむ。わたしはドレイクが好きで、彼もわたしが好き。ノートにはさんであった、プリントアウトしたふたりのメールのやりとりを、初めから最後まで読む。気がつくと、愛と悲しみのあまりこらえきれずに涙を流している。ジェイコブは重い病気だ。わたしはジェイコブを愛している。わたしはここにドレイクを探しにきた。わたしはドレイクを愛している。ドレイクは、わたしにきてほしいと言ってくれた。

外は真昼のように明るくて、今が何時なのかわからない。スマホを見ると、零時《れいじ》三十分という表示が出ているけど、そんなはずはない。零時《れいじ》三十分なら、暗いはず。そのとき〈真夜中の太陽〉という言葉がふっと浮《う》かんでくる。たぶんわたしは真夜中の太陽を見てるんだ。そう考えたら、信じられないくらいぞくぞくしてくる。

ママからメッセージが入っていた。〈そっちはうまくいっている？　固定電話にかけてみたけど、だれも出なかったから。こっちはバタバタしているけれど、明日には帰るつもりです〉
わたしは返信を打った。〈わたし、北極にいるみたい！〉それから、その文面をじっと見つめ、これではまずいことに気づく。削除《さくじょ》し、新しく書き直す。〈うん、ぜんぶうまくいってる！　心配しないで。ママたちも気をつけてね。愛をこめて〉
メールを送ってから、内容が変じゃなかったか、心配になった。でも、わたしは変なんだから、つまりメールはふつうのはず。
すぐにママから返信がきた。〈薬は飲んでる？〉
〈うん〉きっぱりと答える。
あたりを見まわしたけど、薬はなかった。まずドレイクを見つけてから、心配することにしよう。
部屋の外から話し声が聞こえる。英語じゃないけど、音の響《ひび》きにひかれる。すてきなリズムがある。
ドアを開けると、廊下に男の人がふたり立っていた。ふたりはわたしに向かって軽くうなずき、「やあ」とあいさつしてから、また話しはじめた。ひとりは青いTシャツにだぼっとした短パン姿で、もうひとりはゆるめのズボンにベストを着てる。
わたしのことを変だなんて、これっぽっちも思っていないみたい。
「こんにちは。バスルームはありますか？」

「あっちだよ」

短パンの男の人が言った。髪は黒でつやつやしていて、親しげな目をしている。

「右側」

「右側ですね」

わたしはくりかえした。右側には、ドアがたくさん並んでいる。いくつか開けてみれば、見つかるだろう。

「四つともだよ」

もうひとりの金髪の男の人が言った。

「ぜんぶバスルームなんだけど、使えないのがあるんだ」

「たいていふたつは使えるから。原因はいろいろだけど、かわりばんこなんだ」

友だちのほうが言う。

なんの話か、ぜんぜんわからなかった。

「かわりばんこ?」

「こっちが大丈夫なときもあれば、別のが大丈夫なときもあるってこと。電球が切れてるとか、鍵《かぎ》がこわれてるとか。わかるだろ」

「ありがとうございます」

歯をみがいたり、いろいろしなきゃならない。それを言うなら、シャワーも浴びたい。この感じだと、たぶん、かなりのあいだ、からだを洗ってない。

洗濯物の袋《ふくろ》とタオルをつかみ、腕に防水のペンで〈5号室〉と書いて、部屋から出ると、黒い髪の男の人はいなくなっていた。廊下の先を見ると、部屋の外の壁にそりが立てかけてあって、どれもあざやかな色のものがつめこまれてる。そりが置いてないのは、わたしの部屋だけだ。わたしも置いたほうがいいのだろうか。そり遊びができるかもしれないと思ったら、わくわくして、(心の中で) 飛びはねた。ペンザンスには、雪は降ったことがない。

「わたしもそりがあったほうがいいですか？」

わたしは金髪の男の人に聞いて、そりを指さした。

彼は笑って言った。

「明日、おれたちのツアーにくるなら、いるね。ひとりくらい、なんとかなるよ」

「ツアーって？」

「北極観光。おれたちは、北極の自然を案内するガイドの訓練を受けてるんだ。明日から、三泊《ぱく》の予定でキャンプにいくんだよ」

感心するところだし、感心してるように見えるといいなと思ったけど、北極の自然のガイドというのがなにをするのかも、どのくらい勇気が必要で、どのくらい寒いのかも、想像つかなかった。

「今、何時ですか？　わかります？」

彼は肩をすくめた。

「一時くらいかな？　こっちだと、なかなか寝つけないよね？」

「午前一時？」

「そうだよ」

「ほんとに？」

「きみはイギリス人？」

「そうです。ペンザンスに住んでいるんです。どちらからいらしたんですか？」

「おれ？　ノルウェーだよ。この講座を受けてるやつはほとんどがそうさ。だけど、もちろんみんな英語はしゃべれる。講座は英語だからね」

「こっちにきてから、ドレイクっていう人と会いませんでした？　彼も英語を話すんです。彼の講座も英語なの。彼にとってはラッキーなんです、彼は語学はてんでだめだから」

彼はまた肩をすくめた。

「わからないな。知り合いじゃないよ。きみの知り合い？」

わたしはにっこりした。

「はい。ここには、彼を探しにきたんです」

最初に入ろうとしたバスルームは、鍵《かぎ》がかからなかった。二番目のバスルームは、鍵《かぎ》がかかっていて、すきまからいいにおいのする湯気がもれ出している。三番目は電気がつかなかった。窓がないので、暗くてなにも見えない。最後のバスルームに入ってみて、ほっとした。電気はつくし、鍵《かぎ》もかかるし、シャワーをひねると、すぐにお湯が出てきた。腕に書いてある〈5号室〉と〈わたしはスヴァールバルにいる〉と〈5827〉は消さないように気をつけながら、いつからかわからないけど、たまっていた汚《よご》れを洗い流す。シャンプーをしながら、どうやってここまでたどり着いたんだろうって考える。もしかしたら、わたしはほかにもどこかへいったことがあるのかもしれない。フランスとか。フランスでシャワーを浴びたことだって、あるかもしれない。

ううん、そうじゃない。フランスにいるのはパパとママで、わたしじゃない。ここにくるまでは、ペンザンスでしかシャワーは浴びたことはないはず。

ピンクのパジャマを着て、ぬれた髪にタオルを巻きつけ、部屋にもどった。外の雪をぼんやりとながめる。どう見ても、外は暗くない。

わたしはここに、ドレイクを見つけるためにきた。スマホに彼の名前を入力してみる。すると、〈ドレイク／ペイジ〉という名前で電話番号が登録してあることに気づく。その番号とメッセージのやりとりをしたのは、かなり前だ。〈ペイジよ。ドレイクのスマホから送ってるの。わたしのは落としちゃって。今、《ランプ&ホイッスル》。すぐこられる？〉

わたしの返信は、〈二十分でいく〉だった。

このやりとりは気に入らなかったので、削除《さくじょ》した。

代わりに、新しくメッセージを送る。

〈ドレイク、元気？　わたしのスマホに住所を送ってくれる？　メールでも大丈夫。そっちに送りたいものがあるの。フローラ〉

ドレイクを見つけたい。ドレイクに、雪の中に立ってるわたしを見てほしい。長い道路の向こうとこっちから歩みよって、近づくにつれ、相手がだれだかわかって、ついに走り出して相手の腕の中へ飛びこむところを、思いうかべる。

ボタンをおし、メッセージはまっすぐ彼のスマホへ飛んでいく。それから、自分のメールアカウントにアクセスしようといろいろやってみて、しばらくかかったあげく、ようやくつなげることができた。これで、ドレイクから返事がくれば、メッセージでもメールでも、すぐに読むことができる。


外はまだ明るかったけど、雪はやんでいた。きらきら輝《かがや》いている。太陽が出ているはずだけど、見えない。散歩にいくのもいいかもしれない。でも、少し疲《つか》れがたまっていた。

もう一度、時間を見る。わたしのスマホには、午前三時と表示されている。

わたしは耳を澄《す》ませた。前の廊下はしんとしてる。もうだれもしゃべってない。北極の大自然のガイドたちも、静まりかえってる。

外は、真昼みたいだ。ドレイクの言葉を思い出す。「休暇《きゅうか》で、真夜中の太陽を見にスヴァールバルまでいったんだ。そのときおれは十歳だったんだけど、それ以来ずっとスヴァールバルで暮らしたいって思いつづけてた。」

ああ。これが、その「真夜中の太陽」なんだ。

わたしは疲《つか》れてない。疲《つか》れてる。よくわからない。眠りたくない。でも、寝たほうがいい。髪はとっくにかわいていた。明日はドレイクを見つけなきゃ。もしぜんぶ失敗しても、まわりの人に衛星の場所を聞けばいい。そしてそこまでいって、ドレイクが現れるまで、待っていればいい。

フランバーズ遊園地へいきたい。

なにバカなことを考えてるんだろう。わたしは北極にいるのに。

わたしはやっとの思いで、窓辺まで歩いていく。ただここにすわって、みんなが起きるのを待っていたい。でも、今は夜だから、眠らなければならない。夜は寝ないと、ぜんぶおかしくなって、元気がなくなってドレイクを探せなくなる。

手をのばして、ひもを引っぱり、ブラインドをおろす。それでも、端《はし》からまだ光が入ってくる。

でも、このくらいなら眠れる。わたしはベッドに入り、目を閉じる。

第十章

だれかがどなってる。どうして人がうちに入ってきてるの？　目をぎゅっとつむる。ママとパパが追いはらってくれるはず。ここで、静かになるのを待っていよう。

なにかが床にこすれている。足音が響《ひび》く。ドアがバタンバタン閉まる。がさごそ動きまわる音がする。でも、どれひとつとして、音の正体はわからない。

目を開ける。わたしはあお向けに横たわり、見たことのない天井《てんじょう》を見あげている。長いあいだ、そう、本当に長いあいだ、じっとしている。わたしは十七歳で、ビーチで男の子とキスをした。日の光がブラインドの端《はし》から差しこんでいる。夜じゃない。わたしはせまいシングルベッドに横たわり、ピンクのパジャマを着ている。わたしのパジャマだ。でも、見慣れているものは、それだけ。見たこともない新しい世界で目覚めたみたい。

ノートに手をのばす。

それから、立ちあがる。ここは、スヴァールバルだ。怖《こわ》いけど、かまわない。だって、今日はドレイクをびっくりさせるから。ドレイクを早く見つけなきゃ。じゃないと、わたしがいないことにママたちが気づいてしまう。わたしはここまでひとりできた。そして今、お腹《なか》がぺこぺこだ。

ノートを読むと、朝食はちょうど今ごろらしい。スマホには八時半と表示されている。たぶん、朝食にふさわしい時間。わたしはこれから朝食をとり、好きな人を探しにいく。そして、なにもかも覚えていられるようになる。

起きあがって、ブラインドをあげる。外の空気は寒さできらめいている。なぜなら、ここは北極だから。そう、本物の北極。横に目をやると、濃《こ》いブルーの空が広がっている。なにもかもが輝《かがや》いていて清潔で、エネルギーがみなぎってきて、歌って踊《おど》りたくなる。

すぐさまジーンズにTシャツとセーターを着て、厚手のくつしたをはく。道路の向こう側の建物にいくだけだから、わざわざ大きなコートは着ない。愛する人を探しに出かけるまで、取っておくから。

ドレイクはきっとこのコートを気に入る。早く彼に見てほしい。ビーチで彼とキスしたときは、着ていなかった。あのときは、白いワンピースに黄色い靴をはいていたから。

スマホを見て、彼にメッセージを送ったのを確認する。返事はきていない。今はまだ。ママに、慎重《しんちょう》に言葉を選びながらメッセージを書く。

〈ペンザンスではぜんぶうまくいってる！　フローラとペイジから愛を〉

うん、これでいいはず。

何人かの男の子がドアに鍵《かぎ》をかけながら、大きな声でしゃべっている。そのうちひとりが、わたしの部屋の前を通るときに、「おはよう」と声をかけてくれた。そして、二、三段飛びで階段を駆《か》けおりながら、「おい、待ってくれよ！」とさけんだ。

もうひとつの建物へいくと、朝食のガチャガチャという音が響《ひび》いていた。スニーカーをぬぐ。そうするように掲示《けいじ》が出ているからだ。窓から、大きな部屋の奥にある朝食のテーブルをのぞきこむと、自信に満ちあふれて元気そうな人たちが、自信に満ちあふれて元気そうなようすで、食事をしている。わたしも溶《と》けこめるように、自信に満ちあふれて元気そうな表情を作って、中に入っていき、空《あ》いている席にカバンを置くと、食べ物を取りにいく。

おかしな料理が並んでいる。でも、ぜんぶおかわりできそう。黒パンと、魚とチーズのスライス、野菜が何種類か、あと、〈クヴィック・ルンシュ〉と書いてある赤と黄色と緑のストライプの紙に包まれたものがある。なにか知りたくて、それも取る。裏を見ると、ボンボンのついた毛糸の帽子《ぼうし》をかぶったたくましそうなおじさんの絵が描いてある。きっといいものにちがいない。

それから、かなり手間取ったあげく、ディスペンサーからコーヒーと思われるものを、ちょっとしかこぼさずにカップにそそぐのに成功する。ジュースをコップについで、シリアルがあったので、それも取り、牛乳とヨーグルトをかけて、缶《かん》づめの果物をのせた。どれが牛乳で、どれがねばねばしたヨーグルトみたいなものなのか、つきとめるのにしばらくかかってしまう。ヨーグルトの容器が、牛乳が入っているものとそっくりなのだ。でも、最後にはなんとかなる。もうずいぶん長いあいだ、食べてない気がする。だから、無料で食べられるものがあるうちに、たくさん食べておくことにする。

だれも、わたしのことを見ていない。席に着くと、水っぽいコーヒーをすすりながら、スマホをながめる。メッセージはきていない。メールを開く。わたしは全身でドレイクを求めていた。

もう少しでシリアルを食べ終わるときになって、前に人が立っていることに気づいた。

「すわってもいい？」

彼女は言って、空《あ》いている席に向かってあごをしゃくった。わたしはうれしくなって、うなずく。彼女は席に荷物を置くと、朝食を取りにいった。前からこのホテルに滞在《たいざい》してるにちがいない。見ていると、ものの数秒で、黒パンとスモークフィッシュとキュウリをお皿にのせ、ブラックコーヒーとオレンジジュースをついだから。

髪はちぢれていて、小さな丸い眼鏡をかけ、アウトドア用の服を着てる。わたし以外はみんな、アウトドア用の服を着てる。母親の買ったかっこわるいジーンズをはいているのは、わたしだけ。

「おはよう。わたし、アギ」

彼女は英語で言った。

「わたしはフローラ」

アギはゆで卵を切って、魚の上にのせた。

「イギリス人？　あ、オーストラリアかな？」

「イギリスよ。ノルウェー人？」

「ちがうちがう。フィンランド人。モウヒトイキだったね」

そう言って、アギはわたしを見た。

「この英語、まちがってない？　モウヒトイキでいいの？　今みたいな使い方で合ってる？」

「うんまあ。たぶん、合ってる」

よくわからなかったので、そう答える。

「よかった。で、スピッツベルゲンにはひとりできたの？　どうして？　わたしもひとりできたんだけど、ほら、あまりそういう人、いないでしょ。あなたはまだすごく若いし」

「人に会いにきたの」

わたしは手をちらりと見た。〈わたしはスヴァールバルにいる〉夢みたいだけど、本当なんだ。

「ああ、じゃあ、まったくひとりってわけじゃないのね。そうかあ」

「ううん、ひとりよ」

アギががっかりした顔をしたので、元気づけたくてそう言った。

「つまりね、彼にはわたしがくることは言ってないの。これから、彼を探しにいくところ。どうしても今日、見つけなきゃならないの」

アギは驚《おどろ》いたように大げさに目を見ひらいた。

「こんなところまで、驚《おどろ》かすためにきたの？　しかも、彼がどこにいるか知らないのに？」

アギは、きれいなクリーム色の肌《はだ》をしていた。ペイジの肌《はだ》に似てる。ペイジとわたしは四歳のとき、小学校の入学式で出会った。でももう、ペイジは友だちじゃない。ノートで読んでから、そのことをずっと考えてる。ペイジはもう友だちじゃない。ジェイコブはとても具合が悪い。パパとママは、わたしがペンザンスにいると思ってる。ドレイクはわたしの彼氏。わたしはすぐに彼を見つけなきゃならない。覚えなきゃいけないことがたくさんある。

「そうなの。アギは？」

ふつうのふりをしようとする。今のところ、うまくいってるみたい。これって、最高にドキドキする。

「ああ、わたしは、ほら、ひとり旅が好きなの。ブログを書いてるのよ。でも、フィンランド語で書いてるから、そんなに読者はいないけどね。だから、もっと英語がうまくなりたいの。世界の共通語で書けば、いろいろな国のフォロワーがつくでしょ」

ブログがなにか、よくわからない。

「旅について書いてるの？」

用心しながら聞く。

「そう！　旅のブログなのよ！　ここにきたのも、もちろんそれが理由。ひとりでいろいろなところを旅して、体験をブログに書いてるの。『旅好き女子、世界を巡《めぐ》る』っていうタイトルで。英語で書くようになったら、もう少しちがうタイトルのほうがいいかもね。今日は、ミニバスのツアーにいくの。ロングイェールビーンで、道路が通ってる場所はぜんぶ見ておきたいから。道路は町のまわりまでしかないのよ。ほかの場所にはないの。そもそもいく先がないから。スヴァールバルの世界種子貯蔵庫と、小さな教会と、古い炭鉱《たんこう》を見にいくつもり。テッ、ト、ウ、テ、ツ、ビ、ね！」

そう言って、アギは合ってる？　というようにこっちを見たので、わたしはうなずいた。本当は、わたしなんかに、英語の言い回しが合っているかどうかは教えられないのだけど。

「へえ、楽しそう。わたしもいきたいけど、今日はドレイクを探しにいくの。今日じゅうに見つけないとならないから。わたし、ビーチで彼とキスをしたの。すっかり恋に落ちちゃったの。彼のことを探しにいくの、彼のことが好きだから。これから先、死ぬまで彼といっしょにいられれば、それでいい。だから、彼を見つけにいく。もしかしたらもう家には帰らないかも。ずっとこっちにいるかもしれない、彼といっしょに」

わたしはしゃべるのをやめて、息を吸いこんだ。これじゃ、合理的に聞こえない。きっとふつうじゃない。今、言ったことをぜんぶ引っこめたい。

アギは朝食を食べながら、わたしのことを見てる。わたしの顔をじっと見てる。それから、わたしの手を見た。〈フローラ、勇気を持って〉〈わたしはスヴァールバルにいる〉それから、ほかの言葉や数字も。パンと魚をかみながら。わたしは手の甲《こう》に書いてある自分の名前を見て、これじゃバカみたいだと思う。

「すごい」

アギはしばらくしてやっと口の中のものを飲みこむと、言った。

「フローラって面白いわね。じゃあ、その男の子のことが好きなのね」

「愛してるの」

「これからどうするの？」

「ええと、町へいって、彼のことを聞いてみる。どこに住んでいるか、調べないと」

「名前は？」

「ドレイク。ドレイク・アンドレアソン。十九歳なの」

「ドレイク・アンドレアソン。十代のドレイク・アンドレアソンね。わたしも聞いてみる。ミニバスのツアーにきてる人にも聞いてみるわね。どこで勉強してるの？」

わたしは肩をすくめた。

「ここ」

「見つからなかったら、今夜もここでね」

「見つけなきゃならないの。どうしても今日、見つけなきゃ」

「見つかるよう、祈《いの》ってる。すごくロマンティック。今日じゅうに見つけなきゃいけないなら、今日見つかるわよ」

「うん」

「彼もあなたに会えて喜ぶわね」

わたしはスマホを手にとって、もう一度見てみた。Wi《ワイ》-Fi《ファイ》にはつながっているけど、メールはきていない。どうでもいいメールが数件、とどいていたけど、待ち望んでいるメールはなかった。

アギはコーヒーを飲み干すと、トレイを持って立ちあがった。

「とびっきりの日を過ごしてね、フローラ」

「ありがとう。アギもね」

いた。

「サヨナラサンカク、だっけ？」

このフレーズの続きがあるのは知っていたけど、思い出せなかったので、わたしはただうなずいた。

ゲストハウスは、町のはずれにあった。本当なら、どうしたらいいかわからなくて、おびえているはずなのに、ちっとも不安じゃない。もうすぐドレイクに会える。ドレイクなら、わたしの記憶《きおく》を取りもどしてくれる。

手にアギの名前を書き、ノートにこう書いた。

〈今日の夕方、もしホテルにいたら、アギを探すこと〉

今日の夜はホテルにいるはずはないけど、友だちがいることを覚えておくのは、悪いことじゃない。

大きなコートを着て、スニーカーをはき、お金をぜんぶ持つ。ドレイクを探すのはもちろんだけど、みんながはいてるようなブーツを買いたい。結局のところ、ここに長くいることになるかもしれないんだし。ドレイクは、わたしのことを好きだと、こっちへきてほしいと言ってくれた。わたしはここで、ドレイクと暮らしたほうがいいかもしれない。そうしたら、たくさんのことを覚えていられるようになって、ふつうの人みたいになれるから。今日から、新しい人生が始まるんだ。

部屋の鍵《かぎ》を持って、手に〈鍵《かぎ》〉と書いておく。こうしておけば、ちゃんとあるかどうか確かめることを思い出せるから。そして、小さなカバンを持つ。中にはノートが入っている。

空は雲ひとつない、濃《こ》いブルー。この町はロングイェールビーンといって、谷にあり、両側を山と海ではさまれている。海の向こうにも、また山が連なっていて、つまり、まわりじゅう山に囲まれている。雪が降ってるけれど、そんなに深く積もってはいない。あちこちから黒い岩がつき出している。

「すばらしいところだよ」と、ドレイクは言っていた。「すばらしいところだよ。寒い国なんだ。前に一度、いったことがある。えっと、すごく前にね。休暇《きゅうか》で、真夜中の太陽を見にスヴァールバルまでいったんだ。そのときおれは十歳だったんだけど、それ以来ずっとスヴァールバルで暮らしたいって思いつづけてた。そして九年後、ついに実現することになったんだ。最高の経験になると思う」って。

確かに最高の経験。なにもかも大きくて、息をのむほど美しくて、空気はひんやりと澄《す》みわたっている。ここで呼吸をするのは、うちで呼吸するのとはちがう感じがする。空気が肺《はい》をきれいにしてくれる。一歩進むごとに、めまいがする。わたしは、そう、フローラ・バンクスは北極の道を歩いている。一歩歩くごとに、勝利感がわきあがる。ちゃんと地図を見て、どこへいけばいいか確かめた。ドレイクがいる場所へいって、彼を見つける。午前中に見つけなくちゃならない。わたしがここにいることはだれも知らないけど、すぐに探しはじめるに決まってる。

あまりにもふしぎすぎて、怖《こわ》さを感じない。まるで別の世界にいるみたい。頭の中にあるいろんな事実とあまりにもかけ離《はな》れてる。わたしは頭から、不安も恐怖《きょうふ》もぜんぶ追い出す。ジェイコブが病気だってこともわかってるけど、北極にいるから、わたしにできることはない。今、考えなきゃいけないのは、ドレイクを見つけることだけ。

歩く速度がどんどん速くなる。すでに、毛皮のコートが暑くてたまらない。わたしを愛する人のところへ運んでくれる足の筋肉を感じる。外の寒さとからだの内側から発散される熱がぶつかり合って顔がジンジンする感じも、心地《ここち》いい。この先の左側に美術館があるのもちゃんとわかっているし、実際、美術館が現れる。中に入ってみたい。だから、それもドレイクといっしょにしたいことリストに加える。リストは、絶えずなにかが消えたり新しく加わったりをくりかえしている。ドレイクといっしょにスピッツベルゲンを見てまわりたい。ドレイクと手をつないで、歩きたい。ドレイクといっしょにアパートへいって、ベッドに入り、抱きあい、キスして、ずっといっしょにいたい。

わたしがここにきたことを知ったときの、彼の顔を一刻も早く見たくてたまらない。

学校の前を通り、さらにいくつか建物を過ぎると、道路は左へ曲がって、また別の建物が現れた。小さな教会もある。ドレイクが暮らしてるかもしれないから、念のため、中をのぞいてみるけど、人が住むような場所はない。なので、そのまま歩きつづける。古いけどなにか重要そうな金属のパイプが、道路にそって走っている。おしゃれな帽子《ぼうし》をかぶった男の人をかたどった標識がある。たぶん車向けだろうけど、ほとんど車は通らない。

ときどき通る車はどうやってここまできたんだろう。ロングイェールビーンの道路はどこにも通じていないって、あの女の人は言っていた。ちょっと前に話した女の人。手を見る。〈アギ〉そう、アギが言っていた。ロングイェールビーンの中にある場所やロングイェールビーンをちょっと出たところくらいまでならいけるけど、ほかのところへはつながっていないって。この町は北極の大自然に囲まれてるから。町の道路が途切《とぎ》れれば、その先にはなにもないということ。でも、車はどこか別のところからきたはずだし、ガソリンだってそうだ。それを言うなら、なんだって別のところからきているはずなのに。

町の中心部までは二十分かかる。道は一本しかないから、わたしでも迷わない。

わたしは、寒いところで着る服を売ってるお店に入る。壁と床は木でできていて、とても暖かいから、コートをぬぎたいけど、ぬげない。ぬいだら、手で持って運ばなきゃならないけど、それは面倒《めんどう》だから。

もう一度スマホをチェックする。電波はちゃんと届いてるけど、なんの連絡《れんらく》もきていない。ママの携帯《けいたい》にかけてみたけど、すぐに留守番《るすばん》電話につながった。だから、さしさわりのないメッセージを残しておく。

バラ色の頬《ほお》をした女の人が出てきて、わたしにはわからない言葉でなにか言った。ここではけるようなブーツを探していると言ってから、英語が通じるかどうか心配になる。でも、女の人はすぐに商品をいろいろ出してくれる。

「三つのWよ。必要なのはね」

女の人はなんの苦もなく英語に切り替《か》えて、そう言った。

「三つのW？」

「ウール（wool）製で、ウィンドプルーフ（windproof）で、ウォータープルーフ（waterproof）。それが、北極式。夏は、そこまでじゃなくてもいいけど。あと、ハイキングにいかない場合も、そこまでは必要ないわね」

「これをください」

わたしは、内側に毛皮がついていて、編みあげになっている茶色いブーツを指さした。女の人はわたしの足を見て、合うサイズのものを探しにいった。わたしはすわって、メールを開いてみた。三つのWなんてどうでもいい。スニーカーよりましなものがほしいだけだから。

手首に、すごく小さい字でこう書いた。〈ドレイクは「フローラがここにいるなら、ちがったと思う」と言った。「フローラがこっちにくるなんて、むりだろ？」と〉

そして、声に出して言ってみる。わたしはこられた。そう、こられたんだって。

ブーツはぴったりだった。わたしは現金で支払うと、女の人に聞いてみた。

「ドレイク・アンドレアソンという人を知っていますか？」

女の人は、わたしのことをまるまる一秒間じっと見つめた。

「ドレイク？」

「北極に勉強にきているんです。衛星のなにかがあるところで」

「衛星？　勉強？　なら、〝ユニス〟にいってきいてみるか、国立極地研究所にいってみるといいわ。あそこならわかるんじゃないかしら」

「ありがとうございます。このまま、ブーツをはいていっていいですか？」

「もちろんよ。スニーカーを袋《ふくろ》に入れてあげるわ」

ブーツのひもを結び、スニーカーを女の人がくれた袋《ふくろ》に入れると、わたしは国立極地研究所を探しに出発した。歩きながら、場所の名前をスマホにメモし、ペンを出して腕にも書いておく。うろうろしてドレイクに偶然《ぐうぜん》会うのを待つより、いいはず。そこへいって、ドレイクを見つけるほうが。

第十一章

わたしは岩の上にすわっている。まわりには、点々と雪が残っていて、黒い岩がつき出している。わたしはどうやら大きな毛皮のコートを着て、ジーンズに暖かいブーツをはいている。たぶん、コートの下はセーターを着ている。

つまりわたしは暖かいかっこうをして、岩の上にすわり、目の前に広がっている雪におおわれた山の斜面《しゃめん》を見つめている。まわりにはだれもいない。空気が頰《ほお》に冷たく感じる。濃《こ》いブルーの空で、太陽が輝《かがや》いている。

わたしは、海のある暖かいところに住んでいる。そこでは、景色は緑色だ。つまり、ここはどこか別の場所ということになる。ここは寒くて、空気が澄《す》んでいる。現実のはずがない。わたしはちっとも不安じゃない。なぜなら、自分の頭の中の世界にいるってわかってるから。ここは魔法の場所。だから、目を覚ましたくない。

わたしはビーチでドレイクとキスをした。それは現実だけど、これは現実じゃない。

手を見る。片方の手に〈フローラ、勇気を持って〉と書いてある。そう、わたしはフローラ。左手には〈ドレイクを探す〉と書いてある。手首の内側には〈５８２７〉〈わたしはスヴァールバルにいる〉と書いてあって、腕には〈極地研究所？〉〈北極〉〈ノート〉〈アギ〉、それからパスポートについて書いてある。

ひざの上にノートがのっている。開いて、読みはじめる。そこには、わたしは前向性健忘症《ぜんこうせいけんぼうしょう》、ドレイクは魔法の未来だと書いてある。

最後のページを開くと、こう書いてある。

町を出ないこと。なぜなら、シロクマがいて、人間を食べるから。町を出るときは、銃《じゅう》を持っていかなければならない。使い方も知らないとならない。つまり、わたしは銃《じゅう》を持った人といっしょのときしか、町を出てはいけないということになる。どんなにすばらしい景色が見えても、町を出てはならない。必ず建物がある場所にいること。

目の前の斜面《しゃめん》を見わたす。建物はない。岩だらけの道が、山らしきところへ続いている。もう一本、雪の中を通ってる二車線の道路があるけど、先へ目をやっても町は見えない。そして、わたしは大きな黒い岩の上にすわっている。

教えてもらったはずだけど覚えていない、このルールを、わたしは破ってしまったのだ。たとえ夢でも、シロクマに食べられたくない。シロクマは白い。まわりの雪も白い。何百頭も隠《かく》れてることだってありえる。わたしに飛びかかって、ばらばらに引き裂《さ》いて、みんなで分け合って食べようとしてるかもしれない。いちばん勝ったクマが、わたしの役に立たない脳みそをくわえて逃《に》げていくかもしれない。

安全な場所にいかなきゃ。太陽の光が目にまぶしい。どうすれば建物がある場所にいけるのかわからない。一日じゅう歩きつづけて、シロクマの生息地《せいそくち》にどんどん入っていってしまうかもしれない。建物のことを一生懸命《いっしょうけんめい》考えれば、目の前に呼び出すことができるかも。

心臓が激しく打ち、それに合わせるように全身が鼓動《こどう》している。立ちあがるけど、足がガクガクしてからだを支えるのがやっとだ。

わたしはドレイクとキスをした。ドレイクを見つけなきゃならない。

ドレイクを見つけなきゃいけないのに、第一のルールが「銃《じゅう》を持たずに町を出ないこと」の場所で、銃《じゅう》を持たずに町を出てしまった。シロクマに新鮮《しんせん》な人間の肉をプレゼントしにきてしまったのだ。町から十キロ以上離《はな》れているかもしれない。町っていうのが、どこのことかもわからない。お腹《なか》が空《す》いたり、のどがかわいたりはしていない。ということは、ここにきてまだそんなに経《た》ってないかもしれない。安全なところへもどれそうな道がないかどうか、その場でぐるりと回ってみる。

動きを止める。目の前には、さっきの山が見える。雪におおわれていて、遠くにある。それから、もう一度、うしろを見る。そして、笑い出す。声をあげて笑って笑って、どうしようもないほど笑って、止まらなくなる。だって、自分が世界一のバカだってわかったから。

わたしは静まりかえった寒い場所で、そう、シロクマの住んでいるところで、大きな黒い岩の上にすわって山をながめていた。でも、その岩は道路のわきにあって、道路は町にある。うしろからなんの音もしなかったのは、単に車が通ってないから。ふりかえればすぐに、家や、道路や、ここはクマではなく人間のテリトリーであることを示す標識が見えたのに。

町までは、ほんの五歩。確かに一生懸命《いっしょうけんめい》考えたら建物を呼び出せたけど、それはもともと頭に入っていたからだ。

シロクマのテリトリーに迷いこまないこと。新しく〈生きるためのルール〉に加える。わたしはノートに書きとめた。

どっちへ進むか決め、道路にそって歩きはじめる。ポケットの中には、小石がふたつ入っている。片手で握《にぎ》りしめながら、歩いていく。これは、特別な石。ひとつはわたしので、もうひとつはドレイクのものになる。わたしたちはビーチでキスをした。潮がじわじわと満ちてきていた。わたしはドレイクを見つけて、今度は雪の中でキスをする。何度も何度もキスをして、わたしはそれをぜんぶ覚えていられるようになる。

すれちがう人たちはみんな、ナイロンのジャケットを着ていて、わたしみたいな大きな毛皮のコートを着ている人はいない。みんな、血色のいい赤い頰《ほお》をしていて、にっこり笑ってあいさつしてくれるから、わたしも同じようにあいさつを返す。ここでは、それがふつうみたい。ここは、ペンザンスではない。ここははるか遠い、ロングイエールビーンの町で、ロングイエールビーンの町はスピッツベルゲンの島にあって、スピッツベルゲンの島はスヴァールバル諸島《しょとう》にあって、スヴァールバル諸島《しょとう》は北極海に囲まれている。難しい名前を並べて、自分が誇《ほこ》らしくなる。

パパとママは、わたしが留守《るす》にしてることを知らない。うちに帰って、わたしがいないのを知ったら、きっと警察に連絡《れんらく》してしまう。そうしたら、うちに連れもどされて、二度とドレイクに会えなくなる。

地図を見て、親切な人に教えてもらい、やっと国立極地研究所にたどり着いたのに、閉まっていた。しばらく正面入り口を見てから、思い切ってドアまでいって、おしたり引いたりしてみた。ちょっとは動くけど、鍵《かぎ》がかかってる。今は何曜日の何時か、ぜんぜんわからないので、閉まってるのがとうぜんなのかそうじゃないのかもわからない。となりの博物館は開いているけど、大学の施設《しせつ》は閉まっている。

立ちつくしたまま、ぼうぜんとドアをながめる。開いてくれないと困る。ドレイクが勉強しているのはここで、だからここまではるばるやってきたのに、ドレイクがいないなんて。バッグの中を探してノートを取り出す。このことを書いておかなくちゃ。わたしは階段の上にすわる。

ちょっと離《はな》れたところに女の人がいて、わたしを見ていた。

「ここは大学ですか？」

わたしは女の人に声をかけた。女の人は、ちょうど大学生くらいに見える。女の人が顔をしかめたので、もう一度聞いてみた。それから、あっと思い出して、「英語はしゃべれますか？」と聞いてみた。

「練習中」

女の人は答えた。黒い髪を長くのばしていて、むっつりした顔をしてる。

「ここはノルウェー極地研究所。大学は〝ユニス〟のほう、あそこにある」

そっちを見ると、彼女は、同じ建物の別の場所を指さしていた。ここの建物はどれも美しくはないけど、わたしは気に入った。なぜなら、この建物でドレイクが働いているから。

「ドレイク・アンドレアソンをごぞんじですか？」

彼女は肩をすくめた。

「さあね、知ってるかも。はぐれたの？」

「ええ」

「ここの学生？　ヌビエンにはいった？」

わたしは眉《まゆ》をひそめた。

「たぶんいってないと思います。ヌビエンってなんですか？」

「大学の寮《りょう》があるところ」

これも書いておくことにする。カバンの中でスマホのメッセージの着信音が鳴ったので、取り出したときには、女の人はいなくなっていた。

太陽が顔に照りつける。何人かの人が通りすぎていく。山の輪郭《りんかく》が空と大地を分け、太陽は高いところで輝《かがや》いている。山の頂上にはいくつか雲がかかっているけど、あとは濃《こ》いブルーの空が広がっている。ここは、現実の場所じゃない。現実のはずがない。ここの人はどこかふつうに見えないし、わたしが思うふつうの姿のものはなにもない。それに、ドレイクがいない。ドレイクの顔はわかってるけど、だれもドレイクじゃない。

スマホのドレイクの写真をしばらくながめてから、メッセージを読む。

送り主がママなのを見て、うれしくなるけど、メッセージを読んでも、意味がわからない。

フローラ

ペイジとふたりでうまくやってくれているといいけど。メッセージとメールをありがとう。パパとママはまだこっちにいるの。問題はない？　定期的にメッセージを送ってちょうだい。ジェイコブの容体《ようだい》はとても悪いの。フローラもパリへこられないかしら？　ペイジにいっしょにきてもらうことはむり？　あとで電話するから、そのときに相談しましょう。

ママとパパより

パリ。ジェイコブ。ノートに目を通す。ジェイコブ・バンクスはわたしのお兄ちゃんで、今は病気でパリにいる。パパとママもいっしょで、わたしはペイジといっしょにペンザンスにいるふりをしている。わたしはペンザンスに住んでいる。生まれたときからずっとそう。でも、今はペンザンスにはいない。今は北極にいる。ここまではひとりできた。
ジェイコブのことを思い出してたから、ジェイコブをスマホに呼び出したみたい。というのも、メールを見ていたら、「ジェイコブ・バンクス」という言葉が飛び出してきて、わたしの顔をパンチしたから。ジェイコブは、どうやってか、わたしにメールを送ってくれていた。

フローラ

葉書をありがとう。ぼくの大切なジャックが、届けてくれたんだ。運よく、母さんたちには見られずにすんだ。次からは、封筒《ふうとう》に入れて送るように！　ぼくの妹。わざわざ自己紹介《しょうかい》をしてたね、お互《たが》いによく知ってることを忘れてるから。毎回、笑っちゃうよ。で、大丈夫か？　母さんとスティーヴが家に帰ってこないことでずいぶん心配してたみたいだから。ぼくのせいなんだ、ごめん。ちょうど母さんたちが帰ろうとしてたときに、緊急《きんきゅう》治《ち》療室《りょうしつ》に連れてかれちゃったんだよ。心配ない、母さんたちは元気だから。友だちとふたりでペンザンスにいるんだよね？　でも、本当はいなかったりして？　前もって決められたとおりに生活してる？　冒険に飛び出していったりしてない？　その冒険に、ぼくに会いにくるっていうのが入ってなかったら、怒るからな。返事を待ってる。ぼくに必要なのはおまえだ。うんざりする闘病《とうびょう》生活のあいだ、ぼくを楽しませてくれるのはおまえしかいない。じゃあ、気をつけて。なるべく早く返事がほしい。なんでも質問していいよ。いつもみたいに。

兄のジェイコブより

何度も何度も読む。意味がよくわからない。

いつもそう。いつも、なにか意味のわからないことがある。

わざわざ自己紹介《しょうかい》をしてたね、お互《たが》いによく知ってることを忘れてるから。

冒険に飛び出していったりしてない？

わたしはうしろをふりかえる。ジェイコブがいて、わたしを笑っているような気がして。わたしたちは、子どものころからお互いをよく知ってる。でも今はもう、よく知らない。

自分が雪景色の中にいることに気づく。空気がきらきら輝《かがや》いて、空を背景にぎざぎざの山の輪《りん》郭《かく》が浮《う》かびあがってる。一瞬驚《いっしゅんおどろ》くけど、すぐに立ち直る。ジェイコブが書いていたように、わたしは冒険に飛び出してきたのだ。どうしてジェイコブはわかったんだろう？　前にも同じことをしてるはずはない。わたしはペンザンスを出たことがなかったんだから。どこか暖かいところにすわって、ちゃんとした返事を書こう、と思う。わたしはジェイコブのことが大好き。ジェイコブは足の爪にペディキュアをぬらせてくれた。なんでも質問していいって書いてあったから、質問しよう。質問は山のようにあるから。

歩きながら、ポケットの中の小石に触《ふ》れる。二個の小石がぶつかって、かちんと音を立てる。すれちがう人たちの顔をひとつひとつ見るけど、ドレイクの顔はない。

第十二章

部屋に敷《し》いてあるクリーム色のカーペットにすわって、それをじっと見ながら、指でつまもうとする。料理をしてるにおいがするけど、好きなにおいじゃないし、お腹《なか》も空《す》いてない。カーペットにはきらきら光るかけらがいっぱいある。ラメをばらまいたみたい。手をのばして拾おうとするけど、うまくできない。もどかしくて涙がわきあがる。

わたしは泣いて泣いて泣きじゃくる。泣いたせいで全身がぐったりしてる。自分がどうしてカーペットのきらきらした粒《つぶ》を拾おうとしてるのか、わからない。どうしてそんなものがほしいんだろう。

だれかが部屋にきて、床にすわってるわたしを見おろして笑う。それから、さっと宙へ持ちあげられる。

だれかがわたしを抱っこしてる。顔を見て、兄のジェイコブだとわかる。

「おバカさん、どうしたんだい?」

わたしはカーペットを指さして、「きらきら」って言おうとするけど、よくわからないことが起こってるわけじゃなくて、これは記憶《きおく》なのだと気づく。

わたしは自分の記憶《きおく》の中で目を覚ましたのだ。においをかげるし、音も聞こえる。ジェイコブの髪にもさわれるし、さわった感じも伝わってくる。わたしは本当にここにいるんだ。それでも、本当はそうじゃないってわかってる。わたしは、頭の奥深くに埋《う》もれてるものの中にいる。自分の脳の深みにいる。

わたしは、せまくて暗い場所に閉じこめられている。動くことができない。耳鳴りがする。目をぎゅっと閉じて、音を閉め出そうとする。こんな場所にいたくない。

心臓がバクバクしている。むりやり現在へもどろうとする。わたしは十七歳で、暖かくて湯気の立ちこめるカフェのテーブルにすわっている。目の前に男の人が立っていて、わたしがなにか言うのを待ってるような顔をしている。

フランバーズ遊園地にいきたい。でも、これはまちがった考え。頭からおしやる。

ここにいる人たちは健康そうな顔色で、ぽっちゃりした子どもたちを連れてる。みんな、大きな声でしゃべって、笑い声をあげている。わたしは身をちぢめるようにして彼らと距離《きょり》を取り、男の人だけに集中する。

「コーヒーをひとつ？」

わたしは言ってみる。男の人が言ってほしいと思ってるのは、そういうことのような気がしたから。

「ミルクも？　いいですか？」

「もちろん」

男の人は言う。顔の片側に茶色いほくろがあって、髪は上にとんがっていて、ひげは下に向けてとんがっている。

「ほかになにかお召し上がりになりますか？」

自分がお腹《なか》が空《す》いてるかどうか、考える。

「いいえ、ありがとうございます」

手を見る。〈フローラ、勇気を出して〉〈わたしはスヴァールバルにいる〉

「ひとつうかがってもいいですか？」

「はい？」

「ここはスヴァールバルですか？」

ドレイクはスヴァールバルにいる。十歳のときに真夜中の太陽を見にいって、十九歳になってもう一度いくチャンスが巡《めぐ》ってきた。

男の人は笑った。

「そうだよ！　ここはスヴァールバルだ。そして、きみはスヴァールバルにいる」

「わたしの友だちをごぞんじですか？」

わたしはスマホを取り出して、ドレイクの写真を見せる。ドレイクは椅子《いす》の上に立って、眼鏡をかけている。前髪が少し顔にかかっていて、青いシャツにジーンズをはいている。いつどこで撮《と》ったのか、わからないけど、これがドレイクだってことはわかってる。なぜなら、わたしはビーチで彼とキスをして、彼のことを覚えてるから。

しばらく見てから、わたしは写真を男の人に見せる。わたしはドレイクを愛してる。ドレイクのことがものすごく好き。これがドレイク、わたしの大好きな人、わたしはドレイクが好きで、彼もわたしのことが好き。ドレイクはわたしのボーイフレンドで、だからわたしはここまできた。わたしはドレイクを見つけなきゃならない。ドレイクは、わたしの記憶《きおく》の力を取りもどしてくれたから。

男の人は写真を見た。

「ああ、見たことがあると思う。大丈夫？　ついさっきもこの写真を見せてくれたよ。そのときに言ったけど、この子ならここにきたことがあると思う。次に会ったら、若いお嬢《じょう》さんが探してたって伝えておくよ」

「彼のこと、見たんですか？」

「ああ」

男の人はわたしの興奮《こうふん》ぶりを見て、びっくりしている。

「ありがとう！　ありがとうございます！　彼にフローラがきたって言っておいてもらえますか？」

「フローラね。もちろんだよ」

わたしは眉《まゆ》を寄せた。

「やっぱり、わたしだってことは言わないでください。彼を探してる人がいたってことだけ伝えて。彼を驚《おどろ》かせたいんです」

　わたしはスマホを見て、次の写真を表示した。またドレイクの写真が出てくると思ったけど、そうじゃなくて、ネコの写真のついた貼《は》り紙だった。行方不明になったネコの貼《は》り紙。みんな、行方不明になってる。

「このネコは見てませんか？」

　男の人にネコの写真も見せる。

　男の人は笑う。

「いいや、ネコは見てないな。このへんにはネコはあまりいないからね」


　ドレイクはここにいる。あの男の人は、ドレイクの顔を知っていた。わたしが勝手にでっちあげたわけじゃない。わたしはここにきた、ドレイクを探しに。正しい場所へ、正しい人を探しに。わたしは正しいことをしている。はるばるここまできて、ドレイクの顔を知っている人を見つけたんだから。つまり、あと少しってこと。警察がわたしを探しにくる前に、ドレイクを見つけられる。ひげの男の人が言ったことを、今すぐ書きとめておかないとならない。カバンに手をつっこんでノートを引っぱり出し、せいいっぱいきれいな字でページを埋《う》めていく。今、わたしの脳に存在することをすべて書きとめる。だから、コーヒーがきたことも気づかなかった。しばらくしてふと顔をあげると、ミルクコーヒーが入った大きなカップが置いてあったので、飲む。温《あたた》かくて、世界一おいしいコーヒーだった。

たぶんずいぶん長いあいだ、このカフェにいたのだと思う。

スマホに、ジェイコブから見たことのないメールがきている。さっそく読む。返事を書かなきゃ。ママからのメールもきていて、ペイジといっしょにパリにくるようにと書いてある。そうすれば、ジェイコブとまた会える。わたしはジェイコブのことが大好きだった。ジェイコブが部屋に入ってきて、カーペットの上にすわっていたわたしを抱きあげてくれたとき、からだのすみずみまで愛が満ちあふれた。子どものころ、いちばん会いたいのはジェイコブだった。わたしがまだふつうだったころ、ジェイコブは世界そのものだった。

またわたしの世界の一部になってほしい。

わたしは、今、頭の中にあることをすべてメールに書いた。内容をいちいち確認することもしない。ビーチでドレイクとキスしたことも、それを覚えていることも書く。波が浜の小石を連れ去り、月が海面を照らしているあいだ、ふたりで話したこともひと言ももらさず書く。今、スヴァールバルにいることも書いて、これからどうすればいいと思うか、たずねる。自分の頭の中で、なにが起こってるのかわからないことも書く。まだ小さかったころ、泣いていて、ジェイコブに抱きあげてなぐさめてもらったのを覚えていることも書く。そして、どうしてうちを出ていったのか、たずねた。数え切れないほど質問する。メールはどんどん長くなっていった。

そして、一度も読みかえさずに送信した。スペルミスだらけで、おかしなところがたくさんあるのはわかってたけど。

それから、ママのメールを見て、わたしは大丈夫だから心配しないでとメールを送る。パリ行きのことには触《ふ》れない。

それからもう一通、〈帰ってきたら、フランバーズ遊園地へいける？〉というメールも送る。

顔をあげると、コーヒーはまだ半分残っていて、凍《こご》えるほど寒くて、お客さんは全員、帰っていた。そして、ひげが生えて、顔にほくろのある男の人が、帰ってほしそうな顔でわたしを見て、ほほえんでいた。手に、鍵束《かぎたば》を持っている。

「お勘定《かんじょう》お願いします」

わたしは言った。

男の人は手をふった。

「気にしないでいいよ、フローラ。難しい顔をしていたね。コーヒーはごちそうするよ」

わたしはお礼を言って、どうしてわたしの名前を知ってるんだろうと思った。

外は、太陽がさんさんと照っていた。心が浮《う》き立つ。スヴァールバルの人たちはみんな、わたしのことをふつうだと思ってる。

きらきらと輝《かがや》くふしぎの国を歩いていく。空気がきらめいて、人々はみんなほほえんでいる。建物はあまりきれいではないけど、どっちを見ても大自然が広がっている。まるで魔法みたい。わたしは、これまでずっと暮らしていた場所を出て、わたしをそこにとどめていた人たちから離《はな》れ、寒くて新しい場所にやってきたんだ。ここでは、わたしは自由なんだ。

ここは、わたしの頭の中にあるだけの場所かもしれない。でも、だとしてもかまわない。ここはすばらしいところで、ドレイクが住んでるんだから。

わたしは道路を歩いていた。それから、はっと足を止める。どこへいけばいいか、わかっていないことに気づいたから。わたしの家は、はるか遠いところにある。フランバーズにいきたいけど、フランバーズも遠い。腕の文字を読む。すでにわかってることしか、書いてない。なので、ノートを出そうとする。

カバンがない。わたしはカバンを持ってない。

カバンがなくちゃ、なにもできない。わたしはいつもカバンを持っていて、カバンの中にはノートがぜんぶ入ってる。ノートはぜんぶカバンに入れているから。カバンとノートはいつもいっしょ。手を見て、腕を見て、それからバッグの中のノートを見る。いつもそうやってきた。

腕には、今向かっている場所にいく方法は書いてない。その場所について思い出せることをぜんぶ思い出そうとするけど、みるみる記憶《きおく》から抜《ぬ》け落ちていく。わたしはある場所へいこうとしてたけど、理由はわからない。どこへいけばいいかも、わからない。ここには、ドレイクを探しにきた。大切なのは、それだけ。わたしは今日、ドレイクを見つけなきゃならない。でも、迷ってしまったら、見つけることはできない。

カバンがないということは、お金もないってこと。スマホもない、鍵《かぎ》もない。ノートもない。自分がなにをしてるのかもわからないし、だれにも助けてもらえない。

わたしはドレイクとキスをした。わたしに残ってる事実は、それだけ。ほかにはなにもない。

なにもないという事実がぶくぶくと泡《あわ》だって、あふれ出す——ここは寒い。友だちもいない。ママに会いたい。パパにきてほしい。お兄ちゃんにいてほしい。三人のことをひたすら求める。涙が頬《ほお》を流れていく。自分がなにをしてるのか、わからないなんて。

「ドレイク」

声に出して言う。彼の名前にすがりつくしかない。ドレイク。わたしはドレイクを見つけなければならない。ドレイクなら、わたしのカバンを見つけてくれる。ドレイクなら、わたしの面倒《めんどう》を見てくれる。

彼の名前を忘れるわけにはいかない。ペンはないけど、覚えていなくては。今、わたしは途方《とほう》に暮れている。もしドレイクのことを忘れれば、きっとすべてを忘れてしまう。

まわりを見まわす。こんなに追いつめられたことはない。世界にわたししかいない。わたしは走り出し、またすぐに止まる。わたしにはペンがない。わたしにはお金がない。

腕にはドレイクと書いてある。でもいずれ、それも消えてしまう。

道路わきの雪にペンが半分埋《う》もれてるのを見つける。拾って、袖《そで》をめくる。彼の名前を何度も何度も書けば、覚えていられるかもしれない。

インクが出ない。でも、これしかない。だから、わたしは腕に言葉を刻みこむ。皮膚《ひふ》をひっかいて、〈ドレイク〉と深く刻む。血がふき出す。これでいい。さらに力をこめ、丹念《たんねん》に皮膚《ひふ》に穴をあけていき、血のしずくで彼の名前を書く。何度も何度も文字を刻む。痛みを愛《いと》おしむ。生きていると感じさせてくれるから。

〈ドレイク〉

とにかく進むしかない。わたしは迷ってしまったけど、からだにはドレイクの名前が刻まれている。ナイフが見つかったら、もっと深く彫《ほ》ろう。彼の名前を永遠にとどめたいから。

わたしは歩きはじめる。こうやって歩いていれば、なにかが起こるはず。じっとしていたら、なにも起こらない。わたしは歩いて歩きつづける。脚《あし》が疲《つか》れてくるけど、まだ昼間だ。わたしは、水のあるところまで歩いていく。川より広いけど、海よりはせまい。向こう岸に、山や小さな家が見える。桟橋《さんばし》に立って、つないであるボートを見る。それから、引きかえす。これ以上先へはいけないから。ケーブルとバケツのついた古そうな機械の横を通って、小さな教会をめざす。神さまかだれかが助けてくれるかもしれないから。

わたしはひたすら歩く。ドレイクを見れば、彼とわかるはずだから。

何時間か経《た》った。わたしはひたすら歩きまわっている。教会へも何度かいったと思う。教会には女の人がいて、わたしにほほえんでくれた。訪問者名簿《めいぼ》に名前を書きにいくと、そこにはすでにわたしの名前がある。名前を書こうとした行のひとつ上と、さらにもうひとつ上にふたつ。最初のは、〈フローラ・バンクス、ペンザンス〉、そしてふたつ目のには〈フローラ・バンクス、寒い場所〉と書いてある。店にも入ったけど、お金がないので、また外に出た。すばやく深呼吸をして、また歩きはじめる。歩いて歩いて歩きつづける。今はもう、店はすべて閉まっている。

博物館の外に階段がある。あそこで足を休めよう。

すると、男の人が「フローラ」と声をかけてきた。そちらを見る。上にとんがった髪と、下にとんがったひげをしていて、頬《ほお》に茶色いほくろがある。ドレイクじゃない。

「こんにちは」

わたしは答える。男の人をまじまじと見て、顔をじっと見つめる。男の人は笑う。ちょっと気まずそうな感じで。わたしはふさわしいせりふを思いつけなくて、黙《だま》っている。

「フローラ、大丈夫かい？」

彼はわたしの名前を知っている。彼はわたしのとなりにすわって、肩に手をかける。どうしたらいいのかわからなくて、彼の肩に寄りかかって、わたしは泣きはじめる。泣きじゃくって、彼の上着がべとべとしはじめる。謝《あやま》りたいけど、その言葉すら出てこない。

「フローラ、どうした？」

それでもまだ、しゃべれない。しゃべりたいのに。息を深く吸いこんで、気持ちを落ち着かせ、それからやっと言う。

「ないんです……」

「そうか、ないんだね？　もしかして、カフェにカバンを忘れていかなかった？」

わたしはうなずく。なにもわからない。

「鍵《かぎ》を持ってるから。もどって、見てみる？」

わたしは彼のことをじっと見る。

「はい。お願いします」

テーブルの下の床の上にカバンがある。わたしは走っていって、ばっと拾いあげ、抱きしめる。中にノートが入ってる。表紙には〈フローラの物語——頭が混乱したときに、読むこと〉と書いてある。わたしは手を見る。〈フローラ、勇気を持って〉

わたしはノートを開き、読みはじめる。わたしは十一歳のときに手術を受けて、記憶《きおく》に障害《しょうがい》を負った。わたしはスヴァールバルにドレイクを探しにきた。彼なら、わたしの治し方を知ってるから。兄のジェイコブは重い病気で、ママとパパはパリにいる。ペイジはもう、わたしの友だちではない。

「ありがとう。本当にありがとうございます。おかげで助かりました、ありがとう」

「どういたしまして」

男の人はまた気まずそうな顔をする。きっとわたしはすごくおかしなふるまいをしてるんだと思うけど、もうどうでもいい。

「かまわないよ、これから、友だちとビールを飲みにいくんだ。その前に、ホテルに送るよ」

「いいえ、大丈夫です。本当に大丈夫ですから。ありがとう。もういきます。いかなくちゃ」

第十三章

わたしは地図を見ながら、まっすぐの道を歩いていく。学校の前を通り、アートギャラリーを越《こ》え、さらにたくさんの建物の前を歩いていく。右手の奥に、小さな木造の教会が見えた。山はまわりじゅうにある。雲が猛《もう》スピードで流れていく。

自分がどこにいて（ロングイエールビーン）、どうしてここにいるのか（ドレイク）、そして、どこへいこうとしているのか（北極のゲストハウス）もわかっている。わたしは正しい方向へ向かってる。深く息を吸いこみ、安堵感《あんどかん》がおしよせてくる感じを一秒一秒を味わいつくす。

だれかがうしろを歩いてる。カバンを見つけるのを手伝ってくれた男の人だ。ふりかえると、手をふってくる。追いつこうとはしないから、わたしもそのまま歩きつづける。

歩くにつれ、黒い線が風景を横切るように動いていく。線はうしろに灰色を引き連れている。線がわたしに追いついて、追い越《こ》していく瞬間《しゅんかん》、わたしがふつうでいられるこの場所、この世界が、一変する。

光が消える。輝《かがや》くものはなにひとつない。魔法の国はくすんだ灰色になり、雲が頭上に垂れこめる。空は灰色になり、雪も輝《かがや》きを失い、灰色に変わる。あらゆるものがすべて灰色に染《そ》まる。

雲はみるみるうちにおりてきて、空気が雨をはらむのを感じる。大気がふいに変化して、なにもかもがぬれようとしている。けれど、頬《ほお》になにかが落ちてきたとき、それはもちろん、雨ではなかった。雪だ。

ドレイクは雪の降る土地で暮らしている。わたしはここにきた。わたしは、雪の降る場所にいる。彼と同じように。

ふりかえると、遠くのほうにブルーの空が見える。そっちは晴れていて、日が照っている。こっちは雪がどんどん激しくなり、勢いも増してきて、道路をおおい、見ているそばからあらゆるものを白く染《そ》めていく。

自分がどこへ向かってるかわからないけど、かまわない。今、ここで、わたしは幸せだから。わたしは、雪の中に立って、まわりで白い雪片《せっぺん》が踊《おど》っているのを、目を丸くしてながめている女の子だ。わたしは美しい場所にいて、すばらしいことが起こっている。あとのことは、どうでもいい。

わたしは今、この瞬間《しゅんかん》にいる。この瞬間《しゅんかん》を生きられるときに生きることは、わたしが生きるためのルールなんだって思う。だって、それなら、記憶《きおく》は必要ないから。

わたしは、あらゆることを忘れてしまったことを忘れる。雪片《せっぺん》が小さくなり、雲が吹《ふ》き飛ばされて、また別の魔法の場所に雪を降らせにいってしまうと、わたしはひと晩じゅう眠っていたような気持ちになっている。エネルギーに満ちあふれている。もうなにがあっても大丈夫だ。

ホテルは地図に書いてあるとおりの場所にあった。鍵《かぎ》も、5号室と書いてあるノートも、5号室がどの建物にあるかを示す地図（それはちょうど第5棟《とう》で、うれしくなる）も、ちゃんと持っている。

建物は波形のトタンでできていて、自転車やスキーが立てかけてあり、コンクリートの階段があって入り口がある。そっちへいこうとして向きを変えたとき、ひげの男の人がここまでずっとついてきていたことに気づく。手をふると、男の人は小さく敬礼して、背を向け、去っていった。入り口をくぐったとたん、くつしたと料理のにおいがもわっと襲《おそ》いかかる。中は暖かい。ドアを閉めるとすぐに、コートをぬぐ。貼《は》り紙に靴をぬぐようにと書いてあるので、階段のいちばん下の段にすわって、ブーツのひもをほどきはじめる。魔法のようにどこからともなく現れた、この場所にぴったりの靴を、わたしははいている。古いスニーカーはなぜかカバンの中に入ってる。肩かけカバンの中のポリ袋《ぶくろ》に入っている。

キッチンは片づいていて、戸棚《とだな》には、使ってはいけないものが書かれた紙と、ほかの人の牛乳を勝手に飲まないようにという注意書きが貼《は》ってある。それを見て思い立ち、お湯をわかして、マグを見つけてくると、箱からティーバッグを取り出して、冷蔵庫の中から一番よさそうな牛乳を選ぶ。ほんの少しもらったところで、だれも気にしないだろう。

うちにもキッチンがあって、このキッチンとだいたい同じようなものが置いてある。思い出そうとして、思わず目に力が入る。うちのほうがたくさんあったかもしれない。なぜなら、うちにはティーポットがあったから。ティーバッグの箱はうちのほうが少なかった。ひとつしかなかったから。うちよりたくさんあるものもあれば、少ないものもあるということ。うちのキッチンにいる女の人はママだ。男の人はパパ。わたしはフローラで、十歳ではない。わたしは十七歳。なぜ知ってるかというと、ビーチで男の子とキスしたのを覚えてるから。

うちのキッチンでは、それぞれにお気に入りのマグがある。わたしのはピンクと白で、ママのには〈世界一のママ！〉と書いてあって、パパのには、男の人の絵がついている。

わたしはすっかり有頂天《うちょうてん》になって、最初に選んだ白いマグを、ピンクの模様がついているものと取りかえる。そして、紅茶をいれると、だれかおしゃべりできる人がいないか、まわりを見まわす。

フランバーズ遊園地へいきたい。ふっとそんな考えが浮《う》かぶ。でも、そんなのおかしい。だって、フランバーズははるか遠くにあるんだから。わたしは、スマホからママにメッセージを送る。

〈みんなでフランバーズにいける？〉

ここにはだれもいない。みんな、なにをしてるんだろう？　きっと雪に関係することだろう。寒いこと。こういう場所でみんながやるようなこと。

だれかを見かけたら、スマホの写真を見せて、ドレイクを見たことがあるか聞いてみよう。わたしはドレイクを探しにきた。わたしはドレイクとビーチでキスをした。

ここが、わたしの頭の中にだけある場所だとしても、わたしはたったひとりでここまできて、ちゃんと生きている。それは現実。

鍵《かぎ》を回すと、5号室のドアが開く。中に入って、鍵《かぎ》をかけ、ベッドの上にすわる。頭がぐるぐる回ってる。両手を前へのばし、指をほぐして、手に書いてある文字を読む。〈フローラ、勇気を持って〉わたしは勇気を持っている。わたしは、手に書いてあるとおりに行動した。腕がジンジンするので、袖《そで》をまくると、ドレイクの名前が肌《はだ》に刻みこまれてるせいだとわかる。切れ味の悪い刃物《はもの》みたいなもので、書かれてる。わたしはその文字をじっと見つめる。腕に文字を刻みこむなんて、怖《こわ》いし、わくわくするし、すごい。

たぶんわたしは、いつもいる場所からはるか離《はな》れた、見知らぬ土地にいる。ここはわたしの部屋じゃないけど、置いてあるものに見覚えがあるから、わたしのものにちがいない。ここはわたしの新しい部屋なんだ。わたしが自分のために作った、わたしだけの家なんだ。わたしは見つけられるかぎりのメモを見つけて、ベッドの上にすわったまま、最初から読みはじめる。「治療《ちりょう》」とか「薬」という言葉が飛びこんでくる。わたしは薬を飲み、治療《ちりょう》を受け、そのおかげで毎日を過ごすことができる。でも、今も飲んでいるとしても、そのことは書かれていない。頭が少しくらくらする。

片方のベッドの上に大きなスーツケースがある。ノートを置いて、中のものをひとつ残らず出して、並べていく。こうすれば、自分が持ってきたものがひと目でわかる。ほとんどが服。赤いTシャツを手に取り、なぜだかわからないまま、においをかぐ。

薬は見当たらない。どうにかしなきゃいけないけど、どこから手をつけていいのか、なにひとつわからない。

手が震《ふる》えてる。立ちあがって、窓辺までいき、手をガラスにおしつけて、震《ふる》えを止めようとする。さっきは雪が降っていた。それは、まちがいない。でも、今は降っていない。窓の向こうには山の険しい斜面《しゃめん》があって、自分の姿が映《うつ》っているのが見える。透《す》けていて、今にも消えそうで、雪の斜面《しゃめん》と重なって見える。

はっきり映《うつ》ってはいないのに、なにかおかしいのがわかる。窓に映《うつ》ってる女の子は、目が変だし、肌《はだ》もおかしい。手を持ちあげ、顔に触《ふ》れてみる。でこぼこしてる。前はすべすべだったはずなのに。すると、壁に鏡があるのが目に入り、そっちをのぞきこむ。

自分で思っていたのとぜんぜんちがうわたしが映《うつ》ってる。自分の顔だって、わからない。ブツブツができていて、赤くて、別の人の顔みたい。顔じゅうにできものがある。先っぽが黄色くて、下のほうは赤い。鏡の女の子は醜《みにく》い。ママはいつも、きれいだって言ってくれるのに。指先で顔をすっとなでてみる。いつもはこんなふうに嫌《いや》な感触《かんしょく》じゃない。肌《はだ》のことで悩んだことはないはず。ペンを出して、じっくり考えながら腕の内側に〈わたしの肌《はだ》はどうしちゃったの?〉と書く。同じことを黄色いメモ用紙にも書いて、鏡に貼《は》る。ノートにも書く。

建物のどこかでドアが開く。みんながもどってきはじめたのがわかって、うれしくなる。キッチンへおりていって、みんなが夕食になにを食べているか見てもいいかもしれない。わたしはお腹《なか》が空《す》いている。

部屋のドアの前で話し声がしはじめたので、外に出ていって、話しかけることにする。ドレイクの写真を表示して、どう言えばいいか小声で練習する。顔がひどい状態なのが気になって、机の上にあった化粧品《けしょうひん》をつけてみる。ファンデーションをぬって、黒のペンシルで目の上にラインを引き、マスカラをたっぷりぬって、前だったらつけられなかったような真っ赤なリップをぬる。先がとんがっている新品のリップで、クレヨンみたいに唇《くちびる》に色をぬる。うまくぬれていないような気がして、指先で端《はし》っこをのばすと、なんとか見られるようになる。

肌《はだ》が荒れてるときは、派手なリップをぬって、みんなの視線をそらす。それが、ルール。きれいなピンク色のセーターに着替《きが》え、使ってないほうのベッドに置いてあったコートを持って、廊下を歩いていく。今夜は、みんなにドレイクのことを聞いてみよう。ノートに、アギという友だちがいるって書いてあったから、向こうから近づいてきたら、わかってるふりができるかもしれない。頭の中で彼女の名前を何度もくりかえす。アギ、アギ、アギ、アギ。ママには、ペンザンスで元気にやっているっていうメッセージを送った。

外はまだ明るい。夕方なのに、昼間みたいに日が照っている。これも、この場所の魔法なのだ。

「やあ！」

廊下にいた男の人が声をかけてきた。パジャマのズボンをはいて、タオルを肩にかけている。まだ七時なのに、ここではなにもかもがペンザンスとはちがう。一日じゅう雪山にのぼっていたら、パジャマを着たくなるのかもしれない。なにかがおかしいような気がするけど、どうしてかはわからない。

ここには、わたしの部屋がある。そう思うと、ぞくぞくする。自分におめでとうを言わずにはいられない。わたしは北極に部屋を持ってるんだから。外は夜で、雪が降っていて、日が照っていて、ドレイクとわたしはふたりとも、ここに、スヴァールバルにいる。

「すてきなかっこうをしてるね。今日の予定は？」

男の人が聞いてくる。

わたしはなんとか答えを考えようとする。

「えっと、特にないんです。つまり、決めてないってこと。特には。でも、肌《はだ》がひどいことになっちゃったから、リップをつけようかなって思ったんです。そうすれば、ブツブツがあまり目立たないから」

彼はうなずく。

「じゃ、これからツアー？　昨日はなにしたの？」

「昨日？」

彼は、わたしのことを知らない。知ってたら、昨日はなにをしてたかなんて聞かないから。みんながわたしに、昨日していたことを教えてくれるのであって、わたしが教えるということはない。今日のことだったら、スノーブーツを買って、ドレイクを探して、肌《はだ》に彼の名前を刻んだって答えられる。

「よくわからないんです」

そう答えたら、彼はそれ以上聞かなかった。

「じゃ、今日は？　どういう予定？　朝食を食べにいくだけにしては、すごくおしゃれだからさ」

わたしは、そうじゃないと言おうとして口を開いた。

そして、閉じた。

この人が、わたしが朝食にいこうとしていると思うなら、わたしは朝食にいくところにちがいない。つまり、今は朝食の時間だってこと。わたしは夜のエンターテインメントや夕食をチェックしにいくんじゃなくて、朝食にいくところなんだ。

つまり、わたしが気づかないうちに、夜がきて、また朝になったことになる。わたしは、このとうてい信じられないような可能性を理解しようとする。一日が過ぎてしまった。ドレイクを見つけなければならなかった日が――そしてわたしはまだドレイクを見つけていない。

「日は沈みました？」

「ぜんぜん。八月の終わりは、沈むときもあるけどね。三か月先の話さ」

「三か月」

真夜中の太陽というのが、まったく日が沈まないという意味だと初めて知る。

「ブラインドを閉めなきゃ。必ず閉めるといいよ。ひと晩じゅう、太陽の光が差しこんでたら、眠れないだろ」

そして、ふいに気になったようにわたしを見た。

「ぜんぜん寝てないの？」

「いいえ、少しは寝ましたから。ありがとう。じゃ、わたしはこれから――」

「そうか。朝食までまだ三十分あるのは知ってるよね？」

「ええ。ただちょっと――」

「わかるよ。ここにくると、みんなそうなる」

わたしにかける言葉としては、それがせいいっぱいだったと思う。わたしが歩いていこうとすると、彼がうしろから言った。

「冬はここにこないほうがいいよ」

わたしは答えなかった。なぜなら、今は雪が降っているから。つまり、すでに冬だから。どういう意味で言ったのか、わたしにはさっぱりわからなかったから。

第十四章

「うん、それでいいって」

　アギがこっちを向いたので、手に持っていたお金を渡した。アギがそれをミニバスの運転手に渡すと、運転手は数えて、うなずいた。わたしはアギのあとについてバスに乗り、いっしょにすわった。アギが窓側の席だった。

　いつも窓側の席にすわること。これって、確かわたしの〈生きるためのルール〉だったはず。窓側の席にすわれば、自分がどこにいるかわかるから。でも、フロントガラスからも外は見える。

　乗ってるのは、わたしたちだけだ。わたしたちはツアーに出かける。アギは先に自分の分を予約していて、朝食のときにいっしょにこないかって誘《さそ》ってくれた。わたしは、いくと答えた。誘《さそ》われたことが、すごくうれしかったから。朝食の席で会ったとき、わたしはアギがわからなかったけど、アギがわかってくれて、いっしょの席にすわって、ドレイクのことをたずねてきた。わたしは、覚えているふりをした。どうやらうまくいったみたい。

　もしかしたらシロクマを見にいくのかもしれない。ドレイクもシロクマたちのところにきているかもしれない。

太陽が輝《かがや》いている。ここはきれいだ。アギに、自分がふつうじゃないことは話していないと思う。だから、アギはわたしのことをちゃんとした人間みたいに扱《あつか》ってくれる。手に文字を書いている友だちとして。今日一日、ふつうでいられるようにせいいっぱいがんばろう。自分への課題。だれにも、わたしの本当の姿に気づいてほしくない。

左手を見る。〈ふつうでいること〉って書いてある。アギも見ていることに気づく。

「わたしも、それを忘れないようにしなきゃって思うことがある」

アギはうなずきながら、そう言う。

今日こそ、ドレイクを見つけなきゃならない。じゃないと、パパとママにわたしがいないことを気づかれてしまう。ドレイクを探すのに、ミニバスで出かけるのはとてもいい方法だと思う。

ミニバスは次々とホテルの前で止まり、そのたびに新しい人が乗りこんでくる。今までのところ、わたしがいちばん若い。うちのママのような年齢《ねんれい》の人もいるし、それより年上の人もいる。女の人が通路越《ご》しに話しかけてきたけど、英語じゃなかったので、わたしをはさんでアギとしゃべりはじめた。

「今回の旅は、ずっと夢に見つづけてきた旅なんだって」

アギは眼鏡をおしあげながら、説明してくれた。

「わたしもです」

わたしは女の人に向かってほほえむ。すると、女の人は親指をくいっとあげた。

わたしたちは手すりのついた金属製の通路を歩いて岩場を渡り、金属製の栈橋《さんばし》に出る。落ちないように、床にゴムが貼《は》ってある。そこには、大きな金属製の船がつないである。白い金属の船腹に黒い字で「Landoysund」と書いてある。わたしはスペルを読みあげ、頭の中でくりかえす。Landoysund……、Landoysund/Landoysund……。

みんなについて、渡り板にあがる。口元に笑みを浮《う》かべ、船に乗るツアーだったことに驚《おどろ》いていないふりをする。ミニバスに乗ったまま、シロクマとドレイクを探すんだと思ってた。だから、この船は胸躍《おど》るすてきなボーナスってこと。わたしはビーチでドレイクとキスをした。そして今、海へいこうとしてる。完璧《かんぺき》だと思う。ドレイクを探すのに、海はいちばんだから。

「見て、すごい！」

横に並んで立っているアギが言う。わたしたちは町を背にして、白い手すりに寄りかかって遠くの景色をながめている。見えるのは、向こう岸に連なる山だけだ。雪から岩が点々と顔を出している。もしかしたら、丘かも。山というほど高くないから。でも、やっぱり山に見える。山は入り江にそってどこまでも続いてる。海は、右にいくにつれせまくなり、左は広くなっている。反対岸には建物はひとつしか見えない。岸からちょっとあがったところにある山小屋だ。手こぎボートを岸へ引っぱりあげようとしている人影《ひとかげ》が見える。その人はうしろに下がってまわりの景色を見てから、背中を向けて山小屋のほうへあがっていって、ドアの鍵《かぎ》をあけた。

「快適《かいてき》なわが家って感じね」

わたしの視線を追って、アギが言う。

「あんなところでどうやって暮らしてるんだろう？」

わたしは想像しようとする。

「暮らせないこと、ないでしょ。すてきだと思わない？　ふたりでいつまでも幸せに暮らしました、っていう未来には向いてないかもしれないけど、一、二年なら。わたしは、一年は暮らせるかな。冬はすごく居心地《いごこち》がいいと思うわよ。数か月のあいだ、暗い中でひたすらひそむように過ごすの」

わたしは身震《みぶる》いした。

「そんなのぜったい嫌《いや》」

「そう。みんな、冬にはここにくるなって言うけど、そう言われるとかえってきたくなっちゃうのよね。フィンランドの冬も暗いから。わたし、こぢんまりとくつろぐ感じが好きなのよ」

わたしは首をふった。さっきの人はもう山小屋に入って、ドアは閉まっていた。

ノートにメモを書く。冬にはここにこないことを忘れないように。

黙《だま》って手すりのところに立っていると、ツアーの責任者の人が手をたたいて、みんなを集めた。わたしはグループのうしろに立って、男の人が安全の手順とか、これからいく場所について話してるのを、ぼんやりと聞いていた。わたしたちは町を出て、海沿いに大自然の中へ入っていくらしい。わたしはこれまで町でドレイクを探していたけど、大自然の中で見つかるかもしれない。

「必ずシロクマが見られるとはかぎりません」

男の人は何回も言っていた。

「現在、このエリアには母グマと二頭の子グマがいます。木曜日には見られましたが、だからといって、一〇〇パーセントの保証はできません。いいですね？　しかし、アザラシやツノメドリは見ることができます。こちらは必ず出会えます」

男の人は英語になったり、ノルウェー語になったりしながら、えんえんとしゃべりつづけた。わたしは聞くのをやめて、自分の手を見た。寒さで白くなってる。今日は勇気を持って、ふつうになる。ふつうになるってことは、勇気を持つってこと。わたしは黙《だま》ってすわって、ほかの人の言うことに耳をかたむける。質問に答えるんじゃなくて、質問するようにする。山や海を見て、新鮮な冷たい空気を吸い、静かにしていよう。だれにも変だと思われないまま、この船をおりるために。すべてが、起こるはずのとおりに起こるようにしよう。


自分がどこに、なぜいるかは、どうでもいい。わたしは、暖かいコートを着て船に乗り、別世界のような景色をながめている。今は、それだけでじゅうぶんだから。


エンジンがかかり、わたしたちは出発する。町は消え、反対岸の小さな山小屋も見えなくなる。世界のあらゆるスピードが遅くなり、ほとんど止まっているみたいになる。

重ねられたプラスチックの椅子《いす》をひとつ取り、甲板《かんぱん》にすわって、目の前を過ぎていく景色をながめる。これまで抱いていた心配事がすべて消えていく。そう、いつしかぼんやりとした恐怖感《きょうふかん》に変わっていたあいまいな不安も、すべて。今、存在するのは目の前にあるものだけ。空気は澄《す》んでいて、吸いこむのが痛いほどだし、水は空を映《うつ》した深いブルーに染《そ》まり、海面はつややかな光を放っている。船のなめうしろには、小さな波が完璧《かんぺき》な線を成している。

頭もはっきりしている。深く息を吸いこみ、景色を見る。崖《がけ》、鋭《するど》くとがった岩、雪におおわれた谷、黒い石ころ。世界に存在するのは、それだけ。

わたしはほほえんでいる。だれにも話しかけない。ただ息をして、見て、存在する。ここは北極。わたしはここにいる。これがわたしの現在。これがわたしの世界。

わたしは小さな女の子だ。その感覚は、わたしにしっくりとなじむ。世界がわたしを包みこむのを感じる。安心する。目を閉じて、学校や、誕生日会や、お兄さんたちや、明日フランバーズ遊園地で楽しい日を過ごすことを考える。早くペダルコプターに乗りたい。ジェイコブがペダルを漕《こ》いで、わたしをぐるぐる回してくれるのが楽しみでたまらない。幸せでぼーっとなる。フランバーズへいきたい。

水面が鏡のように岩を映《うつ》している。わたしは崖《がけ》を見て、逆さまになった崖《がけ》を見る。わたしは船に乗っている。すごくすてき。鏡のような水面に身を乗り出して、映《うつ》っている自分の顔を見る。映《うつ》ってるのは十歳の顔じゃない。ティーンエイジャーの女の子が、わたしを見つめかえす。さざ波が立って、その子の顔がゆがむ。じっと見つめていると、だれかに肩をたたかれた。

「楽しい？　すごく穏《おだ》やかな顔をしてる。もしかして邪魔《じゃま》しちゃった？　なんだかムソウ中みたいに見えた」

眠りに誘《さそ》うような景色からむりやり目を離《はな》して、顔をしかめている女の人を見る。わたしは十歳じゃない。年月はあっという間に過ぎていく。わたしに話しかけてる人は大人で、わたしの友だちだ。わたしは必死で追いつこうとする。手の文字を読む。〈ふつうでいること〉と書いてある。わたしは一生懸命《いっしょうけんめい》、相手の予想どおりにふるまおうとする。

「今、なんて？」

わたしは彼女のとなりの椅子《いす》にすわる。手が凍《こお》るように冷たい。両手をこすり合わせる。

「ムソウじゃなかったっけ？　英熟語の本で見たの。でも古い本だったから」

「どうかな。そういう言い方をするのかどうか、よくわからない」

だれかがムソウちゅうって言うのを聞いたことは、ほぼ一〇〇パーセントないと思う。わたしはフローラ。前は十歳だったけど、今はそうじゃない。もっとずっと大きい。大人らしくふるまえば、中身が十歳だってことはだれにも知られずにすむ。

「そうか。フローラが変だって感じるなら、リストから削《けず》る。じゃあ、すごく考えこんでるように見えた、っていうのはどう？」

「そう？　ただ幸せだって思ってただけ」

「わたしも。これまでの中で最高の旅よ。このためにずっとお金をためてきたの。一日じゅう海にいられるなんて、すてき」

「本当にそう。魔法みたい。ここは別世界ね」

「そのすてきなコートだけで暖かい？　手が冷たくなってる」

「うん、手は冷たいけど、わたしは大丈夫。アギは？」

「わたしのはふつうのコートで、すてきじゃないけど、でも暖かいの。大丈夫。これ、はい。わたしの手袋《てぶくろ》。好きなだけ使って。そのコートは今回の旅行のために買ったの？」

わたしはキルトのてかてかした手袋《てぶくろ》を受け取って、手にはめる。コートをこの旅行のために買ったかどうかはわからないけど、わかってるふりをすることにする。

「そう。暖かいと思ったの。そのコートは旅行のために買ったの？　出かける前ってたくさん買い物をするもの？　この手袋《てぶくろ》も買ったの？」

「ふつうはそうだろうけど、わたしは特に買い物したりしないかな。少なくとも今回の旅行の場合はね。もともと持ってたから。わたしの暮らしてるところで使ってたものよ。フィンランドでは、冬に必要だからね、コートとか、手袋《てぶくろ》とか。スノーブーツもそう。太陽の照りつけるビーチとかにいくことになったら、買い物にいかなきゃならないだろうけど」

「フィンランドってどんなところ？」

「いいところよ。わたしはラウマっていう町に住んでるの。とてもきれいなところよ。木の建物がたくさんあって。海の上にあるから、みんなボートを持ってるのよ。持ってないと、テトアシトヒキカエニデモ手に入れないとならない」

「うん」

「今の使い方で合ってる？　面白い言い方よね。だって、実際はボートのために手と脚《あし》をあげるなんて嫌《いや》だもの。手と脚《あし》が片方しかなかったら、ボートを操《あやつ》るのも大変だし」

「確かにね。本当にそう」

わたしは集中するためにうなずく。片手片脚《あし》の船員のイメージを頭から追いやろうとする。

「ずっとその町で暮らしてたの？」

「ううん。生まれたのは北のほう。ロヴァニエミっていって、ラップランドのほうにあるの。うちの家族はまだ何人か、そこに住んでる。だから、ここにひかれたのかもね、スヴァールバルに。北の国だから」

質問に答えずに質問するという作戦は、うまくいってるみたい。わたしはフィンランドでの生活のことや、旅の生活や、一般的な生活について次から次へと質問した。アギはどの質問にも喜んで答えてくれた。アギになにか聞かれたときは、にっこりして首をふり、フィンランドにはどんな動物がいるのかとか、どんなテレビをやっているのか、たずねた。船は、北極の大自然の中をどんどん進んでいく。今以上に幸せだったことなんてなかった気がする。もし同じ質問を何度もしていたとしても、アギは気にしてないみたいだった。

たまにちらりと手を見たけど、読むものはなかった。手は温《あたた》かくて、手袋《てぶくろ》がはまっていたから。

長い時間が過ぎた。わたしは、新しい世界に完全に包まれ、古い世界は溶《と》けてなくなった。船の男の人が、下甲板《げかんぱん》から呼んでいる。もうすぐ旅の最終目的地に着くらしい。男の人は、船に乗ってるあいだずっとしゃべっていたけど、わたしは聞いていなかった。

「ピラミーデンにいこうと思っていたのですが」

男の人はまっすぐ前を指さした。

「ピラミーデンは、むかしのロシアの炭鉱《たんこう》町です。当時はにぎわっていましたが、一九九八年に全員が町を出ました。もうお金をもうけることはできないとわかったんですね。なんともぶきみな町です。食卓に、飲みかけのコーヒーが入っているカップや食べ物が置きっぱなしになっていたりね。町に入ってそうしたものを見学できるときもありますが、今日は、雪が多くてむりです。なので、もう少し先までいって昼食を取り、それからもどることにしましょう。あ、ほら、アザラシがいます！」

わたしはスマホを持っていて、スマホは写真を撮《と》ることができる。手袋《てぶくろ》を外《はず》さなきゃいけなかったけど、手の文字を読むために動きを止めたりしなかった。船に乗っているほかの二十二人の人たちといっしょに手すりから身を乗り出して、すぐそばの氷原の上に寝っ転がっている、おどけた顔のぐうたらアザラシの写真を撮《と》る。アザラシはこっちを向いて、わたしたちをじっと見つめた。口ひげを生やした男の人みたい。口のまわりはオレンジ色で、目が垂れてる。それから、ごろりと氷の上を転がって、泳ぎにいってしまった。ジェイコブにこのことを話したい。ジェイコブはきっとアザラシのことを気に入るはず。

「なかなかのハンサムね」

うしろにいる女の人が言った。年配の女の人で、髪をていねいにまとめ、薄《うす》いピンクのリップをつけている。

わたしはうなずいた。

「本当にそうですね。わたしたちがきて、迷惑《めいわく》そうだったけど。そうじゃありません？」

「またかって感じだったわね」

わたしはまたうなずく。これ以上、なにも言いたくないし、言う必要もない。わたしは沈黙《ちんもく》を守る。

船がガクンと揺《ゆ》れて、スピードが落ちた。薄《うす》い氷をバリバリと割りながら、進んでいく。わたしは興奮《こうふん》して、写真を撮《と》った。遠くに奇妙《きみょう》な町が見える。氷に閉ざされた赤レンガの建物の一群。がらんとした町に、ロシアの炭鉱労働者たちのものが残されたままになってるところを思いうかべようとするけど、まったく想像もできない。

「あそこ！」

船の向こう側から声があがる。続いて、悲鳴のような声。

「クマよ、クマ！」

全員がそちらを向く。はたして、船と炭鉱町のあいだの氷の上を悠《ゆう》々と、二頭の子グマを連れた大きなシロクマが歩いている。

わたしは何枚か写真を撮《と》ると、スマホをしまってクマをながめた。クマたちは危険だ。わたしの腕にもノートにも、あらゆるところにそう書いてある。でも、彼らは美しかった。生まれ育った土地を優雅《ゆうが》に歩いていく。もし船にぎっしり乗った人間たちが口を開けて自分たちを見ているのに気づいていたとしても、わざわざこちらに顔を向けることもしない。子グマたちは思わず抱きしめたくなるようなかわいらしさだけど、実際は、喜んで人間の目をえぐって食べてしまうにちがいない。

そして母グマは、子どもを守るためならどんなことだってするだろう。そう、どんなことだって。子どもを奪《うば》おうとする相手はなんだろうと、ずたずたに引き裂《さ》くにちがいない。

すると、大きな赤い上着を着ている男の人がガイドにたずねているのが聞こえた。

「ここの氷は薄《うす》いから、クマたちは船のほうにはこられないんですよね？」

「そのとおりです」

ガイドは答えてから、大きな声で言った。

「みなさん！　念のため申し上げておきますが、クマたちがこちらにくることはありません。いいですね？　われわれは安全です」

ほっとした笑い声がさざめくように広がる。人間たちが釘《くぎ》づけになって見守るなか、クマたちは氷の上を渡って、炭鉱町の方向へ去っていった。

〈わたしはシロクマを見た〉左の手の甲《こう》にそう書く。もうそこしか、空《あ》いている場所がなかったから。それから、小さな字で〈スマホに写真あり〉と書き加える。手袋《てぶくろ》を外《はず》していてよかった。

アギがわたしを見ていた。

「それ、イギリス人はよくやるの？」

気さくな感じでアギがたずねる。

「手に字を書くこと。フローラはしょっちゅうやってるけど、ほかのイギリス人がやってるのは見たことがないから。フローラの住んでるところの習慣とか？」

あらゆる答えの可能性を考える。

「うん、そうなの。コーンウォールではよくやるの」

そのあと、下甲板《げかんぱん》でバーベキューのランチを食べた。タラの切り身と肉、それから、パンとライスサラダとふつうのサラダが並んでいる。出されたものはぜんぶ試すつもりで、お皿を持って列に並ぶ。

「それはなんの肉ですか？」

カウンターでお皿に料理を盛ってる女の人に聞いてみる。

「クジラよ。食べてみる？」

クジラは大きい。確か食べてはいけないことになってるはず。魚はおいしそうだし、サラダもいけそうだ。

「いいえ、ありがとう。でも、クジラはやめておきます」

「本当に？　地元産でおいしいのよ」

クジラは巨大だ。それを切って食べると思ったとたん、頭の中で警報が鳴り出す。それは、してはいけないことだと思う。クジラを食べないというのは、きっと〈生きるためのルール〉に入ってる。

「けっこうです。魚だけ、お願いします」

「もちろんよ。お好きにどうぞ」

お皿を持って上甲板《じょうかんぱん》の席にもどると、氷や、ロシアの町や、今では点にしか見えないシロクマたちをながめる。スマホで何枚か写真を撮《と》る。今は、スマホはカメラとしてしか使えない。ネットにもつながらないし、電話も圏外《けんがい》だ。

永遠にここにいることができれば、なんの問題もなくなる。きっと幸せになれる。


それから数時間後、船は町へもどりはじめる。でも、わたしはもどりたくない。この船に乗って、また海のほうへ、クマやアザラシや海面をかすめるように飛ぶツノメドリたちのところへいきたい。ここにいる人たちと、クマに襲《おそ》われることはないって言った男の人や、ほかのお客や、アギと、ずっとここにいたい。

アギがわたしの手を取って言った。

「ほら、あそこ。あれが衛星受信アンテナよ。見える？」

アギが見ているほうを見る。町と同じ側にある丘の上に、小さな球の形をしたものが並んでる。雪におおわれた丘の輪郭《りんかく》にそうように、点々と立っている。それから、本当には小さいわけではないことに気づく。遠いところにあるんだ。

「衛星受信アンテナ？」

「うんそう。覚えてるでしょ。ボーイフレンドの話をしてくれたときに、話したじゃない？」

「ボーイフレンド」

いきなり恐怖《きょうふ》に襲《おそ》われる。手を見るけど、ふつうでいることとか、クマのことしか、書いてない。〈わたしはスヴァールバルにいる〉とか〈勇気を持って〉とか。たくさん着こんだ服の袖《そで》をむりやりおしあげると、皮膚《ひふ》に刻まれた〈ドレイク〉という文字が飛び出してきて、わたしの顔をなぐりつける。腕をごしごしこするけど、ドレイクの名前は血で書かれている。

ドレイクは、衛星受信アンテナで働いている。そして、わたしは今、衛星受信アンテナを見ている。ドレイクが働いてる場所を。ドレイクはわたしの愛する人。なのにわたしは、船の上でまるまる一日、楽しく過ごしてしまった。本当なら、ドレイクを探さなきゃいけなかったのに。ドレイクを探しにきたのに、わたしはなにもしていない。

わたしはドレイクとビーチへいった。そのときの記憶《きおく》が、端《はし》から薄《うす》れはじめている。

手すりから身を乗り出して、吐《は》こうとする。

「フローラ、大丈夫？」

アギが腕に触《ふ》れる。

「どうしたの？　なにか変なことを言っちゃったんだったら、ごめんなさい。ドレイクとのことがうまくいってないんじゃないかって、なんとなく気づいてたの。二日前に彼を探しにいったのに、いっしょにいないから」

わたしは深く息を吸いこむ。もうすぐで岸に着く。悲鳴をあげてさけんで、船から身を躍《おど》らせ海に飛びこみ、せいいっぱい速く泳いで（泳げたとしても、そんなに速いはずはないけど）、衛星受信アンテナへいって、山をはいのぼって彼を見つけ出したい。でも、そんなことはできない。そんなことはしない。このまま落ち着いて、ふつうにふるまって、船に乗っていれば、もうすぐふつうに船からおりることができるから。船をおりれば、あとは走っていって、ドレイクを見つけるためにできることはぜんぶやれる。たとえあの山にひとりでのぼることになったとしても、彼を見つけてみせる。シロクマと戦わなければならないとしたって。わたしはビーチで彼とキスをした。でも、その記憶《きおく》もかすみはじめてる。

目をぎゅっとつぶる。子どものころの記憶《きおく》や、学校や、ジェイコブや、ペイジや、パパにおんぶしてもらったことや、ビーチに小石を積みあげたことや、いっしょに海で泳いだ記憶《きおく》をおしのけて頭の中を探し回る。

ドレイクとわたしがビーチにすわっているのが見える。でも、なにを話しているかは、もう聞こえない。

電波の圏内《けんない》に入って、スマホが鳴りはじめる。届いたメールにすばやく目を通して、ドレイクからのメールがないか探すけど、ぜんぶパパとママからだ。わたしは読まないままほうっておく。いちばんに船からおりる。そして、ホテルまで送るというバスを無視する。

「今からドレイクを探しにいってくる」

わたしはアギに言って、全速力で走り出す。間に合わない。もう間に合わない。

第十五章

わたしは道路のわきにすわっている。横にドレイクはいない。ドレイクはどこにもいない。頭の中は、手のつけようがなくなっている。燃えている。雪が降ってる。ジャングルになってる。北極の大自然が広がってる。今まであったことと、これから起こることがぜんぶいっしょくたになってる。

時間とは、いい加減なものだ。みんなに年を取らせる。人間は、世界を秩序《ちつじょ》立てるために時間を使う。不規則な中に規則性を生み出そうとして、時間を発明した。わたし以外の人間はみんな、時間や分や日や秒に従って暮らしてるけど、そんなものは本当は存在しない。宇宙は、自分を秩《ちつ》序《じょ》立てようとする人間たちを笑うだろう。そもそも、わたしたち人間の存在に気づいていればだけど。

時間は、わたしたちの肉体をしぼませ、朽《く》ちさせる。そのせいで、怖《おそ》れられている。でも、わたしは時間に影響《えいきょう》を受けない。わたしは決して年を取らないから。

わたしは、ほかのみんなとはちがう。長いあいだ窓の外を見ていることができるし、そのせいで人間の言うところのひと晩を失ってしまった。朝食のテーブルに何時間もひとりですわって、目の前のパンや魚を見ていることもできる。じっとすわって、ぼんやりと待っているあいだに、昼が過ぎ、夜が過ぎて、次の日の朝食になり、わたしの好きな女の人がやってきて、となりにすわり、人間の言うところの二分しか経《た》ってなかったことがわかる。

わたしは昼から夜へ、夜から昼へ、大またで歩いていく。わたしは眠る必要がない。

わたしはスーパーウーマンだ。わたしはここにドレイクを探しにきた。だから、彼を見つけてみせる。

わたしは四歳で、今日は小学校の最初の日だ。わたしは胸をわくわくさせて、ママと手をつないで小学校まで歩いていく。けれども、建物に近づくにつれ、やっぱり小学校なんかいきたくないと思いはじめる。家へ帰りたい。ママにそう言おうとするけど、ママは笑って、「大丈夫よ、フローラ」って言うだけだ。

わたしはママに、いきたくないと告げる。ジェイコブにいっしょにきてほしいって言うけど、ジェイコブは学校へいってしまっている。

「わたし、大きな学校へいくんだ！」

今日の朝、ジェイコブにそう言った。

「ぼくは、とても大きな学校に通ってるんだ。フローラといっしょの学校へいけたらと思うけどね、おまえの面倒《めんどう》を見られるように」

ママが笑う。

「フローラは大丈夫よ」

「わかってるよ。クリスマスまでには、クラスを仕切ってるさ。ぼくもひと目でいいから見にいきたいよ」

けれども、今はジェイコブはいないし、もうすぐで小学校に着いてしまう。もう小学校へはいきたくない。ママの手を引っぱって、そう伝えようとするけど、ママは聞こうとしない。

「あら、見て。イボンヌがいるわ。いらっしゃい、フローラ。イボンヌの娘に会わせてあげる」

わたしがその女の子を見ると、その女の子もわたしを見る。女の子のお下げは黒で、わたしのはブロンド。ふたりともグレーのスカートに赤いセーターを着てる。足首までの白いくつしたに黒いてかてかした靴をはいてる。女の子がにっこりする。わたしも笑い返す。でも、恥《は》ずかしくてたまらない。

「おはよう」わたしは言う。

「おはよう」女の子が言う。

「フローラっていうのよ」ママが言う。

「ペイジっていうの」イボンヌが言う。


目を覚ますと、自分がどこにいるかわからなかった。ピンクのシーツがかかっているベッドに寝ている。わたしは泣いてるけど、理由はわからない。ベッドには、柵《さく》がついてる。手を見る。なにも書いてない。わたしはまだ子どもで、記憶《きおく》を失っていない。まだ小さくて、字が書けない。

わたしはふつうの子どもで、ふつうの理由で泣いている。

階段をのぼってくる足音が聞こえる。だれかがわたしのようすを見にきたのだ。わたしはますます声をはりあげ、抱っこしてもらおうとする。

でも、同時に、ドレイクのことを考えている。

わたしは金属の箱の中にいて、動けない。息をしようとすると、のどがつまる。からだの片側がものすごく熱い。ここには、ほかにだれもいない。なんの音も聞こえない。自分の耳がワンワン鳴ってるだけ。その音があまりにも大きくて、脳が溶《と》けそうになる。

わたしはシーツでぎゅっとおさえつけられるようにして、ベッドに上半身をおこしてすわってる。知らない人たちがベッドの端《はし》に腰《こし》かけて、わたしを見ている。わたしは怖《こわ》くて怖《こわ》くてたまらない。

わたしはスクリーンに表示されている言葉を見ている。

〈こっちにくるなんて、むりだろ?〉

「いける!」

わたしは言う。

「ほら、ちゃんとこられたでしょ」

今、わたしは雪の中、道路の真ん中に立って、頬《ほお》にあたる陽射《ひざ》しを感じている。

わたしは向かっていた方向へ走りだす。ただひたすら走りつづける。道路わきの雪をかぶった草むらに動物がいる。雪から草の先っぽがつき出ていて、角の生えた白と茶色い毛の動物はそれを食べている。わたしが近くまで走っていっても、動物は顔もあげない。

「ドレイクはどこ？」

わたしはさけぶ。すると、動物は頭をもたげ、わたしの目をじっと見たあと、背中を向けて歩き去る。

わたしはそのあとについていく。雪におおわれた草の上を歩きながら、頑丈《がんじょう》そうなブーツをはいていてよかったと思う。トナカイ（か、トナカイっぽい動物）は野原の端《はし》までわたしを連れていくと、そこで足を止め、また草を食《は》みはじめる。前には、山がある。トナカイは、わたしにそっちへいってほしいのだ。だから、わたしはそちらへ向かって歩いていく。

「ドレイク！」

さけぶけど、答えが返ってこないのはなんとなくわかっている。

寒い。もうすぐあの角を曲がれば、わたしは見えなくなる。なにかまちがってるような気がして立ち止まり、コートの袖《そで》をおしあげて、そこに書いてある文字を読む。

〈町を出ないこと！〉〈シロクマ〉

左腕の内側に、そう書いてある。

足を止めて、まわりを見わたす。なにも見えないから、たぶん大丈夫。でも、あのトナカイがわたしをだましたのかもしれない。

手のひらに〈わたしはシロクマを見た〉〈スマホに写真あり〉と書いてある。

わたしはシロクマを見たけど、問題なかったということだ。わたしはまだ生きてる。だから、大丈夫。写真はあとで見よう。今はドレイクを探さなきゃならないから。

こっちへいっても、ドレイクが見つかるとは思えない。そう、もちろん、これは昔話によく出てくるテストなんだ。わたしには果たさなければならない目的があって、それ以外のことに気を取られてはならない。あちこちに石ころや鋭《するど》くとがった岩や崖《がけ》があるけど、まだそんなに高くまではのぼってない。ここは、道ですらない。わたしはたぶん、岩だらけの斜面《しゃめん》をのぼってここまできた。さらに進むこともできるし、もどることもできる。

もう一度腕を見る。〈町を出ないこと!〉って書いてある。つまり、引きかえしたほうがいいのかもしれない。恐《おそ》ろしい目にあうことなんてないように思えるけど、シロクマと闘《たたか》うはめになるのは避《さ》けたほうがいいに決まってる。それに、すでに一度クマたちを見たなら、もう一度見る必要はない。

そうは言いつつ、前に見える景色に惹《ひ》きつけられる。このままのぼって、尾根を乗りこえれば、その先になにがあるか見ることができる。なにがあったっておかしくない。魔法の都かもしれない。世界の果てかもしれない。ドレイクかもしれない。

あともうちょっとだけのぼって、見てみよう。それから、町へ引きかえせばいい。ちゃんと注意しながら。一箇所《かしょ》一箇所《かしょ》つぶさに見ていけば、ドレイクは見つかる。しばらくのあいだ、この現実にとどまらなきゃ。さっきみたいに過去へ流されてはだめ。

波が目の前の砂利浜《じゃりはま》におしよせる。まわりは暗くて、どこかにある街灯がわたしたちを照らしている。光が点滅《てんめつ》している。わたしは、あざやかなブルーのドレスと厚底のブーツをはいて、ドレイクとキスしている。わたしは彼にキスして、彼はわたしにキスして、わたしは彼を愛していて、彼はわたしを愛していて、まわりをすべすべした黒い小石が囲んでいる。

わたしは震《ふる》えながら尾根に立っている。目の前には、とがった岩が連なっている。雪と岩のあいだに、しょぼしょぼと草が生えている。ここには木はない。一本も。家もない。魔法の国もない。ドレイクもいない。みんなが、わたしを捕《つか》まえにくる。

ポケットでなにかが鳴る。調べてみると、スマホが出てくる。でも、ドレイクじゃない。ジェイコブという人からのメッセージで、〈お願いだからメールを読んでくれ〉と書いてある。

メールを開く。このスマホには、メールがたくさんきてるみたいだから。

第十六章

わたしはカフェでスマホにきていたメールを読んでいる。横に、ミルクコーヒーの大きなカップがあるので、少しすする。まだ熱くて、とてもおいしい。そばに男の人がいる。ここで働いている人だ。わたしが、自分のほうを見ているのに気づいて、こちらへやってくる。顔じゅうにひげが生えていて、頬《ほお》に茶色いほくろがある。

わたしは自分の頬《ほお》に触《ふ》れる。この人よりずっとたくさんブツブツがある。

「コーヒーはどう？」

「ありがとう。とてもおいしいです」

わたしはほほえんで、わたしのことをふつうだと思ってくれるように願う。

「よかった。あの、フローラ、大丈夫かい？　このあいだカバンのことですごく心配していたみたいだから」

「カバン？」

「そうだよ。そこにあるカバン。テーブルの下に忘れていったときのことだよ。覚えてる？」

わたしはわかってるふりをして、うなずく。

「ああ、そうだったわ。わたしは大丈夫です、ありがとう。ただちょっとだけ……」

最後まで言えなかった。なんてしめくくればいいのか、わからなかったから。ちょっとだけ「超人的《ちょうじんてき》」とか？　ちょっとだけ「怖《こわ》いもの知らず」？　ちょっとだけ「生きてる」？

「ちょっと混乱してただけだろ。わかってる。みんな、ここにくると、そういうふうになるんだ。ここは、独特なところだからね。最後に寝たのはいつ？」

わたしは笑った。

「覚えてない」

そして、ますます笑った。覚えてない。わたしは笑って笑って、そしてとうとう泣き出して、それから、男の人の顔に浮《う》かんだ表情に気づいた。なんとか気持ちを落ち着かせようとする。

「でも、大丈夫。わたしは平気です」

この人はいい人だ。説明したいけど、どう話せばいいのか、わからない。

「わたしは、ものを覚えるのにちょっとした工夫《くふう》が必要なんです」

両手を差し出して、袖《そで》をまくってみせる。でも、〈ドレイク〉という言葉が刻まれてるのが見えて、またすぐに元にもどす。

「頭の中に残らないんです。でも、手にはちゃんと残ってるから、大丈夫」

「すぐに睡眠《すいみん》をとったほうがいいよ」

「そうします。もし、夜になったことに気づけばね」

わたしは冗談《じょうだん》を言ってみた。

「冬は、ここへはこないほうがいいよ、もっとひどいから」

わたしは、わかったふりをしてうなずく。

「それから、このあいだ聞かれた男の子のことだけど。ドレイクだっけ？　ちょっと前にここにきたのがそうだと思う。もう一度、写真を見せてもらっていい？」

男の人は、テーブルに置いてあったわたしのスマホを取った。少し失礼な気がしたので、取り返すと、すでに画面上にドレイクの写真が表示されていた。さっきまでメールを見てたんだから、写真が表示されてるはずないのに。ドレイクはなにがあっても、前に出てくる。わたしのからだに名前を刻ませ、スマホも乗っ取りつつある。そこいらじゅうにいるのに、わたしの前には現れない。

わたしはドレイクが好き。

「やっぱりそうだ。この人だよ。若い女性がきみを探してるよって伝えたんだ。カフェの店員に話しかけられるとは思ってなかったみたいだったよ」

わたしは、あっけにとられて男の人を見た。この人は、ドレイクを見た！　ドレイクがここにいた。このカフェに。わたしは彼を見つけたんだ。ここでよかったんだ。ドレイクはここにいたんだ。ドレイクがここにいたということを頭に刻みつけて、ほかの記憶《きおく》といっしょに覚えようとする。ドレイクは、この「時」に存在してる。だから、この「時」のことは覚えられるはずだ。

「なんて言ってました？」

わたしはようやくそれだけ聞いた。

「『本当におれでまちがいないですか？』とかそんなことを言っていたよ。どこにいけば会えるか聞いたら、たいていこのへんにいると言っていた」

「わかりました」

また涙がこみあげてきたので、まばたきしてこらえようとする。それから顔をあげると、男の人はほかのお客のところへいっていたので、ちょっとのあいだだけ、泣いていいことにした。そうやって泣いたら、わたしはただここにすわって、ひたすら泣きたいんだってわかったから、そうした。何人か、声をかけてくれた人もいたけど、わたしは首をふって追いはらい、思う存分泣きつづけた。

「幸せなんです、わたし、幸せなんです」

泣きながらくりかえす。

ようやく涙が止まると、わたしはコーヒーをすすった。今度は、すっかり冷《さ》めていた。


スマホに新しいメールが届いてる。すっかり忘れていた。ぜんぶ読むことにして、一番古いジェイコブ・バンクスのメールから読みはじめる。

フローラ、おまえは本当に予想もつかない。ひとつだけわかってるのは、なにかびっくりするようなことをやるってことだけだ。北極だって？　マジで北極なのか？　今、なんとかして母さんたちの注意をそらそうとしてるけど、長くはむりだと思う。母さんたちをそっちへ帰らせないためには、死にかけなきゃならなかったくらいなんだから。おまえの冒険にとってはラッキーなことに、ぼくの容体《ようだい》はかなり悪くて、母さんたちはもしものときのためにそばについてなきゃならない。気分がいいときは、おまえはもうすぐ十八歳だって母さんたちに言い聞かせてるよ。おまえはペイジといっしょにいるんだから、今度はぼくを甘やかす番だろって。おまえのメッセージは、ちょうどいいときに届いたよ。おかげで、母さんたちも安心したみたいだ。

そういうことだ。おまえは本当にすばらしくて、イカレてるよ。一日に一回必ず、連絡《れんらく》をよこせよ。じゃないと、もうかばってやらないからな。できれば、二、三回はほしい。おまえの彼が、それだけの価値《かち》のあるやつであるよう祈《いの》るよ。どっちにしろ、あと二日したら、母さんたちにおまえがどこにいるか知らせるつもりだ。だから、それまでにそいつを探しておけよ。

おまえの冒険のほうが、連中の「苦痛緩和剤《くつうかんわざい》」よりよっぽど効《き》くな。だけど、どうかなりそうなほど心配なのも確かだ。おまえは覚えてないだろうけど、前回、薬をやめたときは、おかしいけどおまえにとってはふつうっていうすばらしい状態を取りもどすまで、躁《そう》状態になったんだ。だから、おまえがそっちにいることが怖《こわ》くてたまらない。危険だからな。万が一、なにかおかしくなったら、すぐに空港へいって、パリ行きのチケットを買え。今すぐこのことを手に書くんだ。今だぞ。

いろいろ質問してくれてありがとう。ぼくも役に立ててるんだって気持ちになれるよ。まず、いつもの復習から始めさせてくれ。

おまえとぼくは異父兄妹だ。母親は同じだ、もちろんね。父親がちがう。おまえの父親はスティーヴ。ぼくの父親はクズやろうで、母さんを置いて逃《に》げた。母さんはスティーヴと結婚《けっこん》して、ぼくにスティーヴの名字をつけたんだ。ぼくたちが仲のいい幸せな家族になれるように。実際、今、ぼくたちは仲のいい家族だ。

時間があるときに、もっとくわしく書くよ。それまでに、母さんに電話して無事だって伝えとくんだぞ。母さんがぼくの病気のことで取り乱してなかったら、とっくに見つかってるはずなんだから。

子どものころ、ぼくに抱っこされたのを覚えてるって書いてたね。しょっちゅうおまえのことは抱っこしてたよ。おまえは最高の妹だったし、今もそうだ。ちゃんと連絡《れんらく》をしろよ。

ジェイコブ

ジェイコブは、わたしが家出したことに、びっくりしてないみたいだ。ノートに〈わたしは前にもどこかへいったことがある?〉と書いておく。

次のメールはもっと短かった。


フローラ?

メールをくれ。お願いだ。無事だと知らせてくれ。それだけでいい。ひと言連絡《れんらく》をくれるだけでいいから。じゃないと、母さんたちに言うしかない。

ジェイコブ

その次のメールはもっと短かった。

フローラ! J

メッセージもきていた。返事を書かなきゃ。どこからともなく現れた、頭の中のお兄ちゃんに。

わたしは最後のメールに返信した。


ごめんなさい、わたしは元気よ。それどころか、最高の気分。わたしはなんだってできる。だから、心配しないで。お兄ちゃんの具合がよくなってますように。

フローラ

Ｐ．Ｓ．まだドレイクは見つかってないけど、もう少しで見つかりそう。今、ドレイクがきていたカフェにいるの！　わたし、ちゃんとドレイクに近づいてるのよ。

それから、今度は長いメールを、やっぱりジェイコブに書いた。覚えてることをなにもかも、心の中にある思いもすべて吐《は》き出す。でも、送信ボタンをおしたとたん、なんて書いたのかを思い出せなくなる。だから、もう一度メッセージを書いて、前にも家出したことがあるのかをたずねる。そんなはずがない。でも、もししてたとしても、わたしにはわからない。それに、ジェイコブはこれが初めてじゃないって思ってるみたい。だから、ジェイコブに教えてもらわなくちゃならない。

それから、またメールを送って、次々に質問をした。ジェイコブのことをぜんぶ知りたい。わたしのことも、うちの家族のことも。ジェイコブに、わたしが忘れてしまったことをすべて教えてもらいたい。だから、たくさん質問しなきゃ。だって、わたしは自分がなにを知らないかを知らないんだから。わかってるのは、すべて知りたいってことだけ。

そのとき、電話が鳴りはじめた。画面に〈ママ〉と表示されている。わたしはぎゅっと目をつぶる。ジェイコブのメールには、ママと話したほうがいいと書いてあった。ジェイコブの言うとおりだ。電話を取らなきゃ。でも、ペンザンスにいるふりをしなきゃいけない。

わたしはペンザンスにいる。でも、ペンザンスについてぼんやりとしか、思い出せなくなってる。

ボタンをおす。

「もしもし、ママ！」

せいいっぱい明るくて元気な声を出す。

「どうして国際電話なの？」

ママはひと言目にそう言う。声がとがってる。ママの声を聞いただけでどうしてこんな気持ちになるのか、わからない。わたしは溶《と》ける。溶《と》けて、水たまりになって、床にしたたり落ちる。十二歳になる。九歳になる。六歳になる。三歳になる。

集中しなきゃ。難しいけど、なんとか自分を現在へ引きずりもどす。でも、ママの難しい質問に対する答えはない。これがせいいっぱい。

「わからない」

「ペンザンスにいるの？」

「わたしはペンザンスに住んでる」

「わかってるわ。でも、今はペンザンスにいないでしょ」

わたしは黙《だま》っている。なんて言ったらいいのか、わからない。

「フローラ？」

「うん」

「フローラ、今、どこにいるの？」

わたしは深く息を吸いこんだ。ジェイコブのメッセージに、躁《そう》状態になってから、おかしいけどわたしにとってはふつうっていうすばらしい状態にもどったとかそんなことが、書いてあった。その状態にアクセスしようとする。すばらしい。自分に言い聞かせ、さらにつけ加える。ふつう。

「ママはフランスにきてって言ったでしょ」

これ以上ないって言うほど、すばらしくてふつうの声で言う。これは、ノートに書いてあったことだ。まちがってませんように。

「フランスにこられるかどうか、相談したいって言ったのよ。いろいろ手配しなくちゃならないから。しかも、それはもう何日も前のことでしょ。それに、おかしなメッセージを立て続けに送ってきたじゃない。あの……フランバーズにいきたいっていうメッセージ」

なんて返事をすればいいのか、思いつかない。

「本当にわたしは大丈夫。ジェイコブといっしょにいてあげて。わたしは平気だから。約束する。フランバーズにいかなくてもいいから」

ママはまだしゃべってるけど、耳に入ってこない。どうすればいいかわからない。もし北極にいるって言ったら、ママは警察に連絡《れんらく》するだろう。そしたら、警察がここまで、そう、この雪の降る場所まできて、わたしを連れ帰るにちがいない。わたしはまだドレイクを見つけてないのに。どうしてもドレイクを見つけなきゃならないのに。ドレイクが見つかれば、ドレイクが説明するのを手伝ってくれる。だから、もう怖《おそ》れる必要はない。わたしはなんだってできる。ママはまだそれをわかってないだけ。

なんて言えばいいからわからないから、電話を切った。もしママたちがペンザンスの警察に連《れん》絡《らく》したとしても、わたしは見つからない。ペンザンスにはいないから。

ドレイクを見つけるためにわたしがこんなことまでしたなんて、ドレイクは信じないだろう。

でも、わかってくれるはず、わたしたちが末永く幸せに暮らすためだって。


わたしはビーチで彼とキスをした。頭の中にぼんやりとかすんだ記憶《きおく》がある。わたしは自分をビーチへおしやる。むりやりあのときにもどろうとする。石は黒い。男の子とキスをした。でも、その記憶《きおく》をとどめておくことができない。わたしは金属の箱の中にいて耳鳴りがしてる。なにもかもがおかしい。わたしたちは、フランバーズにいってはいけない。

第十七章

顔にはまだブツブツがある。わたしはリップをぬってから外に出る。そうすれば、ブツブツから視線をそらすことができるから。こんなあざやかな色のリップを自分が買ったなんて想像できないけど、買ってよかった。見たところ、ほとんど新品みたい。

眼鏡をかけた女の人が階段の下で待ってる。わたしは、ちゃんと準備してる。

「こんにちは、アギ」

わたしは言う。アギはにっこり笑う。

「こんにちは、フローラ。わたしのこと、覚えてくれてたのね！　調子はどう？」

わたしはアギをじっと見つめる。

「わたし、アギのことを忘れたの？」

「いいの、心配しないで、フローラ」

「ごめんなさい。わたし……いろんなことを忘れちゃうの」

どうやって説明すればいいのか、わからない。

「わかってる」

アギはわたしの腕に手をかける。

「大丈夫だから。フローラの大変なことについては知ってる。ノートを見せてくれたでしょ。覚えてる？　あ、ごめん。覚えてないよね。船に乗ってるときは、フローラはぜんぜん平気そうだったんだけど、おりたとたん、どうしようもなくなっちゃって。どこにいったかわからなくなって。やっと桟橋《さんばし》にすわってるところを見つけたのよ。ボートを借りて、自分で漕《こ》いで衛星受信アンテナまでいこうとしてたの。わたしが救急車を呼ぶって言ったら、ノートを見せてくれたのよ。子どものころ病気をして、記憶《きおく》に障害《しょうがい》があるんでしょ。大丈夫。今晩はいっしょにいて、もしなにか忘れても、わたしが記憶《きおく》させてあげるから。フローラがどこかにいこうとしたら、いっしょにいくつもり」

「英語では、『記憶《きおく》させる』とは言わないの。思い出させる。わたしに思い出させる、って言うの」

「代わりに、フローラはわたしに英語を教えてくれるってことね！　ありがとう。じゃあ、さっそく、ええとイザシュッパツ？」

わたしはうなずいた。

「うん、いこう」

どこにいくのかわからなかったけど、それは言わないようにした。アギと並んで歩きながら、ようすを見てみることにする。もうほかのことは考えない。頭の中の場所にタイムトラベルしたりしない。記憶《きおく》の中に出かけていったりしない。あれが本当の記憶《きおく》なのかは、わからないけど。

わたしはこの女の人といっしょにいく。そう、アギと。そして、どこかへいって、なにかする。ドレイクにも関係あることを。

わたしたちは外へ出る。

「今日はどうしてたの？」

わたしは聞いた。それが、ふつうの会話のような気がしたから。

「ああ、楽しかったわ。フローラをベッドに寝かせてから、犬ぞりに乗りにいったの。フローラが想像するよりは、つまらないと思うけど」

「面白《おもしろ》そうだなんて思ってない」

犬ぞりに乗ってるところを想像しようとする。でも、なにがあってどんなふうなのか、さっぱりわからない。たぶん犬はいるはず。あと、そりと。でも、そりですべるなら、そこに犬なんていなくていい。

アギがわたしを寝かせてくれた。睡眠《すいみん》を取ったって気がする？　自分じゃ、よくわからない。確かに眠ったような気もする。

「そうよね。つまり、予想よりもずっとつまらなかったってこと。犬がしょっちゅうわたしのほうにきちゃうのよ。脚《あし》がアザだらけになっちゃった。それに、すごく寒かったし。あたりまえだけどね」

アギはにっこり笑った。

「それでもね！　いいのよ。ブログに書くつもり」

「読みたいな」

「もちろん！　もう一度、ウェブのアドレスを教えるね。もう一度、フローラのノートに書いておいてあげる」

「あ、ごめんなさい。わたし、ふだんはそうじゃないの……」

「わかってる。薬を飲んでないからでしょ。心配しないで。今夜、あなたのドレイクを見つけるから。あなたにとって、すごく大切なことなんでしょ。フローラにはここに友だちがいて、その友だちを見つけなきゃならないのよね」


わたしたちはどんどん歩いていった。アギはいろいろしゃべってる。わたしはちゃんと聞いてなかったけど、ドレイクの名前が耳に飛びこんできて、話に集中する。

「ドレイクのことなんだけど、教えてよ。ドレイクのことをもっと」

わたしはにっこり笑った。

「ビーチでキスしたの」

「うん、それは話してくれたわ。写真も見せてくれた。眼鏡をかけてるのよね、オタクっぽい眼鏡」

そう言ってから、アギはわたしの顔を見た。

「これって、いい意味だからね。オタク系コーデってやつ」

「オタク系コーデ」

「で、まだ彼からはなんの連絡《れんらく》もない？」

「メールやメッセージはたくさんきてる。ぜんぶ……いろんな人から」

こっちにきてからドレイクがメールをくれてたら、覚えてるはず。本当に？　覚えてるはずだと思う。コートのポケットに入ってるスマホに触《ふ》れる。今すぐ取り出して、確かめたいけど、ぐっとこらえる。そんなことしたら変だし、失礼だから。その代わりに、アギとの会話に集中する。


わたしは、自分たちの姿を空から見ている。わたしは毛皮のコートを着ている。毛皮のコートなんて、どこで買ったの？　ほかの人は、だれも毛皮なんて着ていない。

たとえば、アギも（アギ、アギ、アギ、アギ、わたしは彼女の名前を知っている）、あざやかなグリーンのジップアップのジャケットを着てる。素材は、毛皮よりも工業製品ふうのものだ。でも、わたしの毛皮も動物の毛ではない。たぶん、これも工場で作られたものだろう。少なくとも、わたしはそう思う。わたしのすてきなコートが死んだ動物から作られてないことを祈《いの》る。そんなのは、まちがってるから。

アギはダークブルーのぴったりしたジーンズに、わたしのとそっくりなスノーブーツをはいている。頭にはボンボンのついた帽子《ぼうし》をかぶってる。わたしも帽子《ぼうし》はかぶってるけど、真っ赤な毛糸の帽子《ぼうし》で、ボンボンはついていない。どこでこんなのを買ったんだろう。アギはキルトのてかてかした手袋《てぶくろ》をはめてるけど、わたしははめていない。だから、指が冷たい。

空から、わたしたちがいっしょに歩いているのをながめる。わたしたちがしゃべっているのを見て、わたしの口が動くたびに、そこから出る言葉がちゃんと意味の通ったものであることを祈《いの》る。地上のわたしがしゃべっていても、空のわたしには遠すぎて聞こえない。アギが返事をしている。っていうことは、うまくやってるのかも。ときどきアギは笑う。一度か二度、わたしの腕に触《ふ》れる。わたしはなんとかやってるみたい。わたしはふつうにしてるのかも。

わたしはビーチにドレイクとすわっている。光が点滅《てんめつ》してる。石は黒い。水も黒い。空も黒い。わたしの服も黒くて、ドレイクの服も黒い、なにもかもが黒い。わたしはドレイクといっしょで、なにもかも黒くて、わたしたちはキスしてる。

わたしは寒い場所にいる、足が動いてる。片方が、もう一方の前に出る。眼鏡をかけた女の人といっしょに道路を歩いてる。女の人がわたしを見る、その表情を見て、なにかヘンなことをやったか言ったかしてしまったことに気づく。

「ごめんなさい。今ちょっと……ぼんやりしてたの。わざとじゃないの」

「いいって、気にしないで。大丈夫だから、フローラ、フローラってすごく魅力的《みりょくてき》よ。本当に」

「ほんとに？」

「うん、ほんとよ！　フローラはすごいわよ。若くて、きれいで――」

わたしは口をはさむ。

「でも、肌《はだ》がひどいでしょ」

そして、肌《はだ》に触れる。まだ凹凸《おうとつ》がある。

「ああ、それ！　薬を飲んでないせいだと思うわ。何年くらい飲んでる？」

「十歳のときから。今は十七歳」

「じゃあ、七年間ね。七年間、ずっと飲んでたんだ。一日に何錠《じょう》？」

わたしは肩をすくめた。わからない。

「何錠《じょう》か」

「じゃあ、たとえば三錠《じょう》とするでしょ。一週間に二十一回、化学物質がフローラのからだに入る。たとえもっともな理由があったとしても……」

アギはいったん言葉をとぎらせた。

「もっとも。これってちゃんとした単語？　フローラのところのダイアナ妃《ひ》の古いインタビューで使ってるのを見たんだけど」

「もっとも。うん、ちゃんとした単語だと思う」

ダイアナ妃《ひ》が「フローラのところの人」って、いいなと思う。

「ありがとう。たとえもっともな理由があったとしても、その薬の中毒みたいになってたわけでしょ。薬の名前はわかる？」

「ううん」

「どういう薬かは？」

「知らない」

「まあ、なんにしろ、ヤク断《だ》ちの状態になってるんだと思う。もしかしたら、もっと深刻かも。やっぱりご両親に電話したほうがいいかもしれない」

アギがわたしを見たので、首をふった。

「お願い、連絡《れんらく》しないで」

アギがどうしてヤギの話なんてしてるのか、わからない。

「脳のなにかをコントロールしてるんだと思う。腫瘍《しゅよう》で脳が損傷《そんしょう》を受けたわけでしょ。あ、こんなふうにはっきり話されるのは嫌《いや》？」

わたしは笑った。

「ううん。どっちにしろ、この会話のこと忘れちゃうんだし、なに言ったたって平気よ」

「そう、昨日も同じこと言ってた。今日も。フローラの病気って、アルツハイマーみたいなものなんじゃないかな。若い女の子版の。かわいそうに。今ここだけの中で生きてるのね」

「かわいそうじゃないわ。そんなことない。わたしはドレイクが好きだもの。ドレイクとキスしたし」

「薬の名前を調べられない？　どこかで手に入れたほうがいいと思うの。薬を飲んでないと危険なんじゃないかって心配なのよ」

「調べてみる」

「そうして」

「わたしは十七歳。あなたは？」

彼女の名前はアビーだっけ？　アリー？　エリー？　エラ？　記憶《きおく》に手をのばす横から、こぼれ落ちていく。だから、名前を呼べない。

「わたし？　二十七歳よ。フローラより十歳年上」

彼女は笑った。

「ほんとのこと言って、もうおばあさんよ。だから、フローラの面倒《めんどう》を見なきゃって思うの」

「いろいろ助けてくれてありがとう」

「でも、フローラって本当に面白《おもしろ》いもの。あなたのこと、ブログに書いてもかまわない？」

「もしかして、そのことも、前にきいた？」

「うん。これからはちゃんと書きとめたほうがいいかもね。証拠《しょうこ》になるから。フローラのこと、困らせたくないの。フローラのノートに書けばいいわね。わたしたちの取り決めについて」

「そうね」

わたしたちは、なにかの中心という感じのする広場に着く。奥にレストランがいくつかとスーパーマーケット、それからホテルとパブがある。パブにいくのだろうか。わたしはためらい、新しい友だちに先にいってもらう。彼女は大丈夫というようにこちらを見て、わたしの手を取り、先に立って広場を歩きはじめる。まだまわりは明るくて、太陽の光が目にまぶしい。

「ここであなたのドレイクが見つかるんじゃないかって期待してるの。学生はみんなここで飲んでるから。そしたら、あなたの彼が、薬を手に入れるのを手伝ってくれるわよ。彼なら、どうすればいいかわかるんでしょ。見つからなかったら――」

「わたし、ビーチで彼とキスしたの」

友だちはわたしの腕をそっとたたいた。

「わかってる。知ってるわ。だから、スヴァールバルまで彼を探しにきたんでしょ。そして、今夜、とうとう彼を見つけるのよ」

「わたしたち、フランバーズにはいっちゃいけないの。ぜったいだめなの」

彼女はとても不安そうな顔をした。今は、ドレイクを見つけなきゃならない。そうじゃないと、みんながわたしを家へ帰そうとするから。

第十八章

テーブルの上に、空っぽのグラスが置いてある。目の前には、なみなみとつがれたグラスがひとつ。ビールが入ってる。わたしはどうやらビールを飲んでるみたい。お酒を飲んじゃいけない気がするけど、グラスを手にとって、一口すする。すでに口の中に残ってるのと同じ味がする。だから、もう一口すする。味は好きじゃないけど、においをかぐと、パパのことを思い出す。だから、わたしは飲みつづける。パパはビールを飲む。ママはワインを飲む。

横に女の人がすわってる。女の人は眼鏡をかけてる。わたしは彼女を知ってる。向かいの席には、ひげが生えていて、毛深くて、顔に茶色いほくろがある男の人がすわっていて、彼女と話してる。彼のことは知らないと思う。

「これ、おいしい」

わたしは人といっしょにパブにいる。そう思うと、幸せな気持ちになる。

ふたりは話すのをやめて、わたしに向かってほほえむ。

「うん。おいしいよね。やだ、フローラ、わたしのビールを飲んでる！　フローラはレモネードを飲まなきゃ。ほら、これ」

女の人は別のグラスをわたしのほうにおしやり、ビールを取っていってしまう。わたしはしかめづらをする。

うしろの壁は、木の厚い板でできている。テーブルも木だ。ここは暑くて、じっとりしてるっていってもいいくらいだけど、ここが寒い場所にあることはわかってる。ここでは、建物の中を暑くするのだ。外が寒いから。

ここにはたくさんの人がいる。みんな、椅子《いす》の背にコートをかけてる。みんなのコートはわたしのとちがう。みんなのコートは新しい素材でできていて、わたしのは毛皮でできている。

椅子《いす》に寄りかかって、お店の中を見まわす。ここから見える顔をひとつひとつじっとながめる。ここには四十二人の人がいて、ここから見るかぎり、九人が眼鏡をかけている。そのうち三人は女の人で（ひとりはわたしの横にすわってる）、六人が男の人だ。そのうち四人はかなり年を取ってるから、ドレイクの可能性のある人はふたりということになる。そのうちひとりはカウンターにすわっていて、赤い髪をしてるから、わたしのドレイクということはない。もうひとりは、テーブルにすわっていて、背を向けているので、わたしは立ちあがり、テーブルのあいだを歩いていって、彼の前に回って顔を見ることにする。彼の顔を見て、ドレイクかどうか確かめなくちゃ。

そのとき、うしろから「フローラ？」と声をかけられる。でも、女の人の声だから、ドレイクじゃない。だから、無視して、まっすぐ店の反対側まで歩いていって、ふりかえり、一番近くにいる人がわたしの愛する頭のいいドレイクかどうか確かめる。

ドレイクじゃない。でも、黒い髪をして眼鏡をかけているから（顔はちがうけど）、ポケットに手を入れてスマホを取り出し、彼の前に差し出す。この人に聞くのが一番いいような気がしたから。

「すみません、ドレイク・アンドレアソンっていう人のことを知ってますか？　こういう顔をしてるんですけど」

そして、彼に画面を見せる。でも、不在着信が十八件あったことが表示されていたので、その画面を消去し、写真の画面にもどす。男の人は眉《まゆ》をひそめて、肩をすくめ、外国語でなにかを言う。

わたしは寒い場所にいる。ここでは、みんなが英語を話すわけではない。わたしはにっこり笑って、ごめんなさいという意味だと伝わるように願う。そして、もう一度写真を見せて、問いかけるような表情を作ってみせる。

彼はスマホを受け取って、じっと見つめる。そしてもう一度肩をすくめて、首をふりながら、わたしにはわからない言葉を発する。わたしはスマホを受け取って、自分の席のほうをふりかえる。画面に〈ママ〉という表示が現れるけど、ミュートにしてあるので、着信音は鳴らない。鳴らないので、わたしは電話に出ない。

女の人がわたしの手を取り、わたしはそのままついていく。彼女は眼鏡をかけていて、わたしは彼女のことを知っている。確か名前はエラだった。

「ほらまた。フローラの席はあっちよ。わたしたちといっしょにいて。わたしたちは、フローラの友だちだから」

「わかってる」

「ここよ。これが、フローラの飲み物」

「うん」

ひげの男の人がわたしのほうに身を乗り出す。わたしは彼を知らない。

「心配ないよ、フローラ。大丈夫だ。ぼくたちといれば問題ない。きみの友だちを見つけるから。ドレイクを」

「ドレイクを探すのを手伝ってくれるの？　ありがとう！」

「どういたしまして。ぼくのこと、覚えてる？　トビーだよ。カフェにいたろ？」

ぜんぜん覚えていない。

「もちろん覚えてる」

男の人はグラスを手に取った。

「乾杯《かんぱい》」

「乾杯《かんぱい》」

目の前にグラスがひとつ置いてある。わたしはそれを手に取って、一口すする。レモネードだ。レモネードなんて嫌《いや》だ。わたしは大人なんだから、ビールを飲みたい。となりのテーブルに半分残ったビールが置いてあって、だれもいない。だから、だれも見ていないかどうか確かめて、手をのばし、グラスを取る。

ビールだ。

眼鏡をかけたアビーと男の人はふたりでしゃべってる。どうやってふたりは知り合ったんだろうと思う。

半分残っていたビールを一気にのどへ流しこむ。ピリピリする。ふたりは熱心に話しこんでいる。わたしはたいくつしはじめる。わたしはエネルギーにあふれている。どこかへいって、なにかしたい。自分でいるのには、もううんざり。これ以上、なにも理解できないかわいそうでたいくつな女の子でいるのは、耐《た》えられない。そんなのわたしじゃない。本当のフローラ・バンクスじゃない。わたしは、もっとずっといろんなことができるはず。

エマの腕をたたく。

「お手洗いへいってくる」

わたしはレモネードのグラスを取って、ちょっぴり飲み、ちゃんとふるまえることを示してみせる。まるでこのふたりが親みたい。

エマがこっちを向く。とてもやさしい顔をしている。眼鏡をかけている。ドレイクと同じ。

「大丈夫？　お手洗いはあそこよ。表示が出てるでしょ？　いっしょにいこうか？」

彼女の指さした先を見ると、お手洗いの表示が見える。

「ううん。ひとりで大丈夫。もちろんそのくらい平気。お手洗いにいくくらいできるわ」

彼女はうなずく。

「そうよね。できるわよね。ごめんね」

わたしはテーブルのあいだを歩いていく。テーブルとテーブルのあいだは離《はな》れてるけど、しょっちゅうぶつかりそうになる。お店にはたくさんの人がいるけど、満席ではない。わたしはジーンズをはいている。ポケットの中にお金が入ってるかどうか確かめる。入ってる。見たことのない紙幣《しへい》が何枚か。「クローネ」って書いてある。このクローネでもっとビールが買えるはず。真ん中に穴が空《あ》いている硬貨《こうか》もいくつかあるし。

わたしはお手洗いへいく。女の人（アリス？　アンバー？）が見ているのがわかってるから。便器にすわって袖《そで》をめくりあげ、自分が手や腕に書いたことをぜんぶ読むけど、意味がわかるのは、〈フローラ、勇気を出して〉だけ。残りは〈スーパーウーマン〉とか〈寒い場所があるのは頭の中〉とか〈ドレイクドレイクドレイク〉とか〈５８２７〉とか。あと大きな〈ドレイク〉っていう文字が、皮膚《ひふ》に刻まれている。これが一番好き。

左の手首に、〈アギ、友だち、眼鏡〉と書いてある。あの女の人のことだ。彼女の名前はアギなんだ。もうひとつのポケットにペンが入っていたので、〈スーパーウーマン〉の上に大きな字で〈アギ〉と書く。こうしておけば忘れない。あの男の人の名前もわかれば、書いておくのに。

お手洗いを出ると、ぶらぶらしながら、ふたりがわたしを待ってるかどうかちらっと見てみる。ふたりはまだしゃべっている。わたしは急いでバーへいく。長い木のカウンターで、ビールの注《そそ》ぎ口がずらりと並んでる。

ふつうの人みたいにビールを飲む。今、わたしがしなくちゃいけないのはそれだって思う。ドレイクに会えるようになる前に、わたしはふつうの女の子みたいにふるまえることを、世界に示さなきゃならない。わたしは十七歳で、ビーチで男の子とキスをしたんだから。

「ビールを四杯、もらえますか？」

バーテンダーに、できるだけていねいな口調で言う。急いで二杯飲めば、ほかの人に追いついて、ふつうになれる。

バーテンダーは、白髪《しらが》交じりのひげを生やした背の高い人で、〈Motorhead〉と書いてある黒いTシャツを着てる。

「四杯ね」

バーテンダーはくりかえしてから、わたしの顔を疑わしげに見る。

「お嬢《じょう》さん、何歳？」

なんて答えればいいのか、わからない。十七歳でまちがいないことは、わかってる。でも、この場にふさわしい答えを言いたい。本当のことじゃなくて。

「飲める年齢《ねんれい》、とか？」

思い切って言うと、バーテンダーは笑う。

「まあいいや、それで」

バーテンダーは食洗機のトレイからグラスを四つ取ると、ビールをつぎはじめる。

「休暇《きゅうか》できたの？」

「はい」

わたしは、ふつうでいることを忘れまいとする。

「ここに住んでらっしゃるんですか？　ずっと？」

「おれのひいじいさんが、ここで炭鉱労働者《たんこうろうどうしゃ》として働いてたんだ。じいさんもね。おやじはトロムソに引っ越した。おれは十九年前にここにもどってきたんだ。四代にわたってスピッツベルゲン出身だよ」

「炭鉱労働者《たんこう》？」

バーテンダーは一杯目を差し出した。わたしはバーの椅子《いす》にすわって、彼が残りのグラスにビールをつぐのを見ながら、ビールを飲んで待った。

「そうだよ。石炭を掘《ほ》ってたんだ。ひどい生活だったんだよ。どこに泊《と》まってるのか、聞いてもいいかい？」

わたしは眉《まゆ》をひそめた。これは、いい質問ではない気がする。それに、そもそも答えがわからない。

彼は笑って、両手をあげた。

「ごめんごめん。なんで聞いたかって言うと、ホテルの中には、むかし炭鉱《たんこう》労働者の宿舎だったものがあるんだ。たとえば、北極ゲストハウスに泊まってるとしたら、あそこの建物はぜんぶ、元は炭鉱《たんこう》労働者が暮らしてた宿舎なんだよ。当時の扱《あつか》いはひどくてね。地獄《じごく》みたいな生活だったんだ。徒歩で雪と氷でおおわれた嵐《あらし》の吹《ふ》き荒《あ》れる谷をあがってくんだ。冬は真っ暗闇《くらやみ》だ。からだを洗う水は、ひと月に一度、バケツ一杯もらえるだけだった。『希望のあるなしにかかわらず』

ね」

　彼は笑ってわたしを見たので、わたしも笑った。

「ひどいですね」

「ああ、ひどいんだ」

　バーにはほかの人もいた。わたしはビールのお金を払って、残りの三つのグラスを持ち、すわっていた席にもどった。あともう一つあったグラスは、わたしがぜんぶ飲んだらしい。

「はい、これ」

　わたしは女の人（アギだ！　アギアギアギアギ。さっき腕に書いてあるのを読んだでしょ）とひげを生やして、頭の毛を立てている男の人に渡した。ふたりはビールを受け取って、お礼を言ったけど、わたしを見て、それから顔を見合わせた。

「今夜、ドレイクが見つかっても見つからなくても、ご家族に連絡《れんらく》はするからね。ご両親に。こっちまでむかえにきてもらわなきゃならないから」

　アギは言った。

　わたしは首を横にふってさけんだ。

「嫌《いや》よ！」

　連絡《れんらく》するなんてひどい。そんなことさせない。

「ドレイクが見つかったら、彼がうちの両親に連絡《れんらく》してくれるから。彼なら、説明できるから」

　アギが電話をしてぜんぶだいなしにしてしまったらどうしよう。アギを見ると、アギは男の人を見て、顔をしかめた。

「わたしはバカじゃない」

声がどんどん大きくなる。

「あなたたちが顔を見合わせてるのだって、わかる。わたしのこと、なにもできないって思ってることも。わたしのパパとママじゃないのに。わたしは大人よ。わたしはひとりでここにきた。でしょ？　どうやってきたとしたって、とにかくわたしはやりとげたし、ポケットにはお金もあって、ふたりにビールをおごることだってできるし、コートもスノーブーツもあるし、必要なのは、ドレイクだけなの。ドレイクだけ。どうしてもドレイクが必要なの。わたしの記憶《きおく》を取りもどしてくれるから。ママに連絡《れんらく》なんてしないで。どっちにしろ、ここはあなたたちの場所じゃない。わたしの場所よ。あなたたちがここにいるのは、わたしが想像してるからなんだから」

わたしはビールのグラスを取ると、ごくごくと飲んだ。ひどい味だったけど、むりやりのどへ流しこむ。でも、もうパパのことは思い出せなくて、吐《は》きそうになる。わたしはよろよろしながら、なんとか威厳《いげん》を保って歩き去る。どこへいけばいいかわからないけど、ビールの半分入った頑丈《がんじょう》なグラスを持ってるから、店から飛び出すことはできない。結局カウンターへもどって、スツールにすわり、さっきの男の人とまた炭鉱《たんこう》労働者のことを話そうとする。

店はしんと静まりかえってる。みんながわたしを見ている。見てないふりさえ、しないで。

わたしはふわふわと天井《てんじょう》へ飛んでいく。あまりにもつらいから。天井《てんじょう》から、自分がどなってるのが見える。わたしの声は大きくて、こんな遠くからでもはっきりと聞こえる。

「わたしを見ないで！　わたしは大丈夫だから。わたしはふつうなのよ！　ふつうよ！　それに、わたしたちはフランバーズへいってはいけないの！　ぜったいに！　ぜったいにだめなの！」

それから、わたしは泣き出す。バーテンダーのほうを見て、なにかたずねてる。でも、バーテンダーは首を横にふって、カウンターから出てくると、わたしに話しかける。すぐそばの席から、女の人がくる。年配の女の人で、たぶんわたしの知らない人が、わたしの肩に腕を回す。わたしらしい人物は彼女の肩に顔を埋《う》ずめて、泣いている。

「泣かないで、フローラ」

わたしは、地上の自分に向かってささやく。そして、自分のからだの中にもどって、手を見る。〈フローラ、勇気を持って〉じっと見つめていると、メッセージの中に吸いこまれる。わたしはフローラ。わたしは勇気を持たなきゃいけない。じゃないと、今回のことは決してうまくいかない。

わたしは親切な女の人から離《はな》れる。せっけんと煙草《たばこ》のにおいがする。

「ごめんなさい」

わたしは謝《あやま》る。鼻をすすって、バーテンダーが差し出したティッシュで顔をふく。

「お嬢《じょう》さん、ぜんぜんかまわないのよ。ここは厳《きび》しい場所だから、冬にはきちゃだめよ。わたしのことは覚えてないでしょうけど、そのブーツを売ってあげたの。あなたはとてもすてきな若い娘さんよ」

わたしはうなずく。

「ブーツをありがとう」

冬になっても、わたしはまだここにいるかもしれない。みんな口をそろえて、冬のほうがもっとひどいって言うけど、理由がわからない。これ以上寒かったり、雪が降ったりするはずがない。もしかしたら、冬には魔法が少し減るのかも。わたしを癒《いや》してくれなくなるのかも。

「わたしたちの連れなんです、ごめんなさい」

声がする。顔をあげると、女の人がいる。アリーかアンディかアビゲイルかエリーが。ドレイクじゃない。眼鏡をかけた女の人は、わたしの手を取る。

「いこう、フローラ。部屋まで送ってあげるから、寝たほうがいいわ。お酒なんて飲んじゃだめだったのよ」

ひげと髪が立っている男の人が横にいて、外国の言葉でしゃべりはじめる。バーテンダーと年配の女の人が、同じ言葉で答えている。わたしの知らない言葉でわたしのことを話してる。

すぐそばにドアがある。バーテンダーはバーにもどって、ほかの人のビールをつぎはじめる。ひげの男の人と親切な女の人とエリーは三人でわたしのことを話してる。ほかの人たちもまた、自分たちの話にもどる。もうわたしのことを見ていない。

わたしはバーのスツールからおりる。だれも気づいていない。わたしはぎこちない足取りで、ドアと自分のあいだになにもなくなるまで移動する。

そして、だれもいなくなった瞬間《しゅんかん》、わたしはぱっと走って、ドアから外へ飛び出す。ドアの外には、階段がある。そんなことは予想してなかったので、わたしは転げ落ちる。でも痛くない。わたしは弾《はず》むように下まで落ちて、結局それがいちばん早くおりる方法だったことがわかる。立ちあがると、どこも痛くない。

わたしは広場にいる。レストランがあって、ホテルが一軒《いっけん》と、もう閉店しているスーパーマーケットが見え、反対側に道路が見える。わたしはそっちに向かって走り出す。右か左かわからないので、右へ曲がり、走りつづける。

雪が降りはじめる。そろそろ暗くなるのかもしれない。

ちがう、ここは暗くならない。それが、この場所の特徴《とくちょう》だから。ずっと明るいのだ。なぜなら、この場所はわたしの頭の中にあるだけだから。昼も夜もずっと明るいまま。冬にはぜったいいきてはいけないところ。

道路のつきあたりにだれか立ってる。そっちへ向かって、全速力で走っていく。なぜなら、雪が降っていても、その人がドレイクに似てるのがわかるから。近づくにつれ、ドレイクじゃなくなるどころか、ますますドレイクに似てくる。だれかがいっしょに立ってる。女の人だ。わたしは無視して、ドレイクだけを見る。わたしのドレイク。ドレイクはわたしのことが好き。とうとうわたしはドレイクを見つけた。ドレイクなら、わたしの記憶《きおく》を取りもどしてくれる。わたしがまた覚えていられるようにしてくれる。

男の人は、ドレイクの眼鏡をかけてる。ドレイクのジーンズをはいてる。ドレイクの髪をしてる。ふたりは背を向けて、わたしとは反対方向へ歩いていく。雪でわたしのことが見えてないから。

わたしはあの人とビーチでキスをした。それは、ちゃんと知ってる。なぜなら、その記憶《きおく》はまだわたしの頭の中にあるから。彼に追いつかなきゃ。彼なら、わたしを救ってくれる。

わたしはコートを着ていない。でも、暖かい。走ってるから。わたしは走りつづける。建物の前を過ぎ、アパートの駐車場にとまっている車の横も駆《か》け抜《ぬ》ける。こっちへ向かって歩いてくる人たちともすれちがうけど、止まらない。わたしが求めてる人じゃないから。滑車《かっしゃ》とケーブルと錆《さび》だらけの大きなバケツのついた機械の残骸《ざんがい》の横も通り抜《ぬ》ける。男の人が、炭鉱《たんこう》労働者と彼らのひどい生活について話していたのを思い出す。

そう、わたしは覚えている。

覚えている。

ドレイクは前を歩いていく。そして、わたしはいろんなことを覚えている。ドレイクがそうしてくれたんだ。

雪がどんどん激しくなって、もうふたりの姿は見えない。わたしは、黒々とした海の横で足を止める。向こう側に雪をかぶった山が見える。海へ向かって桟橋《さんばし》がつき出て、ボートがいくつか、つないである。雪は音もなく降りしきり、立って見まわすと、雲がどんどん迫《せま》ってきて、なにも見えなくなる。ここにはわたししかいない。わたしはここにいる。この、わたしの頭の中にある場所に、ひとりで。ドレイクはいたけど、もういなくなってしまった。

海の上に、かすかな光が見える。沖《おき》へ出ていくボートのザブンザブンという音がする。わたしは栈橋《さんばし》の雪の上にすわる。からだを横たえ、丸くなる。雪がわたしの上に降りそそぐ。そして、暖かい白い毛布となる。

わたしは目を閉じる。

ふたたび目を開けたら、いつもの場所にある、屋根裏部屋のピンクのベッドにもどっているはずだから。

第十九章

頬《ほお》にひんやりとした枕《まくら》カバーがあたっている。わたしはのびをする。足ははだしで、つまさきをのばすと、ベッドのマットレスにぴっちりとたくしこんであるシーツに触《ふ》れる。両わきを探《さぐ》ってみる。わたしはシングルベッドに寝ていて、頭はガンガンしていて、目を開けたくない。きっとここはペンザンスで、頭の中のことはなにひとつ、本当には起こってなかったことがわかってしまうから。

手で顔に触《ふ》れてみる。顔はブツブツしてる。こめかみに指をあて、脈《みゃく》がどくどく打ってるのを感じる。

腕に、文字が書いてある。黒いペンで大きく書きなぐってある。

〈わたしはドレイクを見た〉グシャグシャの字。〈ボートの上で〉

わたしはドレイクを見たんだ。ボートの上で。思い出したいけど、思い出せない。覚えてないけど、わたしはそれを信じる。

この部屋には、ベッドがふたつある。そして、もうひとつのほうにだれかが寝ている。こんなことは、うちでは起こらない。

もうひとつのベッドに寝ている人は、こっちに顔を向けている。ベッドとベッドのあいだはせまくて、彼女はぐっすり眠ってるように見える。目は閉じていて、肌《はだ》はわたしよりもきれい。赤い頬《ほお》をして、茶色い髪をしてる。

たぶんわたしは彼女のことを知っている。そうじゃなきゃ、同じ部屋で寝たりしないだろう。もしかしたら、ペイジかもしれない。ペイジはきれいな肌《はだ》をしていて、濃い色の髪をしていた。

彼女のうしろの壁に地図が貼《は》ってあって、広い青い海に点々と島が描かれている。ベッドのあいだに小さなテーブルがあって、本が重ねてあるけど、知らない言葉で書かれてるので、読むことはできない。片方はneljantienristeys（注：フィンランドの小説『四人の交差点』トンミ・キンヌネン作）と書いてある。わたしが言葉の意味を理解する能力がなくなってしまったのか、外国の言葉で書いてあるのか、どっちかだ。

ふたたび目を閉じる。どのくらい眠ってたのか、ぜんぜんわからないけど、外は明るいから、朝か昼だろう。窓を見あげるけど、ブラインドが下がっているので、見えるのは、ブラインドの端《はし》から入ってくる光だけ。

手を見る。片手には〈フローラ。勇気を持って〉と〈ドレイク〉って書いてある。もう片方には、〈アギ〉〈寒い場所があるのはわたしの頭の中〉〈わたしはドレイクを見た〉〈ボートの上で〉とあって、腕の上のほうには〈ドレイク〉と皮膚《ひふ》に刻みこまれている。ペンで書いたんじゃない。まるで腕がわたしにしゃべりかけてるみたい。

アギは、眼鏡をかけた女の人だ。目の前の人は眼鏡はかけてないけど、ベッドで寝てるから、いらないだけだろう。わたしは頭の中で言ってみる。〈人は寝るときは眼鏡をかけない〉合ってるような気がする。からだを起こし、まわりを見まわす。彼女のベッドの端《はし》にある大きなテーブルに、眼鏡が置いてある。つるの部分をのばして、なにもない目でドアのほうを見つめてる。アギ。この女の人はアギで、わたしの友だちだ。わたしは彼女を知ってる。こうしたことがぜんぶわかることに、わたしは驚《おどろ》き、感動する。

だから、わたしはドレイクが好きなんだ。ドレイクはビーチでわたしとキスをして、覚えていられるようにしてくれたから。

わたしはまともだ。合理的に考えることができる。長いあいだ眠っていたような気がする。わたしはふつうだ。時間や場所がどんどん変わったりもしない。あの感覚がなくなるのは少し残念な気もするけど、やっぱりうれしい。わたしにはやらなければならないことがあるから。

わたしの機器《マシン》がとなりに置いてある。わたしのスマホ。手に取って、どんなことが起こってるか、見てみる。それからすぐに、見たことを後悔《こうかい》する。

赤ん坊《ぼう》の妹へ

自分が死の床《とこ》についた子どものいる母親だったらって考えてごらん。もうひとりの、いつも面《めん》倒《どう》を見てるほうの子どもはちゃんと無事に過ごせるように手配して、腫瘍《しゅよう》がある子どもの看病《かんびょう》にいったとする。なのに、もうひとりのほうが安全なはずの家にいないことがわかって、ようやく居場所をつきとめたら、北極にいて、男の子を探してるってわかったら、どうする？
母さんたちは探しはじめて約二秒で、おまえの場所を割り出したよ。母さんは死の床《とこ》のほうに残ることにして、スティーヴがおまえのところに向かった。気をつけろよ。スティーヴはあと一日か二日でスヴァールバルに着く。ぼくの予想では、おまえがドレイクを捜《さが》し当てるよりも早く、おまえのことを見つけるだろう。そして、まっすぐパリへ連れてくるはずだ。拘束衣《こうそくい》を着せたとしたって、おかしくない。

母さんたちはもちろん、警察にも電話した。その島に警官がいるなら、しかるべき人からしかるべきメッセージがきたらすぐに、おまえを探しはじめるだろう。

ペイジは、おまえとドレイクのあいだにあったことを話してくれた。おまえといっしょに家に泊《と》まってなかったことも、おまえが毛皮のコートを着てスーツケースを持って、駅へいくのを見たことも、手に大きな字で〈スピッツベルゲン〉って書いてあったことも。ペイジはなかなかの名探偵《めいたんてい》だけど、おまえの行き先は花の都パリだっていうのは信じてたんだ。おまえがそう言ったから。〈スピッツベルゲン〉って書いてあったのは、おまえが彼に取りつかれてるせいだと思ったんだ。まさか本当にいくなんて想像もしなかったって言ってたよ。母さんたちは、ペイジがおまえを見捨てたことでかんかんだよ。ペイジは今ではひどく後悔《こうかい》していて、おまえのことを心配してる。ペイジをそそのかしたのは、あのあくどい母親らしい。

そういうわけで、母さんたちはおまえが男の子を探しに北極へ飛んでいったことに気づいた。母さんがおまえを守ろうとするやり方は、ふつうの範囲《はんい》をこえてる。もはや人間業《わざ》じゃないくらいだ。おまえにも権利があるっていうことを認めようとしない。おまえも、それはある程度わかってるだろう。今後、母さんはどんな手段を使ってもおまえのことを目の届くところに置こうとすると思う。だから、おまえは今の自由を最大限に利用しなきゃいけない。

ぼくのほうは時間切れになりそうだ。最低だよ。死にたくない。ぼくは二十四歳で、二十四歳っていうのは、ふつう死なない。不公平だ。光が失われることに対して怒《いか》り狂《くる》ってる。でも、今は一瞬《いっしゅん》、そのことを封印《ふういん》して、おまえのことを考えようと思う。ここに大切なことを書いておく。

もう精神安定剤を飲まされないようにしろ。おまえはおまえでいるんだ。おまえが頑固《がんこ》だったり変だったりふつうとちがったりおかしかったりしても、それでいいんだ。それがフローラ、おまえなんだから。今のおまえなんだ。いろいろ不完全なところもあって、面倒《めんどう》で、手がかかって、母さんたちを気も狂《くる》わんばかりにさせて、ぶっ飛んでて魅力的《みりょくてき》なメールを書いて、コーンウォールのビーチで男の子と恋に落ちて、彼を追いかけて地球の果てまでいって——それがおまえなんだ。ぼくの妹なんだ。おまえは記憶喪失《きおくそうしつ》かもしれないけど、生きてる。おまえの人生を生きるんだ。

前にどうしてぼくがパリにいって、両親と一切連絡《れんらく》を取らなくなったか、たずねたね。それは、両親のおまえに対する態度に耐《た》えられなかったからなんだ。おまえを薬でおとなしくさせて、家にいさせるなんて。おまえをおまえのままでいさせないなんて。おまえに薬を飲ませるなら（おまえには必要ない薬なんだ。前向性健忘症《ぜんこうせいけんぼうしょう》に効《き》く薬はない。それ以外にも、おまえには薬を必要とするような症状《しょうじょう》はない。おまえが飲んでいる薬はぜんぶ、おまえをおとなしく静かにさせておくための、精神安定剤なんだ）、ぼくは家を出ていって、二度と母さんたちとは口をきかないって言った。それでも、母さんたちは薬を飲ませたから、ぼくは言ったとおり家を出たんだ。だけど、おまえとはずっと連絡《れんらく》を取ってたんだよ、フローラ。母さんたちはおまえの電話でぼくの番号を受信できないようにブロックしたけど、ぼくはいつだっておまえと連絡《れんらく》を取る方法を見つけ出した。メールもしたし、しゃべったし、手紙も書いた。しょっちゅう葉書も送ってたけど、おまえに届いていたかはわからない。届いているといいけど。

二週間前まで、母さんたちとはクリスマスカード以外は一切連絡《れんらく》を取っていなかった。一度だけ会ったけど、それはおまえのおかげだった。でも、そのあと、ぼくが病気になって、すべてが変わった。もう一度母さんたちが必要になったわけだ。

今話したのが真実だ。前にもおまえに話したし、これからもずっと話しつづけることができればいいと思うけど、むりそうだ。おまえは覚えてないだろうけど、おまえは前も薬を飲むのをやめて、手に負《お》えなくなって、とんでもなくて、すばらしいことをやらかしたんだ。母さんたちは最悪な出来事だったと思ってるみたいだけど、おまえとぼくは最高だったと思ってる。ぼくたちはしばらくいっしょに過ごしたんだよ。おまえがあのときのことを覚えていたらと思うよ。いっしょに歩いて、笑って、買い物して、かくれんぼをした。いっしょに映画も観《み》た。ひと晩じゅうしゃべりつづけた。おまえはぼくの全世界だ。

おまえに会えたらいいんだけど。

もし会えなかったときのために――なにもかも、ありがとう。強烈《きょうれつ》だったよ。

ジェイコブ

ジェイコブからのメールを見つめる。わたしはジェイコブのことを愛していて、ジェイコブは死にかけている。わたしは前にも逃《に》げ出したことがあった。ママとパパは何年もわたしにうそをついてきたんだ。ママたちのことは信用できない。書いておかなきゃ。〈ママとパパを信用するな〉わたしはドレイクを見つけなきゃならない。今、考えられるのは、それだけ。警察の人がここにきて、わたしを見つけて、家に連れもどされるから。それまでにドレイクを見つけられなかったら、もう一生見つけることはできない。

パパがここに来る。わたしはそれも腕に書く。文字が震《ふる》える。

パパとママからやまのようなメールやメッセージがきてるけど、わたしは読まない。ベッドの上にすわって、眠っているアギを見る。それから立ちあがり、またすぐにベッドの上にすわる。頭が痛い。吐《は》き気がする。口の中が変な味がする。

胃がひっくりかえりそう。わたしは下着とTシャツしか着てないけど、ベッドの端《はし》にかかってるのは、わたしのジーンズだったので（ラベルに名前が書いてあった）、できるだけ急いではいて、ドアを開ける。どこか近くにお手洗いがあるはず。寝室のそばには必ずお手洗いがあるものだから。

よろめきながら廊下を歩いていく。今すぐお手洗いへいかなきゃ。片《かた》っ端《ぱし》からドアを開けていく。番号がついてるドアもある。六番目のドアを開けると、中は暗くて、シャワージェルと蒸気とほかの人がトイレに入ったにおいがする。電気のスイッチを見つけて、つけると、やっぱりお手洗いだ。なんとか鍵《かぎ》をしめ、便器の上に身を乗り出して、激《はげ》しく吐《は》く。

吐《は》くときのことなんて（もちろん）忘れていたけど、吐《は》いてみて、子どものころのことを思い出す。胃がねじれてけいれんを起こし、便器にきたない水っぽいものが吐《は》き出される。もう二度と、ぜったいにビールは飲まない。書けるようになったらすぐに、手に書いて、あとでノートに書き写そう。これも〈生きるためのルール〉にしなくちゃ。

ひざをついて、髪をおさえ、吐《は》き気《け》が治《おさ》まるまでしばらくそのままのかっこうでいる。涙がわきあがり、このまままっすぐベッドへもどって眠ってしまいたくなる。でも、警察がわたしを探していて、パパ（スティーヴ）がわたしを捕《つか》まえにくる。ジェイコブに会いたいからパリへはいきたいけど、わたしを扱《あつか》いやすいように飼い慣らしていたママとパパには会いたくない。わたしはドレイクに会いたい。ドレイクに会わないまま、パリにはいけない。わたしはボートの上でドレイクを見た。それはわかってる。わたしはドレイクがボートに乗ってるのを見た。

信用できるのはジェイコブだけなのに、そのジェイコブは死にかけている。


同じ部屋にシャワーがあったので、服をぜんぶぬいで、熱いお湯で吐《は》いた痕跡《こんせき》を洗い流す。置いてあったシャワージェルとシャンプーを使い、からだじゅうをきれいにする。もちろんタオルは持ってきてなかったので、洗面ボウルの横にあったペーパータオルである程度ふいて、また服を着る。ちょっと湿《しめ》ってるような気がするけど、大丈夫。それから、だれかの歯みがき粉を指につけて、歯をみがく。たちまち口の中が雪みたいにひんやりとして、気持ちよくなる。

自分の部屋を探すのにちょっと時間がかかったけど、鍵《かぎ》がかかってない部屋はひとつしかなかったので、見つけることができた。出たときに、ちゃんとしめなかったせい。女の人、そう、アギはまだ眠ってるから、わたしはフローラって書いてある毛皮のコートや自分のだと思われるものをすべて持ち、ノートの入っているカバンを抱えて、そっと外へ出る。まだだれも起きてくる気配はない。スマホをチェックすると、起きてないのは五時十分だからだとわかる。

スノーブーツのお店で働いている女の人は、八時に出勤してきて、お店の前で待っているわたしを見つけた。わたしのノートによれば、彼女はわたしに親切にしてくれて、スノーブーツを売ってくれた。スマホとノートをさかのぼって読んで、いろんなことがわかった。ノートに領収書がはさんであるのも見つけた。そこに、お店の名前が書いてあったから、ここへきて、助けてもらおうと思ったのだ。たった今自分で書いたメモも用意してある。彼女に話す必要のあることと、彼女に頼《たの》みたいことをぜんぶリストアップしてある。

女の人はわたしを見ると、足を止めた。

「フローラ」

女の人は言った。やさしい目をしていて、灰色の髪を長くのばし、ジーンズに赤いジャンパーを着てる。

「入りなさいな。どうぞ。でも、こんなところでなにしてるの？　ゲストハウスに電話をして、アギにむかえにきてもらうわね」

「お願いがあるんです。どっちにしろ、わたしは連れもどされるから。わたしを捕《つか》まえにくるんです。わたしの父が。両親は警察にも連絡《れんらく》したけど、わたしは警察の人に会いたくないんです」

「あなたのお父さんがむかえにくるの？　それを聞いて本当に安心したわ。よかった。それに、ここの警察官はみんないい人よ。たいていのんびりしてるわ。たいした事件も起こらないからね。

少しおしゃべりしたら、電話して、あなたがここにいるって伝えるわね」

わたしは女の人のあとについてお店の中に入り、女の人がさし示したカウンターのうしろのスツールにすわった。女の人は、あわただしくお店の準備を始めた。

「ごめんなさい、本当なら知ってるはずなんですけど、お名前はなんでしたっけ？」

女の人は動きを止めて、ふりかえると、わたしを見た。

「ヘニーよ、お嬢《じょう》さん。ヘニー・オスターベルク。でね、わたしはまだあなたに名前は言ってないのよ。だから、あなたが忘れたわけじゃないってこと。わたしが名前を教えるのは、これが初めてなのよ」

「ああ、ならよかったです。ふつうの人と同じで」

「ふつうの人と同じように、コーヒーはいかが？」


ヘニーがコーヒーをいれているあいだ、わたしはなにをしてほしいのかを話した。

「前に極地研究所にいってみたらって教えてくださいましたよね」

合ってるかどうか、彼女の反応をうかがう。手元のメモにそう書いてある。メモは、ノートに書いてあることに基《もと》づいて作ってある。

「ドレイクが見つかるかもしれないって。だから、いってみたんですけど、そのときは閉まってたんです。ドレイクはここに勉強にきてるんです。ビーチでわたしとキスしたんです」

暗いビーチでふたつの影《かげ》がキスしてる。それは見えるけど、もう彼らの言っていることは聞こえない。前はちゃんと聞くことができたのに、もう聞こえなくなってしまった。

「ええ。じゃあ、あなたのお父さんがくるから、その前にもう一度、彼が見つかるかどうか試《ため》してみたいってことね？　ご両親は、その人のことをわかってくれそうもないの？」

「はい。今すぐにいきたいんです。昨日、彼を見たと思うんです。ボートで」

「わたしはあなたのドレイクのことを知ってるわけじゃないの。あのとき極地研究所へいったらって言ったのは、あそことユニスは同じ建物にあって、研究が行われているのは、あそこだから」

ヘニーはわたしにマグを渡した。

「気をつけて、熱いからね。でね、いい、フローラ、彼はここにいるのよ。あなたの言うとおり。トビーが何日か前、コーヒーショップで彼に会って、若いお嬢《じょう》さんが探してるって伝えたの。彼はちょっとドキッとしたみたいだったたって――」

ヘニーは言葉をとぎらせて、息を深く吸いこんだ。

「つまりね。彼にはこっちにつき合ってる人がいるんですって。こんなことは言いたくないんだけど、でも本当なの。トビーはあなたに言おうとしたんだけど、家から遠く離《はな》れたところにいるあなたを動揺《どうよう》させるのも心配だって言って。でも、やっぱりあなたは知っておくべきだから。相手はロシアの科学者よ、彼より年上で。ナディア・イヴァノヴォっていうの。でね、わたしはナディアのことを知ってるの。彼女はこっちにきてもう二年経《た》ってるから」

「ドレイクにつき合ってる人が？」

「残念だけど」

「ドレイクにはつき合ってる人がいます。でも、それはわたしです。ナディア・イヴァノヴォじゃなくて」

ドレイクはわたしのボーイフレンドだ。その前はペイジとつき合ってたけど、わたしとビーチでキスをして、今ではわたしのボーイフレンドのはず。わたしはヘニー・オスターベルクの言葉を頭から追い出す。

「ドレイクはどこに住んでるんですか？」

ドレイクは、わたしがペンザンスにいると思ってるから、別の女の子と仲良くしてるんだ。年上のロシア人の科学者といっしょにいるのは、さびしいから。きっと科学の話をしてるだけ。

「ええと。ナディアはちょっと離《はな》れたところに住んでるの。海の向こうにある家よ。そっちで仕事をしていて、大学にはボートでくるの。ボートを漕《こ》いでくるのよ。ドレイクも長い時間をあっちで過ごしてるんだと思う」

「じゃあ、やっぱり昨日の夜、見たのは、ドレイクだったんだわ！　ドレイクを見たの！　ボートで！」

「ええ、フローラ。そうみたいね」

わたしはコーヒーをすすった。わたしはドレイクを見たんだ。わたしはここにきた目的を果たして、ドレイクを見つけた。町を歩きまわって、とうとう彼を見つけた。うれしさがこみあがる。バカみたいなニヤニヤ笑いを浮《う》かべてるのが、自分でもわかる。顔に触《ふ》れて、笑っているのを確かめる。この女の人が、どこへいけば彼が見つかるかを教えてくれる。

「反対岸に住んでるんですね？」

「ええ。ロングイェールビーンはそこまで辺ぴな場所ではないってことになるわね。だって、あっちには家は一軒《いっけん》しかないから。桟橋《さんばし》にいけば、見えるはずよ」

「じゃあ、今もドレイクはそこに？」

「だめよ、フローラ。ナディアに電話して、ドレイクにこっちにきてもらって、面と向かってあなたと話すことにしたほうがいいわ。お父さんがむかえにくるなら、今はここから離《はな》れないほうがいいから。帰る前に彼に会ったほうがいいのは、ちゃんとわかってる。じゃないと、あなたはまたここにもどってくるでしょうから。そうじゃない？」

「たぶん」

「朝食は食べた？」

「いいえ。なにか買ってきてもいいですか？　ふたり分買ってきます」

ヘニーはじっとわたしの顔を見た。どんなテストだったにしろ、どうやらパスしたらしい。

「なら、いってらっしゃい」

ヘニーはわたしにお金を渡した。

「道路を渡ったところにある広場に、スーパーがあるから。パブの向かいよ。そこにパン売り場があるから、菓子《かし》パンをいくつか買ってきて。いいわね？　あと牛乳も買ってきてくれる？　イギリスからここまでこられたなら、お店から食べ物くらい買えるわよね。信じてるから」

わたしは紙に〈菓子《かし》パンと牛乳。ヘニー。店〉と書く。手の文字はほとんど洗い流されていたから、手にも書く。

「ありがとう、ヘニー。親切にしてくれて」

「まっすぐここに帰ってくるのよ。そうしたら、ドレイクにここに会いにきてもらえるようにしましょう。そうするって約束するわ。だから、フローラ、まっすぐここに帰ってこなくちゃだめよ。いいわね？」

「ええ。すぐもどります」

わたしはカバンを持って、ノートと事実をメモした紙をつっこむと、店を出た。そして、右へ曲がった。そっちがパン売り場のあるスーパーの方向だから。そして、言われたとおり広場へ向かって歩いていった。道路を渡る。そして、スーパーの前まできたけれど、そのまま歩きつづけて、ヘニーのお店がある通りと平行に走っている道路に出た。

そして、走り出した。ヘニーにあんなに親切にしてもらったのに、悪い気がしたけど、ドレイクがどこにいるのか聞いたら、そこへいくこと以外考えられなかった。そう、警察がくる前に。

ゲストハウスを出てから、ヘニーがお店にくるまでのあいだ、時間があったから、ドレイクとのメールを読み直した。からだがドレイクへの気持ちで火照《ほて》ってる。ドレイクは本当に存在してる。ドレイクはビーチでわたしにキスをして、それからすてきなメールをたくさん書いてくれた。ドレイクは本当にここにいる。そして、今、彼がどの家にいるか、わたしは知っている。

ドレイクは書いていた。〈きみのことを考えずにはいられない〉

〈フローラが想像しているよりもずっと長いあいだ、考えてる。きみの裸《はだか》はどんなだろうって〉

〈フローラのからだは完璧《かんぺき》だ。おれにはわかってる〉

〈おれもフローラが好きだ〉

わたしは彼が好きで、彼もわたしが好き。ナディアっていう人がいるとしても、わたしは彼のところへいって、彼と同じ空気を吸って、彼の目を見つめたい。この手で彼に触《ふ》れたい。彼の顔に、髪にさわりたい。彼のにおいをかぎたい。そうじゃなきゃ、うちに帰れない。

わたしは桟橋《さんばし》へ走った。今日は太陽が輝《かがや》いていて、雲は霞《かすみ》みたいにたなびいて美しく、雪を降らせるようには見えない。どこか別のところで雪を降らせるために、空を踊《おど》るように流れていく。

桟橋《さんばし》には小さなボートがたくさんあって、太いロープで木の桟橋《さんばし》につながれていた。青いオーバーオールをきた人が、大きな船でなにか作業をしてる。わたしを見ると、ニッと笑って、片手をあげた。わたしも手をふりかえしながら、どうすればいいか、急いで考えようとする。立ち止まっちゃだめ。

ヘニーは、桟橋《さんばし》から見えるのは、その家だけだって言っていた。向こう岸の、波打ちぎわから少しあがったところに山小屋が一軒《いっけん》見える。海を渡って、左へいったあたり。前にもあの家を見たことがある気がする。すわって、ノートを取り出し、急いでメモを書きつける。

〈ボートをお借りしてごめんなさい。盗《ぬす》んだわけじゃありません、ちゃんとお返しします。ここ

にレンタル料を置いておきます〉

わたしは、木の桟橋《さんばし》の角につながれているいちばん小さなボートのほうへ堂々と歩いていって、すぐ横にメモとお金を置き、飛ばないように石でおさえる。それから、とうぜんその権利があるかのようにロープをほどきはじめる。桟橋《さんばし》の金属の杭《くい》みたいなものにぐるりと回してあるだけなので、かんたんにはずれる。次にどうすればいいのか、わからないので、そのまま飛びのって、ロープもボートにのせる。ボートがぐらぐら揺《ゆ》れるけど、ひっくりかえりはしない。

オールを置いてある場所から苦労して引き抜《ぬ》く。もちろん、漕《こ》ぎ方なんて知らない。でも、なんとかオールを金属の輪っかの中に通す。

北極の明るい太陽の陽射《ひざ》しを浴びながら、わたしは愛する人を探しにきらきらと輝《かがや》く海へ乗り出す。なにがあっても、わたしは彼を見つける。そして、すべてを変えてみせる。

岸にいる男の人がなにかさけんでるけど、ふりかえらない。わたしは、前にもボートを漕《こ》いだことがあるらしい。腕が覚えている。前後へからだを動かすと、オールが水に切りこみ、水が固体みたいにボートを前へおし出す。

現実とは思えない。でも、きっと現実なんだと思う。わたしは海にいて、ドレイクへ向かって進んでる。世界がみるみるちぢんで、わたしとボートしかいなくなる。これこそ、わたし、フローラなんだ。わたしはとうとう勇気を手に入れたんだ。

太陽は右側から照りつけ、目がくらんでそちらがよく見えない。あっという間に町もボートも男の人も機械もうしろに遠ざかり、わたしはぜんぶ忘れようとする。二羽の鳥が、ボートに並んで泳いでる。とても小さい。写真で見たのを覚えてるけど、名前はわからない。すべすべしていて光っていて、羽毛の色は白と黒で、くっと曲がったくちばしは黄色と赤のしまになってる。鳥たちは水の上をすべるようにして海に舞《ま》いおりると、しばらくぷかぷかと浮《う》かんでいた。そしてまた、海面を滑走路《かっそうろ》みたいに使って飛び立っていった。黒い背中と、白い顔と、くちばしの赤いところが気に入る。

わたしはドレイクとキスをした。あの鳥たちはわたしの友だちだ。前に本で見たことがある。子どものころに。ほど情熱的ですてきなメールをやりとりした。そして、この世界でも、ほかの世界でも、だれもかなわないほど情熱的ですてきなメールをやりとりした。あのとき、彼はわたしのことを愛していたし、これからもきっと愛してくれる。

漕《こ》ぎ方がまちがってる。ふいに、背中がドレイクのほうを、山小屋のほうを向いていないとおかしいことに気づく。目的地から目を離《はな》したくないあまり、逆さまに漕《こ》いでたんだ。そのせいで、両腕が悲鳴をあげてる。わたしはなんとかからだとボートを動かして、顔が町のほうを向くまで回転させる。でも、桟橋《さんばし》で手をふりまわしているふたつの人影《ひとかげ》は見ないようにする。

こうやって漕《こ》ぐほうがずっと楽。前はいつ漕《こ》いだんだろう？ でも、そんなことは関係ない。わたしは町はずれの建物がどんどん小さくなっていくのを見つめる。さらにたくさんの鳥たちが近くにおりてきて、そのうち二羽がボートに並んで、旅の仲間になってくれる。

「ありがとね」

わたしは鳥たちに言う。そう、ツノメドリだ。この鳥は、ツノメドリっていうんだ。わたしは思い出してうれしくなる。

「ありがとね、ツノメドリさん」

ツノメドリは、どういたしまして、と言う。

この先にドレイクがいる。わたしは、きらきら輝《かがや》く海をドレイク・アンドレアソンへ向かって渡っていく。わたしの愛する人のところへ向かって。

第二十章

ボートの先端《せんたん》が、雪でおおわれた斜面《しゃめん》に乗りあげる。わたしも、そのとなりにおりたつ。腕が焼けるようにヒリヒリしてるのが、心地《ここち》いい。

しばらくじっと立ったまま、上を見あげる。今では、山小屋はすぐそばにある。山を少しあがった、斜面《しゃめん》がなだらかになっているあたりだ。

立ち止まって考えたり心配したりしてる余裕《よゆう》はない。今朝読んだジェイコブのメールが頭をよぎる。兄は、わたしはわたしのまま、わたしの人生を生きろと書いていた。その言葉を吸いこみ、兄が横にいてはげましてくれるのを想像しながら、山小屋までのぼっていく。そして、ためらう前にドアをノックした、力強く、四回。

家は木でできていて、完璧《かんぺき》なスロープを描いている屋根と煙突《えんとつ》がついている。絵本に出てくる家みたい。ドアは黒くぬられてる。窓のカーテンは開いていたけど、そっちへいって中をのぞいたりせず、ドアの前でじっと待つ。

心臓がバクバクいってる。なにかが起ころうとしてる。わたしは待って待って待ちつづける。もう一度ノックする。すると、中でだれかが動く気配《けはい》がした。ドアがゆっくりと開く。でも、だれもいない。中へ入ろうとすると、目の前に彼がいた。
ドレイク・アンドレアソン、わたしの愛する人が、目の前にいる。わたしたちのあいだには、少しの距離《きょり》もあいてない。わたしは彼の胸に飛びこんだ。とうとう。これまでやってきたことはすべて、この瞬間《しゅんかん》のため。わたしは彼の腕の中に飛びこむと、涙がぽろぽろと流れ落ちた。彼のにおいがする。わたしは彼とビーチでキスをした。彼のにおいを思い出すことができる。

彼はわたしを抱きあげて、唇《くちびる》にキスをする。
ううん、しなかった。
彼は前へ出て、わたしの肩に腕をまわし、引きよせる。
ううん、しなかった。
「フローラ、きてくれたなんて信じられないよ」って言う。
ううん、言わなかった。
目が合って、思いが通じ合う。
そんなことはなかった。

彼はわたしをおしやると、目の前でバタンとドアを閉めた。それが、実際あったこと。

「なんでこんなところにいるんだよ、フローラ？　うそだろ！」

そう言って、わたしの両肩に手をかけてうしろへおしやり、ドアを閉めたのだ。わたしは、ドアが閉まらないように足を差し入れようとしたけど、遅かった。ドアは閉まり、わたしは寒い外でひとり、閉まったドアに片足をかけたかっこうで立ちつくしていた。内側で鍵《かぎ》をかける音がした。

わたしはぼうぜんとドアを見つめた。こんなのおかしい。向こう側でだれかがどなってる。ドレイクの声がして、女の人がどなりかえす声がする。どうしたらいいのか、わからない。なにも感じられない。だから、その場所で立ちつくしたまま、待った。

ふたたびドアが開くと、ドレイクの代わりにきれいな女の人が立っていた。

「こんにちは」

女の人はわたしに言った。アメリカ人みたいなしゃべり方だ。ストレートのロングヘアで、バレリーナみたい。

わたしは彼女を見た。でも、答えようとしても声が出ない。

「あがっていく？」

彼女はたずねた。

うしろからドレイクの声がした。

「中に入れるな！　ストーカーなんだ」

女の人はわたしの腕に手をかけ、中に引き入れた。

「入って。入って、どういうことか、説明してくれる?」

そして、ドレイクのほうを向いた。

「最低よ! 彼女は危なくなんかないわ、見なさいよ。門前払《もんぜんばら》いを食わせるなんて、できない。いったいどういうことなの?」

ドレイクはわたしを見ようとしない。前と同じ太いフレームの眼鏡をかけてる。髪はわたしとビーチでキスしたときより少し伸《の》びて、くしゃくしゃになってる。ジーンズに紺《こん》のTシャツを着て、腕は記憶《きおく》にあるよりもずっとがっしりしてる。

「その子は頭がおかしいんだ」

わたしは、ドレイクがそんなことを言ってないふりをしようとした。どうしてなにもかもがこんなにひどいことになってしまったのか、理解しようとした。わたしはここにきた目的を果たした。ドレイクを見つけた。ドレイクはわたしにキスをして、すてきなメールをくれたはず。まだちゃんと記憶《きおく》に残ってる。なのに、どうしてこんなにひどい態度をとるのか、わからない。

「ドレイク」

わたしは呼びかけ、家の中に入った。女の人はドアを閉めた。せまい玄関に大きなコートがふたつかけてある。ここは暖かい。

「ドレイクのこと、見つけたかったの。どうしてかっていうと……」

わたしは深く息を吸いこんだ。今回のことは、これまでの人生でいちばん大切だから。

「どうしてかっていうと、わたしはあなたが好きで、あなたもわたしを好きだから。あなたはビーチでわたしにキスをした。覚えてるの。ドレイクが覚えていられるようにしてくれたの。ドレイクのおかげよ。もちろんそこに──」

最後まで言えなかった。なんて言ったらいいのかわからなかったから。わたしは横に立っているきれいな女の人のほうへ手をふって、ちゃんと見えていることを知らせた。そして、自分のきたない肌《はだ》に触《ふ》れた。

「フローラ」

わたしはドレイクの顔を見た。彼の目を見つめ、彼を飲みこんだ。彼はほんの一瞬《いっしゅん》だけ、わたしの目を見て、すぐに顔を背《そむ》けた。

「フローラ」

ドレイクはもう一度言った。ひどくばつが悪そうだ。わたしは彼の目の中を見ようとする。でも、彼はわたしのまわりに視線を泳がせるだけで、わたしを見ようとしないので、できない。

「フローラが町にきてるってことは聞いたんだ。カフェのウェイターに、女の子がおれのことを探してるって言われた。髪はブロンドで、両手にびっしり文字を書いてるって聞いて、そう、きみみたいだって思った。でも……まさか本当にフローラだなんて、一瞬《いっしゅん》たりとも思わなかったんだ。きみだなんて。まさか。フローラ・バンクスなんて。ペイジの友だちだなんて」

ドレイクは顔をゆがめた。

「ご両親はここにきてること、知ってるのか？」

「うん知ってる。ドレイク、わたしはあなたを探しにきたの。あなたのことが好きだから」

「ああ、さっきもそう言ったのは聞いたよ。けど、フローラ……。きみがどういうふうに理解してるのか、見当もつかない」

「あなたはわたしにビーチでキスをして、すてきなメールをくれた」

ドレイクは数秒だけわたしの目を見た。そして、口を開いたけど、また閉じて背を向け向こうへいってしまった。わたしは女の人のほうを見た。ナディアのほうを。

「ナディア、大丈夫だから」

おかしな声になってしまう。どう言えばいいか、わからない。いろいろなことが頭の中にあるうちに、話してしまわなければ。じゃないと、頭の中から消えてしまうから。

「これは、あなたが彼と出会う前の話なの。彼がここにくる前のこと。ペンザンスを出るときに、パーティがあったの。そして、パーティのあと、わたしがビーチにいたら、彼がきて横にすわってキスをした。彼は、とてもすてきなことをたくさん言ってくれた。そして、この小石をくれたの」

わたしは、コートのポケットにいつも入れている小石を取り出して、ふたりに見せた。

「この黒い小石を」

ふたつ目の石もポケットに入ってることはわかってたけど、今、それを彼に渡すことはできない。あとで、ぜんぶ解決したときに渡せばいい。

ドレイクが言った。

「フローラ、おれはそんなことはしてない。その石はおれの部屋にあったやつだ。きみがペンザンスのおれの部屋にいって、取ってきたんだ。おれはきみに石をあげたりしてない。きみはおれの部屋にいって、いろんなものを取っていったんだ。ケイトおばさんに聞いたよ。本当はペイジが片づけてくれるはずだったんだけど、ペイジはいかなかった」

わたしは頭をふって、彼のまちがった言葉をふりはらおうとする。

「そのあと、ドレイクはこっちへきて、わたしにメールをくれたの。わたしは返事をして、それから何度も何度もメールのやりとりをした。信じられなかった。わたしにそんなことが起こったのは、初めてだったから」

わたしはそう言って、ナディアからドレイクに視線を移した。

「これまで聞いたことがないようなすばらしいことを言ってくれた。わたしはふつうの人間なんだって思わせてくれた。ふつうよりも、もっとすばらしいって。ドレイクのおかげで……生きてるって感じられた。生きてるし、これまでとはぜんぜんちがうすばらしい存在になれた。そう、今までみたいな変わった子じゃなくて。それに、キスのことも覚えてるの。ドレイクのおかげで、覚えていられたのよ」

「フローラ――」

「それから、こっちへこられないかって、あなたはきいた。たった今、そのメールをぜんぶ読み直したところだから、ちゃんとわかってる。メールの内容は、まだ頭の中にあるの。そんなことはなかったなんて、言えないはず。だって、ぜんぶここに持ってきてるもの。そして、わたしはここにきた。わたしにとって、ドレイクはなによりも大切な存在だから。わたしはまだ、ビーチでキスしたことを忘れていない。覚えてるのよ。それだけは、記憶《きおく》から消えていかないの。それは、ドレイクだけが、わたしをわたしとして愛してくれたから。わたしをふつうにしようとしたりしなかったし、ふつうになるべきだなんて思わないでくれた。ドレイクと、兄のジェイコブだけよ。ほかの人はみんなわたしにうそをつく。だから、あなたを見つけなきゃならなかった。ほら、腕にあなたの名前を刻んだのよ」

わたしは袖《そで》をめくって、腕をふたりに見せた。

ドレイクは嫌《いや》そうな顔をした。ナディアはじっと見つめた。

そして、ドレイクをわきへおしのけると、わたしの肩に腕をかけた。

「こっちにきて、すわって、フローラ」

ナディアの英語はアメリカのアクセントだけど、彼女はロシア人のはず。そう、彼女がロシア人の科学者のナディアなのだ。ヘニーの言ったことは、まだ覚えてる。

わたしは、自分が泣いていることに気づく。涙がひっきりなしに頬《ほお》を流れていく。顔に触《ふ》れると、思っていたよりは、ブツブツは治っている。

リビングルームは暖かくて居心地《いごこち》がよかった。壁は濃《こ》い赤にぬられ、ソファーと椅子《いす》はふかふかで、クッションがいっぱいのせてある。床にはラグが敷《し》かれ、ヒーターがふたつ置いてあって、すみに机があって、パソコンが一台と、横に書類が積みあげてある。部屋には音楽が流れ、しゃがれた声の男の人がささやくように歌っていた。

ナディアはわたしをソファーへ連れていくと、ぐいとおしてすわらせた。

「きなさいよ、ドレイク。まったく。彼女はあなたを探しにここまできたのよ。あなたの名前を腕に刻んで。なんとかしなさいよ」

「ナディア」

ドレイクは小さな声で言った。そうすれば、わたしには聞こえないとでもいうみたいに。

「本当になんの話だか、さっぱりわからないんだよ。彼女は、ペイジの友だちなんだ。記憶《きおく》がないって子だよ、ほら、話しただろ。彼女の両親は、彼女のことを家に閉じこめてる。彼女にうそをついて。そこは、彼女の言うとおりだ」

わたしは激しく泣きすぎて、なにも言えなかった。

「へえ、家に閉じこめておこうとしてるとしたら、失敗みたいね」

ナディアはそう言って、わたしのほうを見た。

「電話できる人、いる?」

ナディアはわたしの肩にそっと触《ふ》れて、たずねる。

「なにか飲み物を持ってくるから。ゆっくりしてて。大丈夫。心配ないから。ちょっと、ドレイク、ちゃんと彼女と話しなさいよ。彼女は記憶《きおく》に問題があるとしても、危険なんかじゃないわ。やさしくしてあげて。まだ若いのよ。雪の中に閉め出そうとするなんて、信じられない」

ナディアがキッチンへいくと、ドレイクはわたしのとなりにすわった。そして、ためらいがちにわたしの肩をさすったので、わたしは彼の胸に顔を埋《う》めて、泣いて泣いて泣きつづけた。彼の

Tシャツの生地《きじ》が涙と鼻水でぬれるのがわかったけど、それでも泣きつづける。ドレイクは、記憶《おく》にあるのとまったく同じにおいがした。

「フローラ」

わたしが息をつくためにいったん泣きやんだとき、ドレイクは言った。

「フローラ、ふたりで少し話そう。落ち着けそう？　ふたりで話せる？」

わたしは必死になって、なんとか落ち着こうとした。泣くのをやめ、震《ふる》えながら深く息を吸いこむ。このまま彼に背中を向けて、自分の頭の中に引っこんで、三歳とか七歳になって、別の時間と場所で目を覚ましたい。でも、懸命《けんめい》に踏《ふ》みとどまる。天井《てんじょう》にもふわふわ浮《う》かんでいったりしない。今からとても大切なことを話さなきゃならないから。

わたしはドレイクといっしょにいる。きちんとした順番で、きちんとしたことを言わなければならない。そうすれば、ぜんぶうまくいく。

「フローラ、おれたちのあいだになにがあったと思ってるか、わからないけど、実際はなにもなかった。きみはペイジの友だちだった。だけど、それだけだ。おれはビーチできみにキスなんてしてない。こっちにきてくれたなんて、言ってない」

わたしは彼の黒い目を見る。髪が少し顔にかかってる。彼はわたしから離《はな》れ、少しからだをずらしたので、わたしたちのからだで触《ふ》れているところはなくなる。腕を肩に回してほしいけど、もうそういうことは起こらないのだと、わかっていた。

彼はビーチでわたしとキスをした。それはまちがいない。してないなんて、言わせない。彼がキスしたってことはわかってる。覚えてるから。

「キスしたわ。わたしはビーチにすわっていて、そしたらあなたがきて、いろいろすてきなことを話してくれた。ペイジもそのことを知ってる。だから、ペイジはもうわたしに話しかけてくれないの」

「そうか」

ドレイクは重いため息をついた。

「ああ、そこで、ぐちゃぐちゃになっちゃってるんだ。ああ、なんなんだ！　まさかきみがこんなところまで追いかけてくるとは思ってなかったよ。いいかい。ここにきてから、ペイジからやまのように怒《いか》りのメールが送られてきたよ。きみと寝ただろうって。ぜんぶ知ってるって。きみみたいに弱くてもろい子に手を出すなんてって、ひどいことをいろいろ言ってきた。友情をこわした、自分勝手な最低の男だとか。そういうことをね。

で、ペイジが怒るのはとうぜんなんだ。あの夜、確かにおれはペンザンスのビーチへいって、女の子とキスをした。あのときはいろいろうまくいってなかったから。で、キスをしたのはリリーだ。彼女はパーティにきてた。おれのいとこの友だちだよ。おれは酔《よ》っぱらってて、コーンウォールを永遠に去ろうとしてて、それで……まあ、次々といろんなことが起こって、おれは最低だし、ちゃんとしてるって言えないときもある。こっちにくることになってて、リリーとビーチですわってて、コーンウォールでの最後の夜で――ああ、確かに彼女にキスをした。だけど、相手はリリーで、フローラ、きみじゃない。だけど、そのあとうしろを見たら、きみが手すりのところに寄りかかってて、おれたちを見てた。きっとペイジに話すだろうって思った」

ドレイクはうそをついてる。うそだってわかる。ドレイクの顔が、そう言ってる。

「だけど、まさかペイジに自分とキスしたって言うとは思わなかったよ。そこまできみの頭を混乱させてしまったことは謝《あやま》る。覚えてるって信じこむなんて。悪かったよ、本当に悪かったと思ってる」

ナディアが目の前に立っていた。いつからそこにいたのか、わからない。彼女を見あげると、濃《こ》い色の液体《えきたい》が入ってるコップを差し出した。

「飲んで。ブランデーよ。そんなふうに思いこんだなんて、気の毒だと思う。あなたはとても勇気があるし、ドレイクは最低よ」

「ドレイクはうそをついてる。わたしにキスしたのよ、わかってる。覚えてるから。そのとき言った言葉だって覚えてる」

でも、言えなかった。恥《は》ずかしかったから。深く息を吸いこむ。

「それに、ドレイクのメールもあるのよ。信じられないくらいすてきなメールをくれたの。メールの彼は、今とはぜんぜんちがう」

わたしは彼をじっと見つめた。

「そう、まったくちがう。彼がメールを書いたことはわかってる。今朝、ぜんぶ読んできたから」

「メールなんて、ぜったいに送ってない。生まれてこのかた、フローラにメールなんて一度も書いたことはない」

彼はナディアを見た。

「これは本当だ。本当なんだ」

「わたしからメッセージも送ったわ」

一時間前にスマホで見たばかりだ。だから、送ったのはわかってる。

「ここの番号を知ってるはずない。前のイギリスの番号はもう使われてないんだ。もしメッセージを送ったとしても、おれは受け取ってない」

ナディアはきれいにお化粧《けしょう》をして、スリムのジーンズにきらきら光る石のついた黒いセーターを着ていた。こんなへんぴな寒い場所の山小屋で暮らしてる人のようには見えない。

わたしはカバンへ手をのばした。

「ここにメールがあるもの」

カバンの中に手を入れながら、ここにしまってないかもしれないと気づく。ヘニーに見せるために出したかもしれないし、冷たい海に投げ捨てたかもしれない。でも、ちゃんと入ってた。

「ほら」

どちらに渡していいのか、よくわからなくて、結局ドレイクに渡した。メールはドレイクのものだから。ナディアがドレイクの横にむりやりすわったので、わたしは少し横へずれた。でも、ドレイクはわたしとのあいだをつめようとしなかった。すると、ナディアが立ちあがり、こっちへきてすわった。

わたしのドレイク、わたしの愛する人は、わたしに近づくことすら嫌《いや》がっている。

ドレイクは落ち着かないようすで自分のメールにざっと目を通すと、紙束をナディアにおしつけ、立ちあがって部屋をうろうろしはじめた。わたしはもう、彼を見ることができない。どう考えたらいいのか、わからない。ドレイクが好き勝手なことを言ったって、わたしにはわからない。パーティのときにリリーっていう女の人がいたかなんて、わからない。ドレイクが好き勝手なことを言ったって、わたしにはわからない。彼の言うことよりもわたしを信じる人なんてだれもいないのを、ドレイクは知ってるから。

ナディアは一文字一文字食い入るように読んでいる。

ドレイクはパソコンを開いた。

「ほら、その紙にあるアドレスは、おれのじゃない。そのメールは、DrakeAndreasson@hotmail.comってアドレスから送られてる。でもおれのアドレスは――」

ドレイクは一瞬《いっしゅん》わたしを見て、目をそらす。

「――グーグルのアカウントだ。今どきホットメールなんて使ってるやつ、いないだろ?」

「ドレイクの言うとおりよ」

ナディアがやさしく言った。

「これはドレイクがふだん使ってるアドレスじゃない。でも――」

ナディアはドレイクをにらみつけた。

「――もしかしたら、わたしの知らないアドレスを持ってるのかもしれない。ドレイク、もしあなたがこれを書いたとしても、別にいいわよ。わたしはかまわない。だけど、病気の女の子の頭を混乱させるようなことをしたとしたら、かまわなくない。っていうか、かなりかまうわね」

「書いたのはおれじゃない。だって――おれが衛星受信アンテナにいったことがないのは、きみも知ってるだろ。おれはこんなメール、一文字だって、書いてない」

「なら、だれが書いたのよ？」

わたしは聞いた。ナディアがくれたブランデーを一気に飲み干して、立ちあがる。激しい怒《いか》りで全身が震《ふる》える。

「これ、見てよ。実際に存在してるのよ、わたしはここまできた、この寒い場所まで。このメッセージがあったから。わたしにとってはこれがすべてなの。わたしの世界を変えてくれたの。わたしはあなたを見つけにここまできた。あなたが言ったから、『フローラがここにいるなら、ちがったと思う』って。だからわたしはここへきた。あなたがわたしに会いたくないのは、もうわかった。でも、わたしに向かってそんなふうにうそばかり並べるなんて許されない。ジェイコブ以外、みんながうそをつく。もうそれは終わり。このメールは現実よ。見せてあげる。わたしのアカウントで見せてあげる。わたしの受信箱に入ってるんだから」

ドレイクがパソコンの前からどいた。激しい怒《いか》りに駆《か》りたてられて、そっちへいく。指が震《ふる》える。椅子《いす》にすわる。背もたれのない、パソコン専用らしい椅子《いす》に。

わたしは天井にいて、自分を見ている。わたしの指がキーをおしている。ナディアもきて、ドレイクといっしょにわたしのうしろに立つ。ドレイクが手を握《にぎ》ろうとするけど、ナディアは一歩横にずれる。ドレイクによそよそしい態度を取ってる。

ドレイクが画面を見た。ドレイクが凍《こお》りつく。

ナディアも見た。ナディアも凍《こお》りついた。


わたしは自分のからだにもどって、いっしょに画面を見つめた。必死になってふたりみたいに凍《こお》りつかないようにする。

「ほら」

わたしは言う。でも、なにかがおかしいのがわかってる。自分の声が震《ふる》えるのがわかる。

「ほら、ここにあるでしょ。メールが。ここに」

わたしは、自分の受信箱を見る。でも、メッセージの差出人はぜんぶフローラ・バンクスになっている。これは、わたしの受信箱じゃない。なにかまちがえたにちがいない。

画面の一番上を見る。これは、DrakeAndreason@hotmai.com のアカウントだ。わたしたちがやりとりしたメールがぜんぶある。そう、ぜんぶ。

「このパソコンにも、このアカウントを作ってるじゃない」

わたしは言ったけど、最後のほうはほとんど声にならなかった。

「フローラ」

ドレイクが言った。怒ってる。

「きみは今、このアカウントに自分でログインしたんだ。きみがやったんだ。自分で。自分でメールを書いたんだ。ぜんぶきみが創作したんだ。そして、ここへやってきた。ストーカーだよ。本当は家を出ることも許されないのに。出ちゃいけないんだ。今すぐ警察に電話して、きみを連れ帰ってもらう。今すぐ——」

ドレイクは言葉をとぎらせ、ふうっと息を吐《は》いた。

わたしはぼうぜんと画面を見つめた。わたしの指がやったんだ。わたしの指が、ドレイクの名前のメールアカウントにログインさせた。別の説明を考えようとする。アカウントはすでに画面上に表示されてた。ナディアがプリントアウトされたメールを読んでいるあいだに、ドレイクが消去しようとしてログインしたんだ。

ちがう、そうじゃない。メールを書いたのはわたし。

でも、そんなはずがない。わたしはメールを受け取った。書いたのも自分なんて、ありえない。

「もうやめて、ドレイク！」

ナディアが言った。

「自分がなにを言ってるかわかってる？　彼女は病気なのよ。助けが必要なの。わたしたちが助けてあげなきゃいけないの。でも、警察は呼んだほうがいいわね。彼女に手を貸すのを手伝ってくれるだろうから」

「やめて」

わたしは立ちあがった。

「だれにも連絡《れんらく》しないで。なにもしないで。忘れて。もうぜんぶ忘れて。わたしは出ていくから」

椅子《いす》からコートをひったくって、ドアをあけて外へ飛び出す。ふたりとも、本気で止めようとはしなかった。

「ドレイク――」

出ていくとき、ナディアがなにか言ってるのが聞こえた。でも、わたしはそのまま走り出した。もどるわけにはいかないから、反対の方向へ走っていく。岸に引きあげられた小さなボートが二艘《にそう》あるのが見えたけど、そっちに背を向けて、山小屋の裏の急な斜面《しゃめん》を駆《か》けあがっていく。太陽が輝《かがや》いている。のぼるにつれ、斜面《しゃめん》がきつくなる。雪のあいだから小さな岩がつき出てる。遠くのほうで、キツネみたいな動物が走って逃《に》げていくのが見えた。


わたしは山のてっぺんにいた。自分がなにかひどいことをしてしまったのはわかっていたけど、それがなにかは覚えていなかった。

一分前か、一時間前までは、わかってたのに、今では記憶《きおく》から消え去って、書きとめる時間もなかったから完全に失われてしまった。なにかに近づかないようにしなければならないのはわかってるけど、なにから逃《に》げようとしてるのかはわからない。

わたしがいるのは、信じられないほど美しい氷の世界の山の上だ。はるか下には海が広がっていて、岸に二艘《にそう》の手こぎボートが引きあげられているのが見える。反対側にはなにもない。見わたすかぎり、山が連なっている。空は濃《こ》いブルーで、太陽は目がくらむような輝《かがや》きを放っている。地面には薄《うす》く雪が積もっているけど、わたしは暑い。なぜなら、大きな毛皮のコートを着ているからだ。ここは明るい雪の世界だ。現実のはずがない。わたしは、きっとまた頭の中の場所に隠《かく》れてるんだ。

ふりかえると、はるか下の、ボートの近くに山小屋が見える。わたしはあそこから逃《に》げて、ここまでのぼってきたんだ、あの中にあるものから離《はな》れたくて。本当はひとりでここにいてはいけないはずだ。ここには、なにか危険なものがいるから。

でも、あの山小屋の中にいるものに向き合うくらいなら、思い切って大自然の中へ向かったほうがいい。

木が生えていないので、隠《かく》れるにはまず尾根を渡らなければならない。そこを越《こ》えれば、すぐに大自然だ。そうしたら、もうわたしと山と岩と雪しかなくなる。尾根に立って、コートのポケットからすべすべした小石をふたつ、取り出す。なぜそんなことをしているかわからないけど、大切なことだということはわかる。石は黒くて、ちょうどふたついっしょに手に収まる大きさだ。わたしは小石をひとつずつ、思い切り遠くまで投げる。小石は雪でおおわれた岩の中に落ちて見えなくなった。わたしはほっとする。

もうすぐ、わたしはだれの目からも見えなくなる。隠《かく》れられる場所を見つけて、なにをしてしまったか思い出すまでそこでじっとしていればいい。どのくらいかかったってかまわない。この寒い場所に、これからずっといることになったとしても、かまわない。

第二十一章

「フローラ！」

遠くでだれかがわたしの名前を呼んでいる。切れ切れにしか聞こえない。だれかもわからないし、なにをしているのかもわからない。でも、彼らに会いたくないのは、わかる。

消えてしまいたい。時間と空間を一足飛びに越《こ》えてしまいたい。空にふわふわ飛んでいきたい。このからだを置いていきたい。

ううん、もうそうしたんだ。だって、わたしは今、たったひとりで、寒い世界にいるから。これは現実じゃない。なにひとつ現実じゃない。だから、青い空の広がる寒い世界で、わたしはいつまでもじっとしていられる。永遠にだって。

わたしはビーチで男の子とキスをした。袖《そで》をまくりあげる。彼の名前が腕に刻まれている。その文字を見たくないので、雪をつかみ取って、消えるまでこすりつづける。

だれかが横にすわっても、わたしはふりかえらなかった。

「ここにいたのか！　ああ、助かった」

知らない男の人だ。ドレイクじゃない。顔と頭に毛が生えてる。わたしは後ずさる。わたしは暗殺者を想像で創り出して、雪の中にすわってる自分の息の根を止めにこさせたんだ。

「ほら、おいで。立つんだ。みんながフローラのことを探してるんだよ」

暗殺者は言う。

彼は立ちあがって、わたしの知らない言葉で丘の下へ向かってなにかさけぶ。そして、手を差し出すけど、わたしは無視する。彼はふりかえって、またわたしの横にすわり、コートの袖《そで》にそっと手を置く。顔に茶色いほくろがある。とてもやさしい。暗殺者なのに。

「いこう、フローラ。こんなところにすわってるわけにはいかないよ。ここは危ないんだ。死にたくはないだろう？」

わたしは肩をすくめる。

「まあ、もしかしたら死にたいのかもしれないけど、ぼくは嫌《いや》だし、ほかの、きみを探してる人たちも死にたくない。いこう。建物の中に入らないと」

わたしは動かない。

「ぼくのこと、覚えてる？」

「いいえ」

今さら、ふりをしたってむだだから。

「ぼくはトビーだ。きみにたくさんのコーヒーを売ったよ。まあ、たいていお金はもらわなかったけど。この四日間、きみとは毎日会ってる」

わたしは首をふる。

「わたしはここにいる」

彼はとなりに腰《こし》をおろした。

「きみは飲み過ぎたんだ。ぼくたちのせいだよ。ぼくとアギがいけなかったんだ。だけど、ここまで探しにきたのは、それが理由じゃない。きみは生きていくのが大変だ。それに、すぐ感情的になる。でも、みんなだってそうなんだ。しょっちゅうあることなんだ。建物の中に入って、話そう。みんな、きみのことを心配してるんだ」

男の人はやさしそうな顔をしてる。それに、とてもいいことを言ってくれる。でも、ここにいてほしくない。

「その人たちに帰るように言って」

「帰らないよ。いいか、フローラ。建物の中に入るんだ。外にいちゃ、危ないんだ。きみを探してる人たちだって危険にさらされる」

「わたしはいかない」

「くるんだ」

彼はだれか助けにきてくれないかとまわりを見まわす。

「いいか、そうしなきゃいけないなら、きみを抱きあげて運んでいくぞ。このあたりには、クマがいるんだ。恐《おそ》ろしい話がいっぱいあるんだよ。きみがいっしょにこないっていうなら、むりやり連れていく」

「わたしは小さい女の子じゃないわ」

わたしは小さい女の子だ。今までずっと、小さい女の子だった。子どもが言われたとおりにしないと、大人は抱きあげて、運んでいく。わたしは一七歳だ。でも、どんどんほどけていって、どんどん若くなって、今に存在しなくなる。

「フローラ、最初会ったときから、きみのこと、すごいと思ってた。きみがほかとちがうことは、すぐにわかった。男の子を見つけるためにスピッツベルゲンまでたったひとりできたんだ。ぼくに何度も何度も彼のことを話して聞かせた。彼のおかげで、覚えていられたこと、ご両親がくる前に急いで彼を見つけなくちゃいけないこと。きみはやりとげる力を持った人だ。彼を見つけたんだから。だから、今、あきらめちゃだめだ。きみは記憶障害《きおくしょうがい》があるけど、でも、生きてる。自分の人生を生きることができるんだから」

だれか別の人が、同じことを言っていた。

「むりなの、もうあきらめたの、お願いだから、もういって」

「ここは危険なんだ、フローラ。ぼくは銃《じゅう》を持ってる」

「わたしを撃《う》つの？」

「ちがう。ここは、シロクマの縄張《なわば》りなんだ」

「シロクマを撃《う》ったことがあるの？」

「ない。クロスカントリーをするから、銃《じゅう》の使い方を習ったんだ。恐《おそ》ろしいことが、実際に起こってる。こんなふうになにも持たずに出てきちゃいけないんだ。冬はもっとひどい、なにも見えないからね。ここの冬は想像できるかい？」

「今は冬よ。寒いもの」

彼はにっこりした。

「今は夏の真っ盛《さか》りだよ。ここが暗くならないのは、知ってるだろ？」

「わたしの頭の中だけのことかと思ってた」

「夏には、暗くならないんだ。冬は、明るくならない。本当だよ。十一月から一月の終わりまでは、夜みたいに暗いんだ。そしてやっと、太陽が出るようになる。三月になって初めて、ちゃんとした太陽の光が町を照らし、お祭りが始まる。夏のほうがずっと楽に楽しくなれる。ここには、冬にきちゃだめだ」

わたしはブルッと震《ふる》えた。

「うん、こない」

ペンを取り出して、袖《そで》をあがるところまでせいいっぱいおしあげ、太いペンで〈スヴァールバルには冬にはこないこと〉と書く。こうすれば、これも〈生きるためのルール〉になるから。

彼は頭で下をさす。

「よし、じゃあ、帰ろう」

わたしは首をふる。「いかない」って言おうとするけど、しゃべれないことに気づく。彼がわたしの肩に腕を回すと、暖かくて本物の人間だってわかって、わたしはびっくりする。そして、彼に寄りかかる。本格的に泣き出してしまう前に、なんとか涙を止めようとする。

「わたしは役立たずなの。なにもできない。本物の人間ですらない。だって、なにが起こってるか、なにもわからないから。自分がどうしてここにいるのかもわからない。わたしはビーチでドレイクとキスをしたの」

わたしは合ってるって言ってほしくて、彼のほうを見る。わたしは、ビーチでドレイクとキスしたのを思い出せる。そのおかげでわたしはここまできた。ひとりで、この雪の国まで。

太陽で目がくらむ。光がわたしの目につきささる。わたしはまっすぐ前を見る。こんなことを言いながら、この知らない男の人の目を見ることなんてできないから。相手がだれでもかまわない。でも、どうしても言わずにはいられない。

「わたしは人間じゃない。わたしは存在してるだけ。動物みたいに」

「本気で言ってるなら」

彼は慎重《しんちょう》に言葉を選びながら言う。

「そんなのは、最低だと思うね。じゃあ、ぼくたちはぜんぜんそういうふうに感じないと思う？頭がおかしいとか、本物の人間じゃないような気がするとか、存在してないような気がするとか？　だれだって、そう感じることはあるんだ。フローラがカバンをなくしたときにふたりで話したことを、確かにぼくは覚えている。でも、だからなんだ？　きみは覚えてないけど、もしかしたら、それっていいことかもしれない。覚えてるからって、きみよりましな人間だってわけじゃないんだ。フローラにとって、ぼくは知らない人間かもしれないけど、ぼくには見えてるよ。

ぼくには見えてる、脳に深刻な障害《しょうがい》を負って苦しんでる女の子が。どうやらその子は、両親に家に閉じこめられているみたいだ。安全のためにね。でも、彼女の中には、個性的な人物が、そう、旅人がいて、そのドレイクってやつの記憶《きおく》が彼女を行動に駆《か》りたてた。フローラ、きみはここにドレイクを見つけにきたんじゃないと思うよ、自分自身を見つけにきたんだ。探してたのは、ドレイクじゃなかったんだ。彼はロマンティックなヒーローなんかじゃない。そう、ヒーローはきみだったんだ。ここにきたのはさ、彼がここのことを話しているのを聞いたからじゃないか？それできみは呼ばれたんじゃないか？

ぼくはオスロからきたんだ。やっぱりスヴァールバルに呼ばれてね。ぼくはぜんぜんたくましい冒険家タイプじゃないのに。フローラと同じで、ぼくもここにくるしかなかったんだ。なかには、ここにくるよう運命づけられている人がいるんだ。ぼくたちにはこの場所が必要なんだ」

彼はさあっと手をふって、山の輪郭《りんかく》や、岩や、雪や、どこまでも続く大自然をさし示した。

「ぼくたちは大自然の中の小さな点にならなきゃいけないんだ、北極のそばでは。真夜中の太陽。昼間の闇《やみ》。オーロラ。北極がきみを呼んだんだよ、フローラ。そして、きみはきた。あらゆることを乗りこえ、ここにきたんだ、ひとりで。きみはぼくが会った中でいちばん勇敢《ゆうかん》な人だよ」

わたしは彼を見た。

「親切で言ってくれてるだけでしょ」

「本気で言ってるんだ。きみのことを尊敬《そんけい》してる。きみは、きみの言う『ふつう』の人よりも立派だよ。だって、きみには克服《こくふく》しなきゃいけないことがたくさんあるのに、それをやってのけたんだから。でも、今はお願いだから立ちあがって、ぼくといっしょにゆっくり注意深く歩いて、山小屋にもどってくれ。なぜなら、ここから尾根をふたついったところにシロクマがいるんだ。やつらはものすごく速く走れる。だから、すぐにいかなきゃならないんだ」

山小屋の前までくると、わたしが名前を知らない（と思う）男の人はわたしを中におしこみ、それからまた斜面《しゃめん》をあがっていった。ひげのコーヒーの男の人は、見かけよりも勇敢《ゆうかん》だ。

「ドレイクの家だ。中へ入ってて。六人の人がきみを探してる。外にはクマがいるんだ。たぶん子グマを連れた母グマだ。つまり、攻撃的《こうげきてき》になってる。中で待ってて。ドアのところで。だれかが帰ってきたら、そのたびにちゃんとドアが閉まってるか、確認するんだ。あと五人、外にいるから。探しにいって、きみが無事だと伝えてくる」

わたしは凍《こお》りついたように立ちつくす。男の人は、「ドレイクの家」と言った。つまり、ここにドレイクがいるってこと？　わたしを探していたせいでだれかがクマに殺されたら、わたしはクマを探して、自分が餌《えさ》になる。クマが撃《う》たれることになったら、わたしのせい。クマはなにも悪いことはしてないのに。ただクマはクマでいるだけなのに。

わたしがバカなことをやったせいで、だれかが死ぬことになったの？　そうじゃありませんように。でも、きっとやったんだ。やったのに覚えてないという事実に、わたしはがくぜんとする。わたしのせいでクマがだれかを引き裂《さ》くことになっても、忘れて、ふだんどおりに暮らしていくなんて。だれからもその事実を告げられないまま。

数分後、ドアが勢いよく開いて、女の人がふたり、入ってきた。わたしはふたりを見た。知らない人だ。

ひとりはバレリーナみたいな人で、ライフル銃《じゅう》をドアのうしろの戸棚《とだな》に注意深くしまうと、鍵《かぎ》をかけた。

「フローラ！　もどってきたのね」

もうひとりの眼鏡をかけた女の人が言った。彼女はわたしを抱きしめた。

「ああ、助かった、本当によかった。ああ、フローラ。ビールなんて飲ませて、ごめんなさい」

彼女のことを知ってるはずらしいけど、わからない。

「外にはクマがいるの」

わたしは言った。

「わかってる」

もうひとりの女の人が返事をする。

「すわって。大丈夫。トビーたちは、ちゃんとわかってるから。本当よ。トビーがみんなを連れてきてくれる。トビーは、見かけよりもずっとタフなの」

でも、不安そうな表情を浮《う》かべている。

わたしは、ドアのすぐ前の床にすわる。ほかの人たちが帰ってくるのを見届けなければ。眼鏡をかけた女の人も横にすわって、わたしの手を取った。

「わたしよ。アギ。あなたの友だちよ」

アギ。名前を頭に入れようとする。

次にもどってきたのは、ドレイクだった。ひと目見ただけで、心臓が飛び出しそうになる。わたしはビーチで彼とキスをした。彼のことを愛してる。彼といっしょに女の人がいるけど、そう、年上の女の人がいるけど、わたしには彼のことしか目に入らない。

ドレイクがいる。わたしは立ちあがろうとして、よろめく。ドレイク！　わたしはドレイクに会うためにスヴァールバルまできた。そして今、彼がここにいる。わたしは息もろくにできずに、彼へ近づく。ドレイクなら、わたしの頭を治してくれる。すべてうまくいくようにしてくれる。

「ドレイク！」

ささやくように呼ぶ。

ドレイクがわたしを見る。その顔におびえた表情が浮《う》かぶのがわかる。なにかあったんだ。

「ドレイク」

もう一度、呼ぶ。

ドレイクはぎこちなくわたしの腕に手を置くと、別の部屋へ連れていく。床にラグが敷いてあって、すてきなソファーがある。バレリーナみたいな女の人は部屋を出ていく。

「フローラ。覚えてないんだな？」

わたしはうなずく。わたしは覚えていない。

「あなたはビーチでわたしにキスをした。それは覚えてる」

「きみはおれとキスしてない。覚えてると思ってるだけで、そうじゃないんだ。おれがきみにメールを送ったと思ってるけど、それもちがう。自分で書いてたんだ。ぜんぶきみが勝手に考え出したことなんだ。すまない、フローラ。きみが無事でよかった」

ドレイクから目をそらす。ドレイクのことを見られない。声にならない声がのどにつまり、彼に背を向けようとする。

「今回のことは、本当に悪かったと思ってる。きみがここにきたとき、そう、ちょっと前のことだけど、おれは冷たい態度を取ってしまって、きみは外へ飛び出していった。ボートが岸に残ってるのを見て、ヘニーに電話して、みんなに探しにきてもらったんだ。もうもどってこないかと思った。そうなってたら、おれのせいだ。本当に無事でよかった」

ドレイクの声を聞くのが耐《た》えられない。頭の中のスイッチが切れてたみたい。わたしはもう、ドレイクが好きじゃない。想像すらできない。わたしは彼を愛してない。わたしは彼を知らない。彼のことを知らない。今では、彼に言う言葉が思いつかない。わたしはビーチで彼とキスしなかった。この人とキスなんてしたくないし、彼もわたしなんかとキスしたくない。

前みたいな感情がもうないことが、悲しい。本物の記憶《きおく》があると思っていた自分が恋しい。でも、ドレイクのことは恋しくない。この人は、わたしの頭の中にあるドレイクじゃないから。わたしが勝手に創り出してたんだ。ドレイクという人間を、一から。

「もういいの」

彼の名前が書かれてる腕の内側の皮膚《ひふ》をこする。

「本当にもういいから」

「本当に？」

「本当に。二個持ってた小石も、捨てたから」

「前によく、形のいい小石を拾ってたんだ。ペンザンスにいたころ。ただそこにあったから。小石ってそういうものだろ。あの小石はケイトおばさんのところにあったやつだよ」

「ドレイクがくれたんじゃないの？」

「ちがう。きみはケイトおばさんとジョンおじさんのところへいった。おばさんたちにきみがきたって聞いたんだ。そのあともう一度、おれのものを取りにいくつもりだったみたいだけど、その代わりにここへきたってことだと思う」

「わたし、その人たちの家にいったの？」

「ああ」

「そう……」

石を捨ててよかった。わたしが思っていたとおりのものなんて、なにもない。

バレリーナみたいな女の人は、ナディアという名前のロシア人の科学者で、ここは彼女の家だ。ナディアはみんなにコーヒーをいれて、そのあと、温《あたた》かい濃《こ》い茶色の飲み物も回してくれた。アギがブランデーよ、と言った。わたしは、前に置かれたものはすべて飲んだ。ドレイクは別の部屋にいってしまったので、ほっとした。わたしはドレイクのことを知ってると思ってたけど、彼は知らない人だった。

そのことをしっかりメモしておかなきゃ。何度も何度も恥《はじ》をさらすようなことはしたくない。彼を探すのをやめるのは、なにがあっても忘れないようにしなければ。今すぐノートに書かないとならない。まわりを見まわすと、カバンは部屋のすみにあった。わたしは走っていってカバンを拾いあげると、ソファーにすわった。

「いつからドレイクのことを知ってるんですか?」

まるで時間になにか意味があるみたいに、ナディアにたずねる。

ナディアは肩をすくめる。

「二、三週間かな。ここだと、いろんなことがふつうとちがうのよ。彼はたいてい泊《と》まっていくけど、それって必ずしも……」

ナディアは続きも言おうとしたように見えたけど、言葉をとぎらせた。わたしのほうも聞きたくなかった。

みんな、ひと言もしゃべらない。まだ外に残ってる人がいる。トビーっていう、コーヒーをいれてくれて、クマの撃《う》ち方を知っていて、ジェイコブをのぞけばだれよりもわたしにやさしくしてくれた人が。なのに、わたしは彼のことを知らない。北極にきてから知り合った人はみんな、この部屋にいるみたい。

目をぎゅっと閉じる。からだを離《はな》れて、ふわふわ飛んで、さっきの山の上にもどりたい。そして、クマやほかの人や銃《じゅう》を持ったトビーを見つけたい。クマが死なずにすみますように。何度も飛んでいこうとするけど、このつまらないからだから逃《のが》れることはできない。カバンからペンとノートを取り出して書く。

〈わたしはビーチでドレイクとキスしていないし、ドレイクはわたしにメールは送っていない〉

これは、忘れるわけにはいかない。それから、最近の記録を読みはじめる。

そのとき、外で銃声《じゅうせい》がした。空気を引き裂《さ》き、こだまする。わたしは飛びあがって、ノートを落としてしまう。みんなに緊張《きんちょう》が走る。それを感じるけど、顔をあげることができない。みんなの顔を見たくない。

ひざを抱《かか》えて、あごをのせる。雪の上に血が飛び散るのが見える。大自然の自分の生きるべき場所で生き、獲物《えもの》のにおいをかぎ、獲物《えもの》を狩《か》っているクマが、わたしのせいで撃《う》たれてしまった。消えてしまいたい。雪の中へもどりたい。わたしのいるべき場所へいって、クマの死体を見つけたい。トビーは子グマを連れた母グマだと言っていた。子グマたちはどうなってしまうのだろう？

ドアが勢いよく開いた。ふたりの男の人がなだれこむように入ってきて、バタンとドアを閉めた。

「見て！」

ナディアがリビングルームから呼んだ。ほかにも人がいるし、ナディアの声の調子も気になって、わたしもリビングルームへ駆《か》けこむ。

窓から、シロクマが大自然へ悠々《ゆうゆう》ともどっていくのが見えた。そのあとを、二頭の子グマが追いかけていく。

クマの毛は黄色がかった白色をしていた。一歩ごとに、からだが左右に揺《ゆ》れる。ものすごく大きくて、恐《おそ》ろしい。落ち着きはらったようすで軽やかに歩いていく。ももは太く、足は巨大だ。子グマたちも母グマにくっつくように走っていく。

ふりかえると、トビーがいた。

「ほかにもクマがいたの？」

トビーはにっこり笑った。

「いや、あのクマだけだ。あの三頭だけだよ。ちょっと驚かせただけだよ。思ったよりも危険な状況《じょうきょう》だったからね」

わたしはわっと泣いて、トビーに抱きついた。トビーはわたしの髪をなでて、そっとからだを離した。

「きみに会いにきた人がいるよ」

そして、わたしのからだをくるっと回して、その人のほうに向けた。

「クマに追いかけられるとはな」

ナイロンのコートのファスナーをおろすと、模様編みのセーターが現れた。髪がグシャグシャだ。今まで数え切れないくらい会っていたけど、ここでは会うのは初めてだ。この寒い場所には、いないはずの人なのに。

信じられない。そのせいで、言葉が出てこない。手を両方とも見る。袖《そで》をまくりあげ、両腕ともチェックする。右腕の内側に震《ふる》える文字で、こう書いてある。〈パパがくる〉

もう一度、見る。合ってるみたい。

「パパ？」

パパのことは知ってる。生まれてからずっと知ってる。自分の父親なんだから。

パパはうなずく。もちろんパパに決まってる。パパのことは知ってる。生まれてからずっと。

わたしはパパの腕に飛びこんで、一生抱きしめていてほしいと願う。


みんなソファーにすわり、わたしはパパに寄りかかる。

「ジェイコブは、本当にいる人？」

それは、どうしても知らなければならない。ドレイクからのメールを勝手に創り出したんだとしたら、ジェイコブのときも同じことをしているかもしれないから。さっきノートでジェイコブのことは読んだばかりだ。ジェイコブは、わたしが必要としているときに突然現れ、メールをくれた。ドレイクは、わたしがまさに聞きたいと思っているすてきな言葉をメールに書いてきた。そして、ドレイクからのメールがこなくなると、代わりにジェイコブがメールをくれて、遠くからわたしをはげまし、質問に答え、支えてくれた。ジェイコブのメールは本物であってほしいけど、きっとそうじゃない。

「ジェイコブ？」

パパはわたしを見て、ちゃんと答えてくれた。

「そうだよ、フローラ。もちろん、ジェイコブは本当にいる。おまえのお兄さんだよ。二十四歳で、パリにいる。長いあいだ、いっしょには暮らしてなかったがな。ここにくる前に、お別れを言わなければならなかった」

「だけど……こんなメールをくれる？」

カバンを取って、スマホを探す。そして、ジェイコブからのメールを表示して、パパの前にかざす。

「これのこと。ジェイコブはこんなふうなメールを書く？　本物のジェイコブだと思う？　これはジェイコブが書いたの？　わたしじゃなくて？」

メールを読むパパの顔をじっと観察する。パパはうなずいて、気を落ち着けようとするように深く息を吸いこむ。

「ああ、そうだよ」

パパは、スマホを返しながら言う。

「そうだ。これは、おまえのお兄さんが書いたものだ。変わってないな。じゃあ、おまえたちはずっと連絡《れんらく》を取っていたんだな。気がつくべきだった。ジェイコブは、わたしたちには話さなかったよ。わたしたちが必死になっておまえの居場所を探しているときでさえ」

「じゃあ、これを書いたのはジェイコブなのね」

「そうだ。ジェイコブだよ、まちがいない。説明してくれないか、フローラ。話せることはぜんぶ、話してほしい」

わたしは部屋を見まわした。アギはトビーと話してる。ふたりを見ていると、今にもキスしそうに見える。ドレイクとナディアは、別の部屋で言い争ってる。声は聞こえるけど、なにを言ってるのかまでは聞こえない。年上の女の人は電話をしてる。

わたしは、わかってることをすべてパパに話す。頭の中から溶《と》けて消えてしまう前に急いで話す。時系列がばらばらなのはわかってるし、まちがってることがあるのもわかってるけど、今、ノートを読んだばかりなので、ほとんどが頭に残ってる。

「……それで、ここにきたの」

最後まで、わたしはなんとか話しつづける。

「そしたら、ドレイクが、わたしとはキスしてないって。たったさっきのことよ。わたしは、だれか別の人がキスしてるのを見ただけだって。わたしがキスしたんじゃなかったの。頭の中だけのことだった。わたしは覚えてると思ってたけど、そうじゃなかったの」

このことを口に出すのは嫌《いや》だったけど、説明しなければならない。わたしは話しつづける。

「メールもぜんぶそうだった。ドレイクが書いたんじゃなかったの。わたしだったの。だけど、自分がやってるなんて、わかってなかった」

言葉に出すのがつらくてたまらない。

パパはわたしの手を取った。

「彼がこれまで書いたどのメールより、おまえのメールのほうがすばらしかったと思うよ」

わたしはパパの薄《うす》いブルーの目を見て、パパが泣いているのに気づく。

「そうなの！　本当にそうなの」

わたしは、こんなときなのに笑い出す。

「これまでわたしが書いた中で、いちばんのメールだったと思う」

「その若い彼については知らないし、誤解《ごかい》してるかもしれない。でも、聞いたところじゃ、『いちばんのメール』を送ってくるような人物とは思えないな。本当の自分より百万倍もすばらしい人物にしてもらったんだから、おまえに感謝《かんしゃ》してもいいくらいだ。カサノバからはほど遠いみたいだからね」

パパはため息をついた。

「フローラ、おまえは薬を飲んでないんだな？」

「うん」

「そして、おまえは本当のおまえになった。おまえがフローラだ。パパのフローラだよ。北極まできて、たくさんの友だちを作って、探している相手を見つけた。はつらつとしていて、聡明《そうめい》で、なんでもできる。パパたちは、おまえをこっちの本当のフローラにしなくちゃいけないな。本物のフローラに。前回もそれはわかってたんだが。今回、おまえは本当に大人になった。もう守らなきゃいけない子どもじゃないんだな？　すまない、フローラ」

「そんなことないよ。わたしは、なんにもできないもの」

ちゃんと言わなきゃいけないような気がして、わたしは言った。

「パパたちはおまえのやることをいろいろ制限してきたが、おまえはその百万倍くらい、いろんなことができるよ。さあ、そろそろおまえを家に連れ帰らなきゃならない。それから……」

パパは深く息を吸いこんだ。

いろんなことが端《はし》から薄《うす》れていくのがわかって、わたしはしがみつこうとする。

「おまえのママは、おまえを守りたい一心なんだ。おまえのことを心から愛してるんだよ。ママがいろいろやったのは、愛情ゆえだ。そのせいでジェイコブはうちを出ていってしまった。ジェイコブがメールに書いていたとおりだよ。パパたちはおまえにずっとうそをつきつづけていた。ジェイコブの言うとおりだ。おまえは前にも家出したことがある。これは、三度目なんだ。そしておまえは、またやるだろう。おまえの自立について考えなきゃならない。ママの望みはただひとつ、おまえの安全なんだ。ママはおまえのことを愛してる。パパには、ママにああしろとかこうしろとか言うことができないんだ。パパがきたのは、おまえを連れ帰るためだ。パパはただ――」

パパは黙《だま》り、ごくりとつばを飲みこんだ。跳《は》ねている髪をなでつける。

「そうだな、パパはまだ、ちゃんと決められないでいるんだ、それだけだ。でも、これは選ぶ余地はない。おまえのことは連れて帰らなきゃならない。だが、おまえがここにいたいといっても、理解できる」

わたしはうなずいた。これは、三回目の旅だったんだ。わたしはできるんだ。旅ができるんだ。パパはわたしを信じてくれている。わたしは、ドレイクよりもすてきなメールを書いた。パパたちは、わたしの自立について考えてくれる。わたしはずっと薬を飲んでないけど、大丈夫だ。ヘニーが飲み物をくれた。温《あたた》かくて、湯気が立っている。わたしは受け取ると、カップを両手で包みこんだ。

考えることが多すぎる。だから、わたしは飲み物をすすって、パパに寄りかかった。

第三部

第二十二章

自分がどこにいるのか、わからない。

なにも考えられない。頭の中に言葉が浮《う》かんでは消えるけど、なにひとつ、つながらない。

なにもわからない。

わからない。

わからない。

女の人が泣いている。泣いて、泣いて、泣いてる。わたしはそれが嫌《いや》だ。


なにかいいにおいがする。目の前のテーブルに飲み物が置いてある。手をのばせば、届く。届けば、飲める。こぼしてはいけない。

じっと見つめる。ピンクと白のカップだ。手をのばして、触《ふ》れる。熱い。取っ手を持つ。持ちあげる。テーブルにこぼれる。置く。頭をのけぞらせ、目を閉じる。手になにか言葉が書いてある。

目を開ける。目の前のテーブルにカップが置いてある。わたしはもう、取ろうとしない。

この部屋のどこかに人がいて、しゃべってる。言葉を聞き取ろうとする。

「あの子は大丈夫よ」

「大丈夫じゃない。向こうにいたときのあの子を見たらよかったんだ。こんなあの子を見るのは耐《た》えられない。こんなのまちがってる。あんまりだ。あの中に、本物のあの子がいるんだぞ」

「でも、あの子は生きてるわ。安全よ。ああ、スティーヴ、わたしもわかってるの。わかってるのよ。だけど、いつまでもこんなじゃないわ。しばらくのあいだだけよ。あの子がうちに落ち着くまで。あの子を失うわけにはいかないの。あの子にまた家出させるわけにはいかない。だったら、こっちのほうがましよ、あんな――」

「あれじゃ、呼吸をしてるだけだ。生きてるとは言わない。生きてるのとはちがう」

わたしは目を閉じる。

テレビがついている。男の人と女の人が画面に映《うつ》っていて、直接わたしに話しかけてくる。

「キッチンのリフォーム」

すると、いきなり消えて、「ホームズ・アンダー・ザ・ハンマー」（注：イギリスの住宅改造番組）

という文字が出てくる。

どうしてホームが、ハンマーの下《アンダー》にあるのか、わからない。

わたしはリビングルームのすわり心地《ごこち》のいい椅子《いす》にすわって、テレビを見ている。一瞬《いっしゅん》、目を閉じる。

「ジェイコブのことは話すべきだ。少なくとも、兄がいたってことを」

「そんなふうに動揺《どうよう》させることはないわ。今のままでいいのよ」

「どこかの時点では、思い出すぞ」

わたしは食卓にすわっていて、目の前に食べ物がある。わたしはそれをじっと見つめる。パスタと、野菜と、あとなにかほかのものがある。

「これはなんていうの？」

「野菜のラザーニャよ」

女の人が言う。女の人の顔を見る。目が赤い。泣いてたんだ。彼女の前には食べ物がない。彼女はわたしのママだ。

正面には、男の人がすわってる。やっぱり野菜のラザーニャがのっているお皿があって、フォークにたっぷり取って食べている。男の人は顔をあげてにっこりほほえむけど、目の下に大きな黒いくまができている。髪が立っている。わたしのパパだ。

「食べなさい」

パパは言う。

「わたし、これが好き？」

「とてもね」

「それに、ガーリックブレッドも大好物なのよ。ほら。食べなさい」

ママが言う。

わたしは受け取るけど、中が黄色くて緑の点々がついていて、おいしそうに見えない。受け取ったのは、ママを喜ばせたいから。

野菜のラザーニャを食べてみる。おいしい。

手を見る。片方の手に〈フローラ、勇気を持って〉と書いてある。ほかにはなにも書いていない。腕の上のほうまで見てみる。どうして自分がそんなことをしているのか、わからないけど、腕にはなにもない。片方の腕の内側に小さなガーゼが貼《は》ってあって、テープでとめてある。わたしはそれをはがそうとする。

「だめよ」

ママが言う。そして、パパのほうを見る。

「あのタトゥーを取る方法を調べてみるわ。手を見るたびに勇気を持てなんて、言われる必要はないもの」

「本気か？」

「そのせいで、またなにか思いつくかもしれないでしょ」

わたしはなにも思いつかない。

なにも。

少しだけ、はっきりとしてくる。

パパとママは黒い服を着ている。ふたりとも、真剣な顔をしてる。ママのお化粧《けしょう》と香水で、ふたりがどこかへ出かけようとしているのがわかる。

「どこいくの？」

「どこもいかないわよ。さあ、もう寝なさい」

「寝たくない。疲《つか》れてないもの」

「薬を飲みなさい」

ママはわたしを二階に連れていき、さらに階段をあがって、わたしの部屋までくる。壁はぜんぶピンク色で、ふとんカバーもピンク色で、家具は白で、カーテンはピンクで、いろんな人の写真が貼《は》ってあるボードがある。男の人や女の人やわたしが映《うつ》ってる。レゴの箱と、人形とテディベアのぬいぐるみが並べてある。

「ほら、パジャマに着替《きが》えなさい」

ママが言う。着替《きが》えているあいだ、ママは薬の数を数えて、どこからか水を持ってくる。そして、わたしにコップを持たせ、薬をひとつずつ渡す。わたしはひとつずつ受け取って、水で流しこんでいく。

「さあ、ベッドに入りなさい」

わたしはふとんの中にもぐって、枕《まくら》に頭をのせる。ママはわたしにテディベアを持たせる。

「おやすみなさい」

ママはわたしのおでこにキスをして、ささやく。

「ごめんなさい、フローラ。本当にごめんなさい。こんなの、まちがってるってわかってる。あなたのパパが正しいのよ。だけど、あなたまで失うことはできないの。どうしても」

わたしは目を閉じ、暗闇《くらやみ》に沈《しず》んでいく。


目を覚ますと、カーテンのすきまから陽射《ひざ》しが差しこんでいる。一瞬《いっしゅん》、わたしは、決して暗くならない場所にいるような気がする。夜も暗くならない場所、朝の三時でもブラインドのまわりから光が入ってくる場所に。でも、夜は暗いものだから、そんな場所が存在するはずがない。陽《ひ》射《ざ》しが入るということは、昼間だということだろう。

枕元《まくらもと》にノートが置いてある。わたしはノートを手にとって、読みはじめる。


あなたはフローラ・バンクス。

今は十七歳で、コーンウォールのペンザンスで暮らしています。十歳のとき、脳に腫瘍《しゅよう》ができて、十一歳のとき、手術でとりのぞきました。そのときに、記憶《きおく》の一部も失われてしまいました。病気の前の生活のことは思い出せます。でも、病気以来、新しい記憶《きおく》を保つことができなくなりました。

あなたの症状《しょうじょう》は、前向性健忘症《ぜんこうせいけんぼうしょう》といいます。数時間なら記憶《きおく》を保つことができますが、そのあと、忘れてしまいます。忘れると、あなたはひどく混乱します。そういうときは、パパとママが、あなたがだれで、なにがどうなっているのか、思い出すのを手伝います。

日常の動作や手仕事（シャワーの使い方など）は覚えていますし、ママとパパのこともわかります。十歳までに知っていた人たちのことなら、覚えていることもあります。ほかの人のことは忘れてしまいますが、大丈夫です。あなたのまわりの人は、事情を知っていますから、わかってくれます。

あなたは、今までペンザンス以外のところで暮らしたことはありませんし、暮らしたいと思うこともありません。この町の地図はあなたの頭に入っていますし、生まれ育った場所だからです。これからもずっとわたしたちと暮らして、わたしたちが面倒《めんどう》を見ます。ひとりでほかの場所にはいくことはできません。あなたもいきたいとは思わないし、そんな必要もありません。

あなたは読み書きがとても得意です。それからテレビを見るのも好きです。

必要なものはすべてそろうよう、ママとパパが気をつけます。一日二回、薬を飲んでいます。

これからもずっと、飲みつづけてください。

愛をこめて　ママ

わたしは二回読んで、内容を頭に入れる。わたしはここで暮らしている。決して出かけない。よかった。出かけるなんて、想像もつかないから。

立ちあがると、頭がくらくらする。視界が真っ暗になり、わたしはあわてて床の上にすわる。

ここからだと、ベッドの下が見える。箱がある。わたしは手をのばして、箱を引きよせる。中は空っぽだ。ベッドの下に空の靴箱がある。なにか入ってるはずだと思うけど、どうしてそう思うのか、わからない。どうしてなにかが入ってるはずだと思うのかもわからないし、どうして空っぽの箱があるのかもわからない。

一階へ下りていく。ドアマットの上に手紙がいくつか、落ちている。そっちへいって、拾いあげる。歩くとよろめく。なにひとつ現実感がない。

手紙は三通ある。二通は白い封筒《ふうとう》にタイプでミスター&ミセス・バンクスと宛名《あてな》が記されている。三通目は茶色い封筒《ふうとう》で、やはりタイプでミセス・バンクス宛《あ》てになっている。

「なにしてるの？」

ママがわたしの手から手紙を取り、ざっと目を通す。一通、二通、三通。それから、わきへ置く。

「どうして手紙を見ていたの、フローラ？」

わたしは肩をすくめる。どうしてか、わからないから。

「わからない。床の上に落ちてたから、拾ったの」

「ふつうそうするものだから？」

「そうするものだから」

わたしはくりかえす。

ママはにっこりする。

「そうなのね。ごめんなさい、悪かったわ」

わたしは、ソファーの上に背をまっすぐのばしてすわっている。ちょっと緊張《きんちょう》してる。パパがお客さんだよ、って言ったから。わたしのところにくるなんて、だれだろう？

女の子が入ってくる。黒いロングヘアはカールしていて、デニムの短パンとピンクと緑のTシャツを着ている。

「フローラ！　ああ、フローラ。会えて本当によかった。ああ、よかった」

彼女はわたしのとなりにすわる。わたしは、彼女を見る。

「わたしよ。ペイジよ。覚えてる？　ペイジよ。あなたの友だちの」

彼女には見覚えがある。ペイジは髪をお下げにしていて、小学校の最初の日に初めて会った。

「フローラ？　フローラ、なにか言って」

「心配ない。ちょっと待ってやってくれるかい？　だんだんよくなるから。なにか飲むかい？」

「いいえ、けっこうです。ありがとうございます」

「じゃあ、あとは任せるよ」

パパは言うけど、出ていこうとしない。

「ショックなのはわかる。でも、今だけなんだ。今は、ジェイコブのことがあった直後で、フローラは安全だって、アニーは思う必要があるんだ。わかってくれるね？」

「ええ、もちろん、わかります。じゃあ、わたしたちは大丈夫ですから。フローラと話して、また友だちになったってことをわかってもらいます」

「そうじゃなかったなんて、言わなくていい。あの件については、なにも言わないでくれ」

パパの声が鋭《するど》くなる。

「わかりました、約束します。本当に、あとは大丈夫ですから」

「わかったよ。じゃあ、ドアは閉めておくから。ふたりで話すといい」

ドアが閉まったとたん、その女の子、ペイジはがらりと変わる。わたしの顔を両手ではさみ、わたしの目をのぞきこむ。

「フローラ、フローラ、わたしを見て。集中して。フローラ、わたしよ。ああ、うそでしょ、信じられない。こんなことするなんて」

ペイジはわたしの腕をつかんで、袖《そで》をめくりあげる。

「なんなの！　こんなの、フローラの腕じゃない。フローラの手じゃない！」

ペイジはわたしの右手を取る。〈フローラ、勇気を持って〉と書いてある。わたしは指をなめてこするけど、文字は消えない。

「勇気を持って。あなたの両親が少しでもチャンスをくれれば、フローラは世界一勇気のある子になれるのよ。そのタトゥーも、もう少しで消されるんでしょ？」

ペイジがなにを言ってるのか、わからない。もう片方の腕のガーゼの端《はし》っこをつまむと、ペイジがさっと払《はら》う。

「いい？　どのくらいわかってくれるかわからないけど、とにかく言うから。本当にごめんなさい、フローラ。本当にごめん。わたしはフローラにひどいことをした。フローラに八つ当たりしたのよ、本当に悪いのはドレイクだったのに。フローラ、フローラはわたしのヒーローよ。フローラはすごいわ。いい、聞いて。ドレイクはうそをついたのよ。フローラは本当にあいつとキスをしたの。フローラはそのことを覚えてた。その記憶《きおく》は本物よ。そんなことはなかったって言ったなんて、ドレイクは本当にクズよ。そんなみっともないことをするなんて、信じられない。あんなやつのこと、もうどうでもいい」

ペイジは眉《まゆ》をぐっとあげた。

「ドレイクのこと、忘れてるのよね？　わたしも新しい彼氏ができたわ。でも、フローラ！　フローラはあんな北極までいったのよ！　やりとげたの。なにもかもメモに書いて、それで北極までたどり着いたのよ。北極へいったのよ、本当にすごい。わたしもフローラみたいに強くなれるなら、なんだってする。だから、フローラのママがフローラをこんなふうにしてるのを見るのが、耐《た》えられないの。みんな、本当のフローラに出てきてほしいと思ってる。だから、これから実行するのよ。フローラのママのことは気の毒だと思うし、ママ自身がおかしくなってて、フローラにしがみついてるんだと思う。でも、だからってこんなことをすべきじゃないし、フローラのパパもそれを許すべきじゃない。まちがってるってわかってるのに。フローラのパパは、こんなことしたくないのよ。見ればわかる。でも、フローラのパパは、ママの望むとおりにするわ。ジェイコブのことがあったから。ああ、本当に悲しい。わたしがいっしょにいけばよかったのよ。ふたりでジェイコブに会いにいけばよかった」

わたしはぼうぜんとペイジを見つめて、言葉を発しようとする。わたしが北極へいった？　わたしはどこへもいったことがない。「あんな北極」っていう意味もわからない。ペイジの言葉は雑音でしかない。

わたしは彼女をじっと見つめる。彼女はペイジ。わたしの親友。

「これから毎日会いにくるから。薬はどこにしまってあるの？　洗面所？　洗面所だといいけど」

薬のびんはしょっちゅう見ている。ママはいつもわたしに薬をくれる。

「キッチン」

これは、薬がある場所を表す言葉。この言葉で、まちがいない。

「キッチンのリフォーム」

わたしは言って、顔をしかめる。どうしてそんなことを言ったのか、わからないから。

「キッチン？　まちがいないわね？　だとすると、もっとややこしいわね。方法を考えなきゃ。わたしたちで、これをやりとげるのよ。フローラのお兄さんが、もしやらなかったらわたしをどんな目に合わせるって言ったと思う？　話したって、信じないわよ、きっと。わたしのことを信じて。信じてくれるわね？」

よくわからない。わたしはうなずく。

「いいわ」

ペイジが真剣《しんけん》に考えているのが、わかる。

「こうしましょ。今日は、ふつうにふるまうの。で、金曜のフローラの誕生日にまたくるから。そのときに実行する」

「そのときに実行する」

わたしはくりかえす。

ペイジがわたしの顔をじっと見る。

「信じられない。ロボトミー手術をされたみたい。ジェイコブが、あなたのママはきっとそうするって言ってた。ジェイコブが言ってたとおりよ」

ペイジは両手でわたしの顔をはさんで、わたしの目をのぞきこむ。

「フローラ、あなたはすばらしい人よ。手に負《お》えなくて、すばらしい人。フローラみたいにパワーがある子は、ほかにはいない。あれだけのことをされても、まだパワーが輝《かがや》いてるもの。完全に薬漬《くすりづ》けにされてるのに。ううん、そんなレベルじゃない。ゾンビにされてる。今のフローラは、自分がなにをしたのかも、なにができるのかも、わかってない。これじゃ、殺したも同然よ。実の母親に殺されたのよ」

わたしは驚愕《きょうがく》してペイジを見つめる。ママはわたしを殺していない。なぜなら、わたしは生きてるから。わたし、生きてるよね？　よくわからない。

「話はまだあるの。フローラにはお兄さんがいて、あなたのことを心から愛してた。あなたに薬を飲ませるのをやめないから、ご両親と縁《えん》を切ったのよ。そのときはここまでひどくなかったけど、でもそれでもひどかった。お兄さんは遠くからフローラのことをずっと気にかけてた。すばらしい人よ。だけど今はもう亡《な》くなってしまった。だから、今度はわたしの番なの」

ペイジをじっと見る。ペイジが言ってることが嫌《いや》でたまらない。ジェイコブはわたしの兄だ。わたしに足の爪をぬらせてくれた。わたしを抱きあげてくれた。涙がひと粒《つぶ》、頬《ほお》を流れ落ちる。

ペイジがぎゅっとわたしを抱きしめる。

「あなたはドレイクとキスしたの。いいのよ、確かにわたしは彼とつき合ってたけど、フローラがキスしたことはうれしい。フローラは、頭のいいカッコいい男の子とキスしたのよ。そして、それを覚えてた。問題は、すべて彼の側にある。なのに、わたしはフローラを責めた。本当に後悔《こうかい》してる」

「わたしがドレイクとキスしたの？」

わたしは思い出そうとする。大事なことなのだろうか。前は覚えていたのだろうか。自分がだれかとキスしてるところなんて、想像もつかない。

「そうよ。それを、フローラが勝手に想像しただけだってふりしたなんて、ドレイクは最低よ。フローラの今回の旅のことは、自分の責任じゃないってことにするためだけに。本当は彼のせいなのに。フローラがドレイクとキスしたことは知ってるの。だって、写真があるから。リリーが撮《と》ったのよ、最初、わたしが信じなかったら、送ってきたの。ほら」

ペイジがスマホをかかげたので、わたしは身を乗り出して、画面をのぞきこむ。

まわりは暗くて、妙《みょう》に明るく照らされた石が映《うつ》ってる。そして、石をたどるように視線を動かしていくと、ふたつの人影《ひとかげ》がすわってる。男の子はカメラに背中を向けている。だれだかわからない。女の子はブロンドの髪をしてる。白いドレスが光の中で輝《かがや》いてる。女の子は男の子のほうに身を乗り出して、キスしてる。わたしはその子をじっと見つめる。

「フローラよ」

ペイジは女の子に触《ふ》れる。

「そして、これがドレイク」

「わたしなの？」

わたしはスマホを近づけて、確かめようとする。自分がこんなふうに見えるなんて、思ってなかった。

「そうよ。見て」

ペイジは画面に指をあてて、女の子のところを拡大する。ちょっとぼやける。ふりむくと、壁に鏡がかかっていたので、ペイジといっしょにそっちへいって、前に立ってみる。

「ほらね」

ペイジが言う。そして、わたしの頭を写真の女の子と同じ角度にかたむける。わたしは、自分の姿を見る。ペイジがスマホをかかげたので、もう一度写真を見る。

「ほんと……」

そう、これはわたしの写真だ。こうこうと光る石が広がるビーチで、男の子とキスしてる。わたしは男の子を見る。ドレイクだ。わたしはビーチでドレイクとキスをした。でも、そう思っても、なにも感じはしない。

ペイジはわたしをまたソファーまで連れていって、すわらせる。

「今はもう、ドレイクは、わたしにどう思われてるか、はっきりわかってる。何回かメールのやりとりをしたの。すごく後悔《こうかい》してるとか、衝動的《しょうどうてき》にしたことだとか、言ってたわよ。どうせフローラは覚えてないだろうから、心配ないと思ってたって。そのときしか、そういうことはしてないって言ってたけど、わたしは、どうかわからないと思ってる。わかりゃしないわ。あまりいい予感はしないわね。まあ、それはどうでもいい。あいつのことなんて、どうでもいい。大切なのはこっちよ。ここから逃《に》げ出して、また本物の人生を生きたい？」

ペイジの目を見て、これはとても重要な質問だってわかる。ペイジが、わたしにイエスと答えてほしいと思ってるのがわかるから、わたしはうなずく。もちろん本物の人生を生きたい。ペイジの話はよくわかっていなかったけど、あとでゆっくり考えられるように、書いてもらえばいい。そのとき、パパとママが入ってきた。ペイジはがらりと変わって、そろそろ帰らなきゃならないと言う。

「また明日、会いにくるからね、フローラ」

ペイジは言う。

「もしよければ。いいですか、バンクスさん？」

「前みたいにまたアニーって呼んでいいわよ、ペイジ。それにもちろんいいわ。いっしょにいてくれれば、フローラにとってもいいもの。今回のことは、あなたのせいじゃないってわかってる。いつもフローラにはとても親切にしてくれるもの」

「いえ、今回はそうじゃありませんでした。とても後悔《こうかい》してます。悪いのはフローラじゃありません、ドレイクなんです」

玄関でペイジはわたしを抱きしめる。わたしはペイジに帰ってほしくない。理解できるまで、説明してほしい。

「明日ね」

ペイジは言う。そして、ささやく。

「わたしが助けてあげる。フローラ、大好きよ」

第二十三章

「ほら、フローラ」

ママが言う。口元に笑《え》みを浮《う》かべているけど、目は笑っていない。

「吹《ふ》き消して」

「吹《ふ》き消して」

わたしはくりかえす。目の前のテーブルにケーキがのっている。カーテンは閉められ、部屋は暗いけど、カーテンのまわりから日が差しこんでいる。ここは、つねに明るいところなのかもしれない。真夜中でも明るい場所。

「ほら、消して！」

パパが言う。

まわりを見る。ペイジが横にすわってる。

「いっしょに消してもいい？」

ペイジが言う。そして、わたしの手を取って、ぎゅっと握《にぎ》る。

「いい？　ふたりでいっしょにフローラの誕生日のろうそくを吹《ふ》き消すのよ。1、2、3……」

目の前にろうそくがある。ケーキにさしてある。たくさんある。小さな炎がいくつも揺《ゆ》らめいている。わたしはペイジのまねをして、ろうそくに息を吹《ふ》きかける。炎は大きく揺《ゆ》らめいて、ふっと消える。でも、まだ少し残ってる。もう一度息を吹《ふ》きかけると、残りもぜんぶ消える。パパとママが手をたたく。わたしはそっちを見て、パパの顔を見て、ママの顔を見る。ふたりともわたしを見て、ほほえんでいる。わたしは自分の姿を見おろす。白いドレスを着ている。パーティドレスだ。そして、黄色い靴をはいている。

「さあ、ケーキを切ろう」

パパが言って、ナイフを取り、わたしに差し出す。

受け取ろうとすると、ママが身を乗り出して、さっとナイフを取る。

「わたしがやるわ。フローラにとがったナイフは危ないから」

ペイジはまだわたしの手を握《にぎ》っている。ママの言葉を聞いて、ペイジがからだを固くするのがわかる。

音楽が流れている。男の人が、ハーツ・クラブ・バンドについて歌ってるけど、どういう意味か、わからない。わたしにはなんの意味もわからない（注：ビートルズの曲「サージェント・ペパーズ・ロンリー・ハーツ・クラブ・バンド」）。

カーテンの端《はし》から光がもれ入ってくるのを見つめる。なぜかそれを見ると、悲しくなる。

「泣かないで、フローラ」

ペイジが小声で言う。

ママが小さなお皿を差し出す。白くて、縁《ふち》が金色になっていて、真ん中にケーキがのっている。受け取って、ケーキを見つめる。茶色をしている。チョコレートケーキだ。上にあざやかな色の丸いものがくっついている。とてもきれいだけど、食べたくない。

ママを見る。わたしをじっと見ている。わたしが見ているのに気づくと、にっこりほほえむ。

「食べて、フローラ。十八歳になったのよ！」

「もう大人ね」

ペイジが言う。そして、ママのほうをじっと見る。

「そうね。大人よ。フローラなりにね」

ママは言う。

だれもなにも言わない。歌っている男の人は、わたしたちをいっしょに家に連れて帰りたいと歌っている。

ママがすかさず言葉をつなぐ。言葉がこぼれ落ちる。

「ごめんなさい、ペイジ。でも、この子まで失うわけにはいかないの。むりなの。わたしにはこの子しか残されていない。全力でこの子を守るわ。この子の面倒《めんどう》を見る。それしか、できないのよ。わたしはこの子の母親で、この子といっしょにいて、この子の世話をする。この子はなんの問題もない。うちにもどって落ち着いてきたから、薬の量もだんだん変えているし。ただ……二度とどこかにいこうなんて思わないでくれればいいの。この子の安全のために」

「エプスタイン先生から誕生日カードが届いているんです。フローラは十八歳になったんですよ」

ペイジは言う。

「その人を娘に近づける気はないわ」

パパがすかさずなにかしゃべり出す。ママじゃなくて、ペイジの味方みたいだけど、そんなはずがないのはわかってる。

「今日の午後は、フローラを少し外に出してやったほうがいいんじゃないか？　誕生日なんだから。天気もいいし。ビーチまで散歩にいかないか？」

「わたしが海を見に連れていきます」

ペイジが言う。

「むかしから、フローラは海が好きだったもの。フローラの面倒《めんどう》はちゃんと見ますから。フローラのからだにもいいし。じゃなきゃ、映画に連れていってもいいですよ。お誕生日のお祝いとか、そういうことで。たまには外に出かけたっていいんでしょう？」

「それはいいね、ペイジ。フローラにとっても、きみと出かけるのはいいことだと思う」

パパが言う。

「ちゃんと気をつけるって約束します」

みんながママを見る。ママはコップを見おろしている。ママとペイジが、背の高い細いグラスに入った泡《あわ》の立っている飲み物を飲んでいることに気づく。パパは、それより厚いコップに入ったオレンジっぽい色のものを飲んでいる。わたしは、パパの飲み物を見つめる。あの飲み物のことを知っているような気がする。

「ビール！」

わたしは指をさして言う。

ペイジが笑い出す。パパもにっこりする。ママは顔をしかめる。

「そうよ。あれは、ビールよ」

ペイジが言う。

わたしは、自分のグラスを見る。レモネードが入ってる。氷がふたつと、レモンのスライスが一枚。とてもおいしい。

「わたしはビールを飲んじゃいけないの。気持ち悪くなるから」

わたしは言うけど、どこからそんな言葉が出てきたのかわからない。自分が言っていることの意味が、わからない。

「それはいいルールね」

数秒の間があいて、ペイジが言う。

「そうだな。まさにそうだ。いいぞ、フローラ」

パパが言う。

ママは黙《だま》っている。

パパとママとペイジは三人でしゃべっている。わたしは聞くのをやめる。むりやりケーキを少し口に入れる。今日はわたしの誕生日だから。それから、レモネードを飲む。音楽を聴《き》く。手を見る。手は、〈フローラ、勇気を持って〉と言う。

「ほら、いくわよ！」

ペイジが玄関のところに立っている。ママが肩に手を置く。わたしはビクッとする。ママがうしろに立ってることを忘れてたから。

「ビーチへいって、もどってくるだけよ。それだけ。わかったわね？」

「もちろん、わかってます、バンクスさん。わたしがちゃんと見てますから。外の新鮮《しんせん》な空気を吸ったほうが、フローラのからだにもいいですもんね」

「そうよ。何度かビーチまでは連れていってるわ。ペイジの言うとおり、フローラは海が好きなの。わかったわ。誕生日のお出かけね。だけど、四時半までには帰ってきてね。今、十分だから。二十分間が上限よ」

「わかりました。もどってきたら、フローラにわたしのプレゼントを開けてもらいますね」

「そうね。きっと喜ぶわ。ほかにもいくつか、プレゼントを用意してあるの。今日一日かけて、少しずつ開けられるようにしてるのよ、そうすれば、プレゼントを開ける喜びを何度も味わえるでしょ」

ペイジはほほえんだ。そして、わたしと腕を組むと、外へ連れ出した。なにも置いていない玄関を通って、門から外の舗道《ほどう》に出る。

太陽が輝《かがや》いている。空は薄《うす》いブルーだ。花や、ほかにもすてきな香りがただよっている。ペイジはわたしを庭から連れ出すと、せまい道路を渡って、公園へ向かった。

「こっちを通っていこ。フローラはこっちを通るのが好きだったから」

わたしはペイジに連れられて小径《こみち》をおりていって、緑のうっそうとした木立の横を抜《ぬ》け、池も通りすぎる。そして、ベンチまでくると、ペイジはわたしをすわらせた。とたんにがらりと変わる。ペイジは両手でわたしの顔をはさんで、わたしの目をのぞきこむ。

「さあ、フローラ。今日から、本当のフローラを取りもどしにかかるわよ。まず薬をやめて。今、あなたが飲んでる薬は、病気とは関係ないの。さっき誕生日ケーキに飾りのチョコをくっつけてたときに、すり替《か》えておいたから。悪い薬のほうはぜんぶここにある」

ペイジはポケットから小さな茶色いびんを取り出して、ふってみせる。

「悪い薬はここにある」

わたしはくりかえす。

「そうよ。これからあなたのママがくれる薬は、ただの砂糖の錠剤《じょうざい》だから。これで、悪い成分がからだから抜《ぬ》けるわ。つらいかもしれないけど、そこまできつくないことを祈《いの》ってる。まだ薬を再開して、そんなに経ってないしね。また肌《はだ》の調子がおかしくなるかもしれない。あと、目が覚めるようになったり、頭の中でちがう場所や時間にいったりもする。なにか書きたくなるかもしれない。フローラのママもじきに気づくはずだから、わたしたちにはあまり時間がないの。わたしはできるだけいっしょにいるようにするから。フローラは、わたしが言うことは覚えられないし、今は話す時間もない。だから、手紙を渡すから。いい？　大切なことよ、この手紙を読んで。ひとりで。四時半までには、もどらなきゃならないから、今は読んでる時間がない。だから、これを持っていって、何度も何度も、元のフローラがもどってくるまで、読みかえして」

ペイジはわたしのひざをつかんで、ぎゅっと力を入れた。

「心配しないで。フローラが理解してないことは、わかってる。理解できるわけないって。それでも、言わなきゃならない。気をつけて、フローラ。わたしたちふたりでなんとかするのよ。じゃあ、腕を貸してくれる？」

わたしは腕を差し出した。ペイジがなにをしたいのか、ぜんぜんわからない。ペイジはわたしのカーディガンの袖《そで》をめくりあげ、ポケットからペンを取り出した。そして、腕のガーゼよりももっと上のほうに書きはじめた。〈まず鍵《かぎ》をかける。ブラからジェイコブの手紙を取り出して、読む〉

わたしは眉《まゆ》をしかめた。

「読む？」

「そう。フローラに手紙を持ってきたの。ご両親に見つからないように、今からブラの中に隠《かく》すから」

ペイジは折りたたまれた紙を取り出して、わたしの服をぐいと引っぱった。そして、ブラの中に紙をつっこむと、服の乱れを直した。そして、目を細めてわたしをじっと見てから、うなずいた。

「これで大丈夫。いいわ。じゃあ、急いで海を見にいって、それからうちへ帰りましょ」

わたしは手すりに寄りかかっていた。横にはペイジがいる。わたしの友だち。わたしたちは海を見ている。海の水は、ビーチの半分くらいまであがってきている。ビーチには小石がたくさん転がっている。ほとんどがグレーか黒。手すりには、ネコの写真がぶら下げてある。

わたしは、空気の香りが好き。手すりに寄りかかって、海をながめるのが好き。鳥が、空の高いところを飛び回っている。かん高い声で鳴いている。このままずっと手すりに寄りかかって、新鮮《しんせん》な空気を吸って、海をながめていたい。

腕にガーゼが貼《は》ってある。袖《そで》を引っぱりあげて、ガーゼの端《はし》をめくる。下を見ると、肌《はだ》に文字が刻まれている。よくわからないけど、わたしはそれが嫌《いや》で、ガーゼを元にもどす。

うしろを車がビュンビュン走ってる。ビーチにはたくさんの人がいる。ほとんどの人が、裸《はだか》に近いかっこうで横たわっている。子どもたちが駆《か》けまわってる。みんな、泳いでる。食べている。読んでいる。生きている。

「ああ、フローラ。まだここにいたいだろうけど、むりなの。ごめんね」

わたしはふりかえる。

「むりなの？」

「今日はね。もう家まで送らなきゃ。でも、心配しないで。こんなのも、あと少しだから。ここよりも、もっといい場所へいくから。さあ」

ペイジはわたしの手を取り、わたしたちは歩道に立って、車が途切《とぎ》れるのを待つ。わたしはペイジに連れられて道路を渡り、家へ向かって通りを歩いていく。生まれてからずっと過ごしている家へ向かって。

わたしはプレゼントをもらう。プレゼントを開け、「ありがとう」とお礼を言う。パパとママからのプレゼントは、テディベアだ、大きくて、蝶《ちょう》ネクタイをしてる。わたしはぎゅっと抱きしめる。

ペイジは新しいバッグをくれた。白くて、赤い花がついていて、いろんなものが入りそう。開けてみる。中にはいろんなびんが入っていて、いいにおいがする。リップもある。ネックレスとスカーフもある。真新しいノートとペンがたくさん入ってる。

わたしは気に入る。中に入っているものぜんぶを気に入る。

「ありがとう」

わたしは何度も何度もペイジに言う。

ペイジは笑う。

「どういたしまして、フローラ！　そう言ってくれてうれしいわ、とってもね。気に入ってくれて、本当にうれしいの」

わたしたちは玄関に立っている。ペイジが帰るから。

「帰らないで」

ペイジにいっしょにいてほしくてたまらない。

「もう帰らなきゃ。でも、また明日くるから。もしかしたらまた散歩にいけるかも」

ペイジがママを見る。ママはうなずく。

「そうね」

「今日は、フローラも外に出られてよかったよ。ありがとう、ペイジ。フローラと誕生日を過ごしてくれて、感謝してるよ。ありがたいと思ってる。フローラもそう思ってるよ」

パパも言う。

「フローラもそう思ってる」

わたしは言う。心からそう思ってるから。

パパが笑う。

「ほらね？」

ペイジがさよならのハグをする。そして、わたしを引きよせ、小さな声でささやく。

「今すぐお手洗いへいって、腕の文字を読んで」

それから、大きな声で言う。

「明日は十一時にきますね。いいですか？」

「じゃあ、十一時にね」

ママが言う。

わたしはすぐにお手洗いへいって、腕の文字を読む。

〈まず鍵《かぎ》をかける。ブラからジェイコブの手紙を取り出して、読む〉

わたしはまず鍵《かぎ》をかける。ブラの中にチクチクするものが入っている。わたしはそれを取り出して、開く。そして、床にすわって、読みはじめる。

第二十四章

一枚目は小さくて、アルファベットのループの部分の目立つ筆記体で書かれていた。

フローラへ

ぼくはジャックだ。ジェイコブのパートナーだよ。ジェイコブは何日もかけて、これをきみのために書いていた。必ず郵送《ゆうそう》するって約束したんだ。ジェイコブはきみのことを心から心配してた。なるべく早い返事を待ってる。

ぼくからキスを
ジャックより

意味はわからなかったけど、自分の中のなにかに、せき立てられるような気持ちになる。一枚目の紙をていねいにわきへ置くと、手紙のほうを読みはじめる。ゆっくりと文字を追っていく。脳が、ぜんぜん言葉を理解してくれないから。四分の一も意味がわからない。

ぼくの妹フローラへ

おまえがこの手紙を読んでいるころは、ぼくはもう死んでるだろう。そんなの不公平だと思うけど、事実だ。幽霊《ゆうれい》になるのは、ぼくに合ってるかもしれないな。どっちにしろ、七年のあいだ、おまえにとってぼくは幽霊《ゆうれい》だったんだから。ほかの道がすべて閉ざされた今、それでもいいかと思うようにしてる。

これからもおまえのことを見守りつづけるつもりだ。まわりを見まわしてごらん。ぼくに向かって笑ってほしい。空気にキスしてくれれば、そこにぼくもいる——いるんだろうか？　そんなのわかりゃしない。でも、いるかもしれない。

この手紙は、おまえの元親友のペイジに送るつもりだ。ペイジは一生ぼくに取りつかれたくなければ、おまえを救い出さなきゃならない。おまえの母さんはまたおまえを薬漬《くすりづ》けの霧《きり》の中に閉じこめるだろうから。ペイジもそれはわかってる。

よし。まず基本から。

おまえはフローラ・バンクスだ。ぼくは、父親のちがう兄のジェイコブ・バンクス。おまえより七歳年上で、この先も生きて、おまえが大人になったときにいっしょに暮らせたらと願ってる。ぼくは、ボーイフレンドのジャックとパリで暮らしてた。これからはジャックができるかぎりおまえを見守ってくれるはずだ。

ぼくたちの母さんとおまえの父さん（ぼくの義理の父さん）は、おまえの記憶喪失《きおくそうしつ》について七年間、うそをつきつづけてきた。おまえのことをひとりの人間として尊重《そんちょう》せず、残酷《ざんこく》で恐《おそ》ろしい事実を告げることもしない。だから、それはぼくの仕事ってことだ。今から説明するよ。これがぼくたちの物語だ。

おまえが十歳のとき、おまえとぼくと両親は事故にあった。母さんたちは脳腫瘍《のしゅよう》のせいだってうそをつきつづけてきた。事故のことを話したり考えたりするのに耐《た》えられなかったからだ。五分ごとにおまえに事故のことをたずねられたくなかったんだと思う。

おまえとぼくは後部座席にすわってた。フランバーズっていうテーマパークにいくところだった。想像してごらん、フローラ。最高にかわいらしいふつうの十歳の女の子が、興奮《こうふん》して遊園地の乗り物についてたずねているところを。おまえは何週間も前から、楽しみにしてたんだ。口にすることって言えば、「フランバーズへいきたい」ってそればっかり。当時、いつもむすっとしてる十七歳のゲイだったぼくは、おまえがあまりに興奮《こうふん》しているから、その日だけつき合うことにしたんだ。それに、本当はぼくも楽しみにしていた。母さんたちは車の前の座席でＢＢＣのラジオ４を聞きながら、いつものたいくつな話をしていた。

フランバーズのすぐ手前の、カルドローズ海軍航空基地の横にある環状交差点《かんじょう》にきたときだった。大型トラックが〈前方優先〉の標識を無視してまっすぐつっこんできて、ぼくたちの車の横にぶつかったんだ。車は吹っ飛《ふ》ばされて、何度も宙返りしたあげく、屋根から道路にたたきつけられた。母さんたちは、少なくとも肉体的なけがはなかった。でもおまえは、頭にひどい傷を負った。もう少しでテーマパークに着くところだったから、シートベルトを外《はず》してたんだ。そしてぼくは――ぼくはシートベルトをしていたから、おまえのようなけがはしなかったけど、無傷ってわけにはいかなかった。車が燃えあがったときに、ぼくだけ車内に取り残されてしまったんだ。おまえはすぐさま外に運び出され、母さんたちは急いで助けを呼びにいったけど、ぼくは炎に近すぎた。顔に傷を負《お》ったり、形成外科手術をしたりっていうのは、自意識過剰《かじょう》なティーンエイジャーにとって、かなりつらいもんなんだよ。

つまり、ぼくは脳は無事で、おまえは顔は無事だったってわけだ。ふたり合わせれば、完璧《かんぺき》な人間がひとり、できるってわけ。

運転してたのは、母さんだった。だから、母さんはおまえを真綿でくるむようになったんだ。運転しなくなったのもそれが理由だし、神経《しんけい》が参ってしまったのもそのせいだ。七年間ずっとだし、まだ続いてる。だから、おまえはすきあらば家から逃《に》げ出すっていう手段に訴《うった》えるしかなくなったんだ。母さんが運転してたときにぼくたちふたりがけがをしたから、母さんはずっと自分を責めつづけてる。それからというもの、母さんは二度とあんなことが起こらないようにすることだけを考えてる。母さんは心的外傷後《しんてきがいしょうご》ストレス障害《しょうがい》だとぼくは思ってるし、死ぬ前に母さんたちに会わなきゃならなかった理由のひとつは、もう一度母さんに事故は母さんのせいじゃないって言うためだった。

おまえがはっきりと思い出せるのは、事故の前のことだけだ。短期記憶《きおく》はほとんどできない。一時間か、うまくいけば三時間くらいは記憶《きおく》していられるけど、そのあとは忘れてしまう。この種類の記憶喪失《きおくそうしつ》は、時間と共に改善《かいぜん》する可能性がある。脳っていうのはふしぎですばらしい力を持っていて、別の回路を見つけるものなんだ。だけど、おまえの脳は長いあいだ、回復しないままになっている。

でも最近、もしかしたら、回復しつつあるんじゃないかって思うようになった（特にあの男の子とキスしたのを覚えていたこと――ものすごく重要なことだと思う。キスがじゃなくて、おまえがそれをすばらしいことだって考えて、白馬の王子さまがもう一度奇跡《きせき》を起こしてくれるかどうか確かめにまっすぐ北極へ飛んでいったってことがね）。母さんがおまえに精神安定剤を飲ませてたせいで、回復がわかりにくかったんだ。おまえ自身にもね。だけど、おまえはしょっちゅうフランバーズのことを話すようになって、それはなにかが大きく変わりつつあるってことだったんだと思う。想像がつくと思うけど、おまえがよりにもよってあそこにいきたいって言うようになったのは、母さんにとってはつらいことだった。

前のメールでも言ったとおり、ぼくは今まで両親と距離《きょり》を置いていた。事故のあと、おまえの性格は少し変わった。どのくらいかははっきりとは言えないんだけど、母さんたちは、それを問題だと考えた。でも、おまえはむかしから思い立ったらすぐ行動に移すし、手に負《お》えないところがあったんだ。だからこそ、おまえはたいしたやつなんだ。でも母さんたちには、（外側の）けがよくなって、おまえが危険なことをやらかすようになったように感じられた。二階の窓にはいあがって、窓枠《まどわく》にすわって小鳥としゃべったり、いきなり走っていって自分がどこにいるかわからなくなったり。自分の頭の中の絵だって言って、ものすごくデカいクレイジーな絵を描いたり。知らない人に、時間や空間を越《こ》えた旅のことを話したり。それで、母さんは、おまえの安全のためだとかなんだとか言って、おまえをおとなしくさせることにした。これ以上事故が起こったら、母さんは罪悪感《ざいあくかん》に打ちのめされてしまうから。

ぼくは耐《た》えられなかった。そんなの、けが自体よりよほどひどい。

母さんたちは、おまえの感覚を鈍《にぶ》らせる薬を飲ませることに決めた。気分の浮《う》き沈《しず》みをおさえ、おとなしくて従順《じゅうじゅん》で扱《あつか》いやすくする薬だ。じゃないと、「自分で自分を傷つけることになる」とか言ってね。母さんは、事故以来、元の母さんじゃなくなってしまった。おまえがまた危険な目にあう可能性があるって考えるだけでも、耐《た》えられなかったんだ。もうなにも起こってほしくないって、思ってしまった。それで、おまえに精神安定剤を飲ませつづけることにしたんだ。おまえには「薬」だって言ってね。そして、おまえは親の言いなりになる「いい子」になり、母さんたちはおまえを家から出さず、危険な目には一切あわせないようにした。薬はネットで買ってるんだ。そんなふうに長いあいだ、薬に依存《いぞん》するのを認める医者はいないからね。そのうち、抗《こう》うつ剤も飲ませるようになった。安定剤を多く取りすぎると、気分が落ちこむことがあるからだ。記憶喪失《きおくそうしつ》に効《き》く薬はない。だから、おまえは薬を飲む必要なんてないんだ。母さんたちは、おまえの頭をぼんやりさせてるんだ。そっちのほうが、扱《あつか》いやすいから。

もっとひどいことがある。神経心理学者のジョー・エプスタイン先生がずっとおまえのことを診《み》てくれるって言ってるんだ。何年か前に、ぼくがコンタクトを取った。おまえもいっしょに、先生に会ってるんだよ。先生は喜んで手を貸してくれると言った。少なくとも、診断《しんだん》をしてくれるって。それ以来、先生はおまえに会おうとしてるんだけど、母さんが許さないんだ。ぼくたちが勝手に先生に会ったのを怒ってるからじゃない。母さんはおびえてるんだ。おまえに今のままでいてほしいんだ。十歳のおまえのままで。そして、おまえの面倒《めんどう》を見たいんだ。たぶん、永遠に小さなフローラの世話をしつづけたいんだと思う。あのほんの一瞬《いっしゅん》、守りきれなかったことへの罪悪感《ざいあくかん》を少しでも和《やわ》らげるために。

母さんたちがエプスタイン先生を断ったのが、ぼくはどうしても許せなかった。それで、パリへ引《ひ》っ越《こ》して、フランス語を勉強し、こっちで仕事を見つけ、暮らし、人生を築いた。おまえとはできるかぎり連絡《れんらく》を取っていたよ。絵葉書や手紙やメールや電話でね。おまえがおずおずと連《れん》絡《らく》をくれるのが、いつも本当にうれしかった。どういうことかわからないまま、ぼくが残していった番号に電話をくれて、もう一度説明を聞こうとするのが。

ぼくのハチャメチャな妹はいなくなったりしてないことがわかったよ。最初のときは、おまえはたったひとりで列車に乗って、ロンドンへいった。そのときおまえは十三歳で、母さんたちはひどく取り乱してたよ。警察がおまえを見つけて、ペンザンスに連れもどしたんだ。それで、おまえの薬の量は増やされた。二回目は、どうやってか自分のパスポートを見つけて、ぼくに会いにパリまできたんだよ。去年のことだ。おまえは、途方《とほう》に暮れた、はっとするほどきれいな十六歳になってた。そのときはすでに、手に自分の名前をタトゥーで入れてたよ。それで、自分が冒険したことを思い出せるものがほしいって言うから、ふたりでタトゥーの店へいって〈勇気を持って〉をつけ加えたんだ。正直、ぼくとしても母さんたちにVサインをつきつけてやった気持ちだった。ぼくたちは四日間いっしょにパリで過ごして、エッフェル塔《とう》やオルセー美術館やリュクサンブール公園みたいな観光名所へいったり、赤ワインのおいしさや、午後の映画館巡《めぐ》りや、ゆっくり取るランチの楽しさをおまえに教えたりしたんだ。

　おまえは、こうしたことをぜんぶ、メモを取ることでやってのけた。本当なら神経回路がすべき仕事を、言葉を書きとめることでやってのけたんだ。ノートを拡張メモリとして使ったんだよ。おまえは本当にすごいよ。

　そして三回目が、今年だ。おまえは男の子とキスをして、そのことを覚えていて彼を追いかけて世界のてっぺんまでいった。ちょっとだけ時間を巻きもどすと、ぼくはずっと具合が悪くて、ぜんぜんよくならなくて、結局、肝臓癌《かんぞうがん》のステージ4だって診断《しんだん》を受けた。もうよくなることはない。それで、母さんたちにきてくれるように頼《たの》んだんだ。もう終わりだって、わかったから。なんだかちょっとおしゃべりになってるな、でも、おまえには話しておかなきゃ。母さんたちはそれを聞いてパニックになって、おまえをペイジに預けてこっちへきた。だけど、おまえがキスした男の子はペイジの彼氏だったから、ペイジはおまえの面倒《めんどう》を見ないことにしたんだ。なにがすごいって、おまえはキスしたことを覚えていて、北極圏《ほっきょくけん》へいく飛行機を予約して、ついにその男を見つけたってことだ。おまえは、数え切れないほどいろんな冒険をして、薬をやめ、また本当のフローラにもどって、しかも、クマに食われかけた。

これからどうなるか、はっきりとはわからない。でも、この手紙を受け取るころには、母さんたちに薬を飲まされて、ただ生きてるだけって状態になって、一歩も家から出られなくなっていることは確かだ。ぼんやりとテレビを見て、テディベアといっしょに毛布にくるまれて、ベッドに寝かされてるに決まってる。

ぼくはペイジを味方につけて、おまえが本当にその男の子とキスしたって教えてもらった。ペイジは、そのときの写真を持ってるよ。ジャックがこの手紙をペイジの家に送ることになってる。そしたら、ペイジがおまえに渡して、おまえがひとりで読めるように手配して、おまえの薬を砂糖の錠剤《じょうざい》とすり替《か》えてくれる。ジャックとぼくがネットで注文して、ペイジのところに届けたんだ。あらゆる形のを注文しといた。ペイジがおまえの薬はいつも小さなびんに入ってるって教えてくれたから。ペイジが、ちゃんと同じ形と大きさのものと入れ替《か》えてくれるはずだ。もらった薬をそのまま飲めばいい。それで、ゾンビのふりをしてるんだ。脳みそを食うゾンビじゃないぞ。なにもできなくて、されるがままで、どんな命令にも従ってるふりをするんだ。ソファーに寝っ転がって、テレビを見て、うとうと居眠《いねむ》りをして。

ペイジが毎日きてくれる。そして、チャンスがきたら、おまえを外に連れ出してくれる。

メモを取るときは、気をつけるんだよ。おまえがなんでも書かなきゃいけないのはわかってる。でも、ベッドの下に隠《かく》しちゃだめだ。母さんたちはそのことを知ってるから。ずっと前からね。

ペイジがいい場所を探すのを手伝ってくれる。

おまえのために銀行口座を開いておいた。くわしいことはペイジが知ってる。またおまえに旅をして、冒険してほしいんだ。おまえはスヴァールバルでたくさんの人たちと出会った。みんな、おまえのことを心から好いてくれてる。おまえが愛すべき子だからだよ。

十八歳になったら、その瞬間《しゅんかん》からおまえは自分で自分の人生を決められるようになる。エプスタイン先生と直接話して、どういう治療《ちりょう》が可能か聞くことだってできる。自分で決めて、自分で管理できるんだ。でも、あの薬をやめないかぎり、うまくいかない。

この手紙を書くのにずいぶんかかった。そろそろ終わりにしないと。

もし死後の世界っていうものがあるなら、おまえのことをできるかぎり見守るから。

おまえの人生を生きるんだ。フローラ、勇気を持って。

兄のジェイコブより

フローラ
ペイジよ。フローラに言っておきたいことがいくつかあるの。
ひとつ目。わたしたちはけんかをしたの。ドレイクはわたしの彼氏だったから。前にも話したし、これからも、フローラの頭にちゃんと入るまで、何度でも言うね。フローラはビーチで彼とキスをした。でも、ドレイクはそんなことはなかったってみんなに信じこませて、責任を逃《のが》れようとした（たぶん、いちばん気にしてたのは、新しい彼女のことだと思う）。だけど、わたしは本当だったってわかってる。なぜかといえば、リリーが見たから。リリーのことは覚えてないだろうけど、コーンウォールのドレイクの友だちのひとり。あの日、ドレイクのあとをつけてパーティから抜《ぬ》け出して、ビーチへいったんだって。正直、自分がドレイクとキスしたかったんじゃないかと思う。それで、ドレイクがフローラに近づいていくのを見た。ドレイクはフローラの横にすわってキスしたって、そう言ってた。最初は信じなかったんだけど、リリーはスマホで写真を撮《と》ってて、わたしもそれを見たの。この手紙を読んでるころには、フローラも見てるかもね。ドレイクのうしろ姿とフローラの顔が映《うつ》ってる。まちがいなくフローラよ。そして、まちがいなくドレイク。フローラは本当にキスをしたのよ。

　次の朝、リリーはわたしにそのことを話して、二、三日後に写真も送ってきた。わたしはフローラもドレイクも許せなくって、二度と口をきかないって誓《ちか》った。

　あのときのフローラはどうしようもなく無防備《むぼうび》だったし、ドレイクはクズだから、わたしたちふたりとも、もう二度とあいつとなんて口をきく必要はない。ドレイクとは、メールで徹底的《てっていてき》に話し合ったから。ドレイクは、どうせフローラは忘れるからまんまと逃《に》げられると思ってたんだと思う。だから、ざまあみろよ。ドレイクはパニックを起こして、キスしたのはリリーだって言ったわけ。写真を撮《と》った張本人なのに。あんなやつ、フローラにはぜんぜんふさわしくないから。あんなやつのために、一秒たりとも時間をむだにする必要はないからね！

だから、心配しないで。ここだけ、覚えておけばいいから。フローラは、ハンサムで頭のいい男の子と、月の出たビーチでキスをしたってこと。これは、本当だから。本当にあったこと。そして、そのことを覚えていた。それって、すごいことよ。

フローラは、ドレイクを探してるあいだに、すてきな人たちと出会った。友だちになったアギは、ブログにフローラのことを書いてたよ（面白《おもしろ》い英語の慣用句《かんようく》をいっぱい使ってた）。フォロワーがたくさんついてた！　たくさんの人がフローラのことを聞いてきたけど、フローラのパパとママはまったく受けつけようとしなかった。エプスタイン先生もまた連絡《れんらく》してきたんだけど、フローラのママは頑《がん》として話を聞こうとしないし、パパもほぼ全面的にママの味方をしてる。っていうのも、そうしないと、ママがぼろぼろになっちゃうのがわかってるから。それでも、フローラのパパは、わたしがフローラに会えるようにせいいっぱいやってくれてるし、ひそかに協力してくれてるって言ってもいいんじゃないかな。

わたしもやっとフローラの家にいけるようになったの。むかしからの親友だったからね。わたしがフローラを家から一キロ以上離《はな》れたところに連れていこうとしてるなんて、夢にも思ってないと思う。

でも、それは大まちがい。

ジェイコブの言うとおりよ。わたしは例の薬を捨てて、代わりにびんの中にまったく同じ数の砂糖の錠剤《じょうざい》を入れておいたの。これで、数日は稼《かせ》げるはず。フローラが今の状態から抜《ぬ》け出すために。心の準備をしておいて。

この手紙は、フローラの部屋のマントルピースにある箱に入れて。ぜったいにベッドの下に入れてはだめ。もし腕に書くなら、ママに見られないように腕のつけねのほうに書くのよ。フローラ、フローラのママは悪い人じゃない。とても、すてきな人よ。とても苦しんでいて、そのことは本当に気の毒だと思ってる。だけど、フローラはもう大人で、どうやって生きていくか、自分で決めるべきなの。このままペンザンスで暮らすことにするかもしれない。二度と薬は飲まないかもしれないし、すばらしい本当のフローラでいるためのなにかを見つけるかもしれない。なんにしろ、決めるのはフローラよ。

フローラのパスポートは、わたしが持ってる。このあいだ、二階のお手洗いにいったときにこっそり書斎《しょさい》から盗《ぬす》んでおいたの。ジェイコブがそこにあるって教えてくれたのよ。

じゃあ、またね。

ペイジ

頭の中に入りきらない。便せんをじっと見つめる。洗面所のドアに寄りかかる。一階で、ママがわたしを呼んでいる。どうやらわたしは泣いている。

第二十五章

「フローラ！」

男の人がわたしを見て、足踏《あしぶ》みしながらにこにこ笑っている。

「フローラ」

男の人はもう一度わたしの名前を呼ぶ。

「また会えたね。気分はどうだい？」

男の人ははげていて、かなりの年で、シャツの袖《そで》をまくり、ズボンをはいていて、ネクタイをしめている。

「気分はいいです」

わたしは言う。実際、気分がいいから。それどころか、わくわくしてるくらい。なにかを感じることができるって、それ自体、とてもわくわくする。

ペイジが横にいて、わたしの手を握《にぎ》ってる。わたしたちはビーチの、道路からおりたところにいる。ここなら、ビーチにいる人か船に乗っている人以外、通りがかりの人からは見えない。強い風にあおられて髪があちこちに舞《ま》い、海面は数え切れないほどのさざ波におおわれている。

たった今、おりてきた階段の手すりに、耳のないネコを見かけたかどうかたずねるポスターが結びつけてあった。耳のないネコを見たら、家に連れ帰ること。これは、〈生きるためのルール〉にしなきゃ。

「わたしは、ジョー・エプスタインといって、神経学者なんだ。何年も前から、きみの件には関心を持っていてね。初めて会ったのは、きみがパリにきていたときで、きみのお兄さんが連絡《れんらく》をしてきたんだ。ジェイコブのことは本当に残念だよ。心から残念に思っている。痛ましい、悲しいことだ。いろいろな思いを抱えた魅力的《みりょくてき》な若者だったのに。今は、きみももう大人だ。だから、記憶《きおく》の問題についてわたしが手を貸すことに興味があるんじゃないかと思ってね」

わたしはためらう。

「本当に助けてくれるんですか?」

「ぜひやらせてほしい」

「先生にお会いしたことがあるかは、わかりません。先生のことも知りません」

わたしは、この人のことが怖《こわ》い。この人は、ジェイコブの話をしている。どういうことなのか、わたしには理解できない。

「わかるよ。すまなかったね。いいかな、わたしのスマートフォンに、きみに見せたいものが入っているんだ。わたしが怪《あや》しい者ではないという証拠《しょうこ》だ。わたしが言っていることが正しいという証拠《しょうこ》だよ」

男の人がなにを言ってるのか、ぜんぜんわからないまま男の人が画面をタップするのを見る。

「いいかい？　これだ。わたしたちが前に会ったことがあるという証拠《しょうこ》だよ。前回会ったときに撮《と》ったんだ。そうすれば、きみにわかってもらえると思ってね。ほら」

男の人はわたしのとなりに立って、ペイジとわたしに見えるようにスマホをかかげる。

わたしは画面に見入る。男の人が映《うつ》ってる。わたしもいる。それから、顔の片側に大きな赤い傷跡《きずあと》のある男の子がいる。それを見て、わたしは泣く。なぜなら、それは、わたしが世界一愛したわたしのお兄さんで、わたしに足の爪《つめ》をぬらせてくれた人だから。でも、写真のジェイコブは大人になっていて、顔に傷がある。

ジェイコブの顔の、赤い跡《あと》のあるほうの皮膚《ひふ》はすべすべしていて、ひきつっている。だけど、表情は幸せそうだ。

「やあ、フローラ」

ジェイコブが言う。ジェイコブの声を聞いて、わたしはほほえむ。

「ぼくだよ、おまえの兄のジェイコブだ。ここは、ぼくが暮らしているパリだ。ほら」

画面にいくつかの家と、川の上のボートが映る。

「おまえはここだよ、フローラ。おまえはぼくに会いにきて、ふたりで最高に楽しんでるところ。おまえがきてくれてうれしいよ。いっしょにいるのは、ジョー・エプスタイン先生だ。おまえみたいな記憶障害《きおくしょうがい》のことをよくごぞんじなんだ。こちらが先生だよ。この動画を撮《と》って、ぼくと先生のスマホに保存しておく。そうすれば、将来、前にも先生にお会いしたことがあるってわかるからね」

先生が画面に登場する。先生は、今の先生とそっくりだけど、画面の先生は青いチェックのシャツを着ている。

「こんにちは、フローラ。ジェイコブが説明してくれたとおりだ。わたしがジョー・エプスタインだよ。ジェイコブとわたしはもう何度も連絡《れんらく》を取っているんだ。きみのお母さんは、きみの人生にわたしは必要ないと思ってらしてね。きみについて論文を書いたり、学会で発表したりしてほしくないとお考えなんだ。お母さんにはその権利があるし、わたしもそれは一〇〇パーセント尊重《そんちょう》している」

「ぼくはしてないけどね」

ジェイコブが口をはさむ。

「おまえはあと二年で大人になる。そうすれば、決めるのはおまえだ。母さんじゃなくてね。先生はすばらしい神経学者で、手を貸したいって言ってくださってる。ぼくは、チャンスに賭《か》けてみるべきだと思う。おまえさえよければ、十八歳になったらすぐにこっちにきて、いっしょに暮らそう」

画面に映《うつ》っているわたしは、それを聞いてうなずいている。画面のわたしも、そして今、ビーチにいるわたしも、愛情をこめてジェイコブを見つめている。見ているうちに、震《ふる》えに襲《おそ》われる。ジェイコブに会いたい。

画面の先生が言う。

「そういうわけで、次に会ったときのために、いいかい、今、映《うつ》っているのがわたしだからね。

これで、きみにもわかってもらえて、また話せるよう祈《いの》ってるよ」

動画はそこで終わった。わたしは、目の前にいる先生を見る。

「ジェイコブはどこですか？」

先生とペイジが顔を見合わせる。

「フローラ」

ペイジがわたしの肩に腕を回す。

「フローラ、ジェイコブは亡《な》くなったの。本当に残念よ。ジェイコブは病気になって、死んでしまったの。本当に、心から残念だと思ってる」

わたしは目を閉じる。忘れてしまいたい。頭の中から消してしまいたい。

ペイジは先生に向かって言う。

「わたしたち、あまり時間がないんです」

「フローラ、おそらくきみの症状《しょうじょう》は、最近『記憶《きおく》の島』と呼ばれているものではないかと思う。正確だと思われる記憶《きおく》が、はっきり残っていたわけだからね。そうなる理由はいろいろあるんだが、きみの記憶障害《きおくしょうがい》が治りつつあるという可能性もあるんだ。これまでにないほど長いあいだ、その記憶《きおく》を保ってたわけだからね。きみがしばらくわたしと過ごしてくれたら、とてもうれしい。きみのケースは非常にめずらしくて興味をそそられるし、できるかぎり力を貸したいと心から思っているんだ」

わたしは、なにひとつ理解できずにペイジを見る。ペイジはわたしの手をぎゅっと握《にぎ》る。

「大丈夫よ。わたしたちふたりできちんと話してから、返事をすればいいから。そうしたければ、もう一度さっきの動画を見てもいいし。好きなだけ見ていいのよ。エプスタイン先生が転送してくれたから、わたしのスマホでも見られるの」

わたしはうなずく。ペイジは先生のほうを向いた。

「そういうことですから。ありがとうございました、先生。すぐにご連絡《れんらく》します。ふたりで……」

ペイジはわたしのほうを見る。

「もちろん、フローラがどうしたいかによるのよ。わたしたちで、フローラをここから連れ出してあげる。フローラがそうしたいならね。もちろん、そういう方法じゃなくてもいい。もう薬は飲んでないんだから。パパとママに、家を出ていくって言うだけでいいの。じゃなきゃ、手紙を置いて出てきたっていいわ」

今日は暑かった。わたしは、ひたいにかかった髪をかきあげる。ここから出ていくなんて想像もつかないけど、わたしはどうしようもないほど、なにかをしたい。なにかを起こしたい。わたしはパリにいった。たった今、パリにいる自分の動画を見た。パリはフランスの首都だ。学校で習ったから知ってる。パリにいけるなら、ほかの場所へだっていけるはず。いろんなことができるはず。目の前に世界が開けてるんだから。

「そうする」

わたしは答える。

自分がなにに同意したのか、はっきりとはわかってないけど、自分がそうしたいと思ってるのは、わかってる。あいまいな長い期間を経《へ》て、わたしは目覚めはじめた。テレビを見て寝るだけの生活を送っていることに、気づいたのだ。

耳のないネコのことをかわいそうだと思う。ネコを見つけてあげたい。

「本当にいいのね？　フローラにはいろんな情報を提供《ていきょう》してもらわなきゃならない。それに、しばらくは腕にいろんなことを書けなくなるから、わたしを信用してもらわなきゃならないの」

「信用してる」

「エプスタイン先生のことも」

「うん。ジェイコブがそう言ったもの」

「じゃあ、このまま冒険に出かけるわよ。本当にそれがフローラの望みなら。フローラを誘拐《ゆうかい》するわけにはいかないから。フローラは自分で決めなきゃならないの」

「わたしはビーチで男の子とキスをした。そのことは覚えてる」

「そのとおりよ。フローラはビーチで男の子とキスをした。そして、今は十八歳。大人なの。決める権利がある。エプスタイン先生にちゃんと診《み》てもらいたいなら、今度はパリで先生に会うことになる。もうこれ以上、フローラをここには置いておけない」

わたしはペイジに向かってほほえんだ。わたしには知らないことがたくさんあるけど、自分に物語があることはわかってる。そして、それはまだ終わってないことも。冒険や、人や、新しい場所には、暗いところや影《かげ》の部分もある。パリがどんなところかはわからないし、エプスタイン先生になにができるかもわからないけど、わたしはいって、それがなにかを知りたい。

「いくわ」

わたしはペイジに告げる。手を見て、そこに書いてある言葉を読む。そして、もう一度ペイジを見て、声に出して言う。

「フローラ、勇気を持って」

フローラの生きるためのルール

＊パニックを起こさないこと。なぜなら、たぶんなんの問題もないし、もしあるとしても、パニックは状況《じょうきょう》を悪くするだけだから。

＊すわるときは必ず窓側がいい。そうすれば、自分がどこにいるかわかるから。

＊いつだって勇気を持つこと。

＊シロクマのテリトリーに迷いこまないこと。

＊この瞬間《しゅんかん》を生きられるときに生きること。それなら、記憶《きおく》は必要ない。

＊肌《はだ》が荒れてるときは、派手なリップをぬって、みんなの視線をそらす。

＊クジラを食べない。

＊ぜったいにビールは飲まない。

＊スヴァールバルへは冬にはこないこと。
＊耳のないネコを見たら、家へ連れ帰ること。

訳者あとがき

「わたしは山のてっぺんにいた。自分がなにかひどいことをしてしまったのはわかっていたけど、それがなにかは覚えていなかった」

物語は、「わたし」が、美しい氷の世界にいる場面から始まります。けれども、「わたし」は自分がなぜそこにいるのか、ここはどこなのか、どんな「ひどいことをしてしまった」のか、なにひとつ覚えていません。なぜなら、「わたし」こと十七歳の少女フローラは前向性健忘症《ぜんこうせいけんぼうしょう》、つまり、脳に傷を受けた時点よりあとの記憶《きおく》をなくす＝新しいものごとを覚えられなくなるという障害を抱えているからです。

けれども、ある夜、ドレイクという男の子とキスをした記憶《きおく》は、消えることはありませんでした。ドレイクのおかげで記憶《きおく》をとどめることができたフローラは、喜びにあふれ、彼に激しい恋心を抱くようになります。しかし、ドレイクは、フローラの親友のペイジの恋人でした。しかも、翌日に、留学先のスヴァールバル【注：ノルウェー領の島】へ旅立ってしまいます。

フローラは、自分に記憶《きおく》を与えてくれたドレイクとの愛を成就《じょうじゅ》させるため、スヴァールバルへいく決意をします。けれども、記憶《きおく》障害を抱えたフローラにとって、その旅はもちろん簡単《かんたん》ではありません。物語はフローラの一人称で語られるため、読者もまた、不完全な記憶《きおく》とともに手探りでフローラと旅をしていくことになります。
記憶《きおく》にまつわる物語は、『ニーベルングの指輪』のような神話から、ジェームズ・ヒルトンの『心の旅路』に代表されるような数々の恋愛小説、フィリップ・K・ディックの『追憶《ついおく》売ります』のようなSF、記憶喪失《きおくそうしつ》や逆にサヴァン症候群《しょうこうぐん》のような極端に高い記憶力《きおくりょく》を持つ人々を描くノンフィクションなど、さまざまな形で語られてきました。中には、小川洋子の『博士の愛した数式』や映画の『50回目のファースト・キス』のように、フローラと同じ前向性健忘症《ぜんこうせいけんぼうしょう》の人物が出てくる物語もあります。記憶《きおく》自体をテーマにしているものもあれば、記憶喪失《きおくそうしつ》（もしくは、ずばぬけた記憶力《きおくりょく》）をしかけとして使っている作品もありますが、ひとつには、記憶《きおく》というものが人格と深く関わっているからでしょう。

　実際、記憶《きおく》が短時間しかもたないフローラは、常に自分はだれで、なにをしているのかを確認しなおさなければなりません。記憶《きおく》の代わりに、フローラはノートやメモや腕に言葉を書き連ねていきます。そして、その言葉たちをたよりに日々の生活を、人生を歩んでいくのです。

　それでも、フローラは自分なんて存在している意味がないという不安にさいなまれます。でもそれは、物語中である人物が言うように、「だれだって、そう感じることはある」ような気がします。障害を持つ娘を、両親はそれこそ「真綿にくるむ」ように守ろうとしますが、そんな両親との葛藤《かっとう》も、程度の差はあれ、多くの人が経験しているのではないでしょうか。フローラと旅をしていくあいだに、フローラの苦しみや喜びがだんだんと自分のもののように感じられるようになっていく理由は、そんなところにもあると思います。

旅、と書きましたが、作者のエミリー・バーは、これまで旅行をテーマとした作品を数多く描いています。キューバ、インド、オーストラリアのようなイギリスから遠く離れた国々や、ベニスやバルセロナなどのヨーロッパの都市、アジアのバックパック旅行など、さまざまな「旅行」を描いてきたバーが今回、初めてのヤングアダルト小説で選んだ舞台は、ノルウェー領のスヴァールバル諸島《しょとう》です。バーの描くかつてのロシアの炭鉱町《たんこうまち》の歴史や、シロクマやアザラシなどの野生動物たち、極地科学研究の拠点《きょてん》でもある町ロングイェールビーンのようす、そしてなにより、雪と氷の世界の息をのむような美しさは、この作品の第二の魅力となっています。

そして、なにより訳者をひきつけたのは、そうしたものを描くフローラの語りでした。フローラは記憶《きおく》を失ってしまうため、何度も何度も同じことをくりかえします。記憶《きおく》をとどめるため、記憶《きおく》を味わうため、記憶《きおく》を確認するために。そのくりかえしが、物語にリリカルな響《ひび》きをもたらし、北の国の壮大な景色と相まって、読者をフローラの独特の世界に引きこみます。この響《ひび》きが、みなさんにも伝わることを願っています。

最後になりましたが、編集の喜入今日子さんに心からの感謝を！

二〇一七年一二月　三辺律子

エミリー・バー
Emily Barr

ロンドンでジャーナリストとして勤務した後、おとな向けのスリラー作家としてデビュー。処女作“Backpack”(2001年)でWH Smith新人賞を受賞、以来11冊の作品を発表。彼女の作品は、イギリスのみならず、世界で翻訳出版されている。本作『フローラ』は、初めてのYA作品で、25か国で翻訳出版、大ベストセラーを記録している。現在、児童文学作家の夫、3人の子どもたちとともに、コーンウォール在住。

三辺律子
さんべりつこ

英米文学翻訳家。主な訳書に、『ジェンナ』、『嵐にいななく』、『世界を7で数えたら』(以上小学館)、『ジャングル・ブック』、『サイモンvs人類平等化計画』(以上、岩波書店)、『パンツ・プロジェクト』(あすなろ書房)『ぼくの死んだ日』(東京創元社)、共著に『いますぐ読みたい! 10代のためのYAブックガイド』(ポプラ社)など。

SUPER! YA
フローラ

2018年2月19日　初版第1刷発行

作　エミリー・バー
訳　三辺律子
発行者　塚原伸郎
発行所　株式会社小学館
〒101-8001 東京都千代田区一ツ橋2-3-1
電話 03-3230-5416(編集)
03-5281-3555(販売)
印刷所　萩原印刷
製本所　株式会社若林製本工場

Printed in Japan　ISBN978-4-09-290585-6

制作/木戸礼　資材/斉藤陽子　販売/窪康男　宣伝/綾部千恵
編集/喜入今日子